BLOOM

229

© 2022 Leonardo Piccione
Rights handled by: Meucci Agency -Milano

© 2022 Neri Pozza Editore, Vicenza
ISBN 978-88-545-2504-7

Il nostro indirizzo internet è: www.neripozza.it

L'illustrazione riportata a pagina 194 è una rielaborazione di una mappa proposta in *Voyage dans les mers de l'Inde* (1779) da Guillaume Le Gentil.

LEONARDO PICCIONE

TUTTA COLPA DI VENERE

NERI POZZA EDITORE

A chi non trova
ma cerca

Prologo

Dei mille interrogativi esistenziali che in genere mi sottopone un tramonto d'agosto sulla baia di Húsavík, oggi non ho voglia di affrontarne neanche uno. Questa sera piú prosaicamente mi domando: cosa succede se provo a fotografare il Sole calante con la modalità ritratto del mio iPhone, quella che mette in risalto la cosa o la persona di tuo interesse sfumando tutto ciò che appare sullo sfondo?

Succede che l'iPhone richiede, per meglio metterlo a fuoco, di avvicinarsi al soggetto. Di avvicinarsi *molto* al soggetto, il quale – intima un avviso nella parte superiore dello schermo – "deve trovarsi a 2,5 metri di distanza". Ora io proverei anche ad accontentarlo, il mio iPhone, se non fosse che non so proprio come fare a portarmi a duevirgolacinque metri di distanza dal Sole. Potrei camminare fino alla punta della spiaggia, questo sí, o piú opportunamente esibirmi in un salto sul posto, esercizio che tecnicamente mi avvicinerebbe al soggetto – ma nemmeno poi tanto. Mi tornerebbe piú utile un jet, o un razzo. Ecco, un razzo supersonico potrebbe davvero fare al caso mio, anche se a ogni modo dubito riuscirei ad arrivare alla distanza richiesta. E se pure ci arrivassi, certo non lo farei da vivo: fonderei molto prima. E tu con me, caro iPhone.

Immaginiamo allora per comodità che questo soggetto sia qualcos'altro da una stella: che so, facciamo finta sia un lampione. O una lucciola, o un fiore. Perché non c'è proprio verso che io mi posizioni a duevirgolacinque metri da questo soggetto: questo soggetto stasera dista da noi piú di centocinquanta miliardi di metri. Centocinquantun miliardi, seicentosettantotto milioni e ottocentoventiquattromila metri, per la precisione. Tanto afferma *theskylive.com*, un sito che fornisce la distanza tra Terra e Sole in tempo reale. "Tempo reale" vuol dire che ogni volta che aggiorni la pagina il numero cambia: in questa parte dell'anno nello specifico si riduce di qualche migliaio di unità al minuto, per la controintuitiva circostanza che vuole che la Terra si avvicini al Sole quando nel nostro emisfero s'approssima l'inverno, e se ne allontani quando incombe la bella stagione.

Questa di conoscere con precisione quanto disti il Sole da noi in ogni singolo minuto dell'anno è una consapevolezza piú recente di quel che sembri. Può suonare sorprendente, ma ancora due secoli e mezzo fa la specie cui apparteniamo non aveva un'idea chiara riguardo l'ordine di grandezza del dominio fisico in cui le è capitato di proliferare. Fino alla parte finale del Settecento, gli esseri umani non sapevano bene come rapportarsi quantitativamente al cosmo: nonostante l'impegno profuso in materia da alcune delle menti piú geniali che abbiano calpestato questo pianeta, nessuno aveva idea di quanto fosse esteso veramente l'universo. La distanza tra Terra e Sole, l'unità di misura fondamentale per ricavare tutte le altre misure spaziali, è rimasta un'incognita per millenni. Finché, nella seconda metà del XVIII secolo, l'imminenza di un fenomeno astronomico raro e sfuggente persuase gli scienziati che ce l'avrebbero finalmente fatta. Venere era in procinto di transitare davanti al Sole per due volte nel giro di otto anni e, per ragioni che cercherò di chiarire in seguito, gli astronomi dell'epoca si convinsero che fosse l'occasione piú succulenta della Storia per calcolare le dimensioni del cosmo.

È una vicenda incredibile, sul serio. Non appena me la sono trovata davanti, ormai piú di tre anni fa, quasi per caso, ho saputo che avrei fatto fatica a tenerla per me. Per la stessa ragione per cui quando si vuole una bicicletta poi tocca pedalare e – lo dice un proverbio islandese – quando si desidera una barca poi tocca remare, quando si trova una storia poi tocca raccontarla. Quindi eccomi a raccontare la storia degli astronomi settecenteschi che decisero di inseguire Venere e il titanico responso che celava. Di uno di essi in particolare: il francese Guillaume-Joseph-Hyacinthe-Jean-Baptiste Le Gentil de la Galaisière, per brevità Le Gentil, che si distinse per la sua dedizione ma ancor piú per i suoi inenarrabili fallimenti, il vero motivo per cui la sua vulcanica sagoma ha resistito finora agli assalti dell'oblio.

Sono principalmente i burrascosi viaggi di Le Gentil di cui tengo traccia nelle pagine che seguono, le quali accolgono gli esiti delle mie ricerche su questo curioso personaggio insieme ad appunti di vario genere presi lungo il tragitto. Hanno questi la forma di commenti a margine, spigolature, annotazioni su altre storie, altre fissazioni e altri personaggi – a cominciare da me stesso. Perché il punto di questa faccenda, per quel che concerne me, è che, mentre cercavo di dare contezza delle stravaganti avventure di un individuo che per vocazione osservava il cielo, è cambiato e non di poco il mio, di rapporto col cielo. È cambiato in modo talmente significativo da farmi ritenere a un certo punto che questa seconda storia – la mia – avesse acquisito il diritto a oltrepassare i confini della vicenda collaterale, intrudersi tra le divagazioni del racconto e finire con l'assommarsi alla prima.

A mo' di acconto sulle rivelazioni che verranno, anticipo qui che una delle conseguenze principali del viaggio che ho compiuto *insieme* a Le Gentil è che oggi capita piú di frequente che mi fermi a guardare il cielo. È per questo che anche stasera sono sceso al limitare della baia di Húsavík a osservare un altro giorno andare in frantumi. Durante un tramonto, lo si sarà intuito, cerco di non pormi quesiti troppo ingombranti. Il piú delle volte non penso a nulla, rimango seduto sulla sabbia nera finché il vento incalzante o un fulmaro artico piú invadente degli altri mi suggeriscono d'alzare i tacchi. Stasera ho voluto fare una cosa diversa dal solito: poco prima che scomparisse nel blu del Mar di Groenlandia, ho scattato una foto-ritratto al Sole. È venuta, com'era prevedibile, malissimo.

Islanda del Nord, agosto 2021

1.

Quando le Pleiadi e il vento fra l'erba cessano di far parte dello spirito umano – della nostra stessa carne – l'uomo diventa una sorta di fuorilegge del cosmo.

Henry Beston, *La casa estrema*

C'è stato un tempo, nemmeno troppo remoto, in cui adoravo le notti stellate. Mi piacciono ancora oggi, intendiamoci, soprattutto quando sono in buona compagnia. Ma un po' di anni fa era diverso. Il tessuto srotolato sopra le brulle campagne murgiane era un bazar alla mercé dei nostri desideri: raramente una sera di agosto si concludeva senza che la mia nutrita famiglia, occupato con un semicerchio di sedie a sdraio l'angolo dell'aia piú distante dalle lampade ambrate della masseria, si riunisse nel rito dello sguardo all'insú. Era un'osservazione distratta, sia chiaro anche questo, totalmente ascientifica e in ultima analisi pretestuosa, dal momento che l'obiettivo massimo era fare dell'auspicio di qualche stella cadente il companatico delle chiacchiere di fine giornata.

Chiacchiere degli altri, in gran parte. Io mi limitavo ad ascoltare. Di tanto in tanto inviavo segnali di vita sotto forma di svagati «Sí, l'ho vista» o «No, l'ho persa», ma ero già ben avviato sulla strada del "mutismo riflessivo" che di lí a breve sarebbe diventato la copertura piú gettonata per la mia precoce misantropia. Non proferivo parola perché – lo sapevano tutti – io pensavo molto. La realtà è che dentro di me temevo, come mi aveva rivelato anni prima una prozia estenuata dalle mie continue domande, che, a furia di usarla in modo indiscriminato, la mia voce sarebbe presto svanita.

Avrei esaurito la riserva di parole a mia disposizione, se non mi fossi dato una calmata, e sarei rimasto afono per sempre: questo ho creduto per anni, e per questa ragione una parte di me tuttora m'invita a centellinare la quantità di fiato da modulare in linguaggio parlato.

Succedeva cosí che, esonerate dalla trasposizione pubblica dei pensieri, le mie giovani sinapsi fossero libere di prodursi in ardite interpretazioni di quel che vedevo sopra di me. Elucubrazioni che, detto senza falsa modestia, in piú di un caso avrebbero fatto invidia per ricorso alla fantasia a quelle di alcuni nostri comuni predecessori. Forse non mi sono spinto, come certi popoli del passato, a considerare il cielo una corazza di tartaruga o un ombrello che ruota sul manico, ma, complice la distanza di sicurezza che ancora mi separava dalle rivelazioni del sussidiario, ricordo di aver affrontato un'estate un serrato dibattito con me stesso riguardo la consistenza della volta celeste. Era essa un coperchio solido, paragonabile ai pentoloni domenicali della nonna ma piú capiente, al quale le stelle s'erano per qualche motivo incrostate, o piuttosto una cupola flessibile, forse addirittura liquida, simile nel profilo alla calotta di un poderoso pallanuotista, sulla cui superficie gli astri galleggiavano alla stregua di navi sull'oceano? Non riuscendomi a spiegare come mai un mare di tal fatta, sospeso sulle nostre teste, non gocciolasse di continuo ma solo quando pioveva, optai pragmaticamente per l'ipotesi rigida: il *mio* cielo era un coperchio. Una variante semplificata, se vogliamo, del tetto che i Galli temevano sarebbe potuto crollare loro addosso da un momento all'altro (l'avrebbero puntellato, nell'evenienza, con alabarde realizzate all'uopo).

Sulla consistenza della Via Lattea non credo di essermi posto troppe domande, ma se fossi stato al corrente delle teorie in voga un po' di secoli prima di me ritengo che piú che a quella della traccia di latte colato dal seno di Era – largamente la piú popolare – avrei dato credito a quella dei Finni del Volga, secondo cui il filamento biancastro che contiene la nostra galassia (e decine di miliardi di altre galassie) altro non è che il sentiero delle oche selvatiche, oppure a quella dei Khoisan subsahariani, per i quali trattasi di tizzoni ardenti gettati in aria da una bambina in una notte tenebrosa. O, perché no, a quella dei Tatari del Caucaso, che con un certo gusto per il beffardo lo consideravano la scia lasciata da un ladro di paglia.

Le notti stellate hanno a lungo coinciso per me con siffatte parentesi di svago trasognato, imbevute della leggerezza propria dell'estate e della prima giovinezza. Finché le cose sono cambiate. La crescente consapevolezza della vera natura di quel coperchio, delle sue ingestibili dimensioni, della sua assoluta aetticità; la realizzazione che i luccicanti pendagli gentilmente appesi al soffitto del mondo sono in realtà tremende fornaci atomiche, che il cielo non ci sta sopra ma tutto intorno, e che siamo aggrappati a una biglia vagante senza meta in un vorticoso flipper cosmico, tutto questo ha fatto sí che al fascino suscitato dal cielo quando brulica di stelle sia andata via via affiancandosi una meno gradevole sensazione di spaesamento, di pericolo. Di un confinamento irrimediabile, e insieme di un totale assoggettamento al dominio del caos. Altro che ordine (che pure sarebbe il significato originario della parola *cosmo*). Altro che coperchio. Fissare un cielo sereno di notte è trovarsi senza filtri al cospetto del tutto, nudi al limitare dell'universo e dei suoi abissi. È scoprirsi acrobati su un filo, senza uno straccio di rete sotto i piedi, ritrovarsi catapultati all'improvviso in un quadro di Hopper, dietro una delle sue vetrate che, come ha scritto Olivia Laing, restituiscono «la paranoica architettura della solitudine, che intrappola ed espone allo stesso tempo». Dolorosa è la contraddizione per cui siamo evolutivamente portati a unire i puntini, a collegare le stelle in cielo, a individuare nessi causali dappertutto, a cercare – come quando un'orma fresca sull'erba ci faceva concludere che la preda dovesse essere nei dintorni – il significato ultimo di ogni cosa in un universo che sembra invece negare ogni finalismo.

Forse è a causa di questa forma acuta di inquietudine che, nonostante l'iniziale familiarità con lo sguardo all'insú, per lungo tempo non ho minimamente anelato a guardare dentro un telescopio, e alle notti limpide ho cominciato a preferire le nuvole e la pioggia. La neve, ancora meglio, la sua innata capacità di seppellire le domande. Non la classificherei come paura del buio, semmai di una sua forma di negazione: un cielo plumbeo autorizza a crogiolarsi nei comodi anfratti del dubbio, ma uno sfolgorante di stelle impone di uscire allo scoperto, di fare i conti con certe improrogabili questioni di senso – o di non senso. Ho letto al riguardo che, sebbene riconoscesse che lo studio del cielo purifica l'anima, Socrate considerava l'astronomia una "materia estranea", una di quelle che sarebbe ridicolo indagare prima di aver adempiuto all'imperativo delfico di conoscere anzitutto se stessi.

Non so dire se questa mia presa di coscienza sia stata graduale o sia invece sublimata in un istante. Se cioè sia possibile identificare un momento preciso, l'esatta puntata di *Viaggio nel cosmo* o la specifica notte in cui la mia prospettiva rispetto all'universo è cambiata. Una notte paragonabile, nel mio piccolo, a quelle del dicembre 1609 nel centro di Padova, allorché Galileo Galilei puntò il suo cannocchiale verso la Luna e ne scoprí la pronunciata rugosità. Esattamente come la Terra, il suo satellite possedeva montagne e valli, spigoli e imperfezioni. Non era liscia, né tantomeno composta dell'incorruttibile sostanza eterea che aveva popolato per secoli il serafico universo aristotelico.

Nei mesi successivi Galileo puntò altrove. Puntò Giove, del quale scoprí i satelliti, le sue "stelle medicee". Puntò Venere, l'osservazione delle cui fasi, simili a quelle lunari, gli confermò che fossero i pianeti a ruotare intorno al Sole, non viceversa. Scorse stelle mai viste prima in angoli di cielo mai scandagliati prima, e tutto quel che vide – ogni singolo dettaglio – era in contrasto con quanto ritenuto vero fino ad allora. Era tutto piú vasto, piú profondo, piú articolato. Stava venendo giú l'impalcatura teorica del mondo: le intuizioni di Copernico sulla centralità del Sole sarebbero apparse presto incontrovertibili; Keplero prima e Newton poi avrebbero formalizzato la rivoluzione fissando leggi fisiche di portata universale. Mai l'umanità aveva sperimentato un ribaltamento di paradigma pari a quello che tra Cinquecento e Seicento rimosse per sempre la Terra dal centro dell'universo per consegnarla brutalmente alla periferia che tuttora bazzica, declassando l'essere umano a ninnolo cosmico o poco piú. Ogni cosa, terrena e ultraterrena, poteva da quel momento in poi essere messa in discussione, ripensata e sottoposta a nuova verifica da parte di chiunque avesse avuto ingegno e volontà – e nessun timore delle notti stellate.

Non era piú tempo di fidarsi di Dio, o almeno non prima di aver dato pieno credito ai propri occhi, i quali, come mostrato da Galileo, potevano ora godere di strumenti in grado di espandere esponenzialmente le capacità visive umane.

Fu per mezzo di un telescopio autoprodotto che il 13 marzo 1781 il poliedrico William Herschel, astronomo, biologo e compositore, individuò il pallido barbaglio che sarebbe divenuto Urano, primo pianeta scoperto dall'antichità. E i conti non erano ancora chiusi: nel 1846, sfruttando esclusivamente stime teoriche basate sulla gravità newtoniana, l'astronomo e matematico francese Urbain Le Verrier predisse la presenza di un ulteriore pianeta nel Sistema Solare, ancora piú esterno rispetto a Urano, che influenzasse con la sua massa il moto dello stesso. Le Verrier forní le coordinate esatte intorno cui cercare il nuovo pianeta: tre mesi dopo nella posizione da lui indicata fu scoperto Nettuno, o quello che sarebbe stato battezzato Nettuno al termine di una schermaglia degna di nota. Narra la storia che i tedeschi Galle e d'Arrest, autori formali della scoperta, avrebbero voluto chiamare il nuovo pianeta "Giano", mentre l'inglese Challis, che aveva osservato Nettuno un mese prima dei rivali senza tuttavia riconoscere la sua natura di pianeta, spingeva per "Oceano". Capeggiati dal patriottico François Arago, direttore dell'Osservatorio di Parigi e futuro ispiratore scientifico di Jules Verne, i francesi rilanciarono allora con un alquanto autarchico "Leverrier", andando incontro a un'ondata di disapprovazione internazionale che cercarono invano di contenere offrendo in cambio "Herschel" come nuovo nome per Urano. La questione fu risolta qualche settimana dopo dall'esperto di stelle doppie Friedrich von Struve, che in un simposio a San Pietroburgo si espresse pubblicamente in favore del primissimo nome proposto da Le Verrier: Nettuno, per l'appunto, il dio romano del mare.

Tutto questo avveniva alla fine del 1846, oltre mezzo secolo dopo la morte del semisconosciuto astronomo di cui mi accingo a raccontare le gesta, Guillaume Le Gentil. Per capire chi sia il piccolo Le Gentil, e cosa c'entri con questa storia di massimi sistemi, occorre tornare per un momento a Padova, non lontano da via Galileo Galilei. A meno di un quarto d'ora di cammino dal cortile da cui fu puntato il cannocchiale piú famoso della storia sorge la Cappella degli Scrovegni. Dentro la Cappella degli Scrovegni, nel registro centrale superiore, campeggia la scena dell'Adorazione dei Magi, e nella scena dell'Adorazione dei Magi, in alto, brilla la cometa che Giotto affrescò tra il 1303 e il 1305 ispirandosi a quella che pochi anni addietro aveva ammirato con i suoi stessi occhi, la stessa che quattro secoli e mezzo dopo sarebbe stata intitolata al genio che aveva previsto il suo ritorno e indirettamente causato la serie di straordinarie peripezie di cui state per leggere: Edmond Halley.

2.

Contemplava le stelle di là della Luna, grosse come frutta di luce maturata sui ricurvi rami del cielo, e tutto era al di là delle speranze piú luminose, e invece e invece e invece era l'esilio.

Italo Calvino, *Le cosmicomiche*

Gli abitanti di un non meglio specificato villaggio nei pressi di Foul Poite, costa nordorientale del Madagascar, puntavano i loro indici in direzione dell'uomo bianco. Per la precisione verso il viso dell'uomo bianco, ciascuno sollecitando con un'alzata di gomito il proprio vicino e industriandosi ma non troppo a trattenere il risolino indotto dalle bizzarre tonalità sfoggiate da quell'ospite venuto a osservare le stelle dei mari del Sud: dal colore esotico della sua pelle ma in particolar modo dei suoi occhi, cerulei.

Dell'aspetto di Guillaume Le Gentil, astronomo dell'Académie Royale des Sciences di Parigi in servizio dal 1753 al 1791, si sa con certezza soltanto questo: che aveva gli occhi chiari. Lo certifica egli stesso in un breve passaggio dei suoi diari di viaggio, il solo stralcio in oltre millecinquecento pagine di memorie in cui l'autore descrive una parte di sé, benché di sfuggita e con lo scopo non di indugiare sul dettaglio somatico ma di rimarcare per mezzo dell'aneddoto dello scherno subìto una pura osservazione da empirista – questo lui era, dopotutto: «È da notare che la specie umana originaria di questi climi non conosce gli occhi azzurri», registrò.

Discreto e sobrio, refrattario per indole a ogni frivolezza, Le Gentil non si fece mai ritrarre in vita sua, o se è successo quel ritratto non è giunto né a me né a chi prima di me ha riferito di lui. Il mezzobusto imparruccato restituito dai motori di ricerca in risposta alle generalità di Le Gentil non è suo, ma del quasi omonimo e quasi contemporaneo matematico Guillaume de l'Hôpital, luminare del calcolo infinitesimale. Lo scrittore francese Bernard Foix, curatore di una delle piú recenti biografie dell'astronomo, ha rinvenuto un'unica raffigurazione attendibile di Le Gentil: datata 1874, ottantadue anni dopo la sua morte, è un'incisione in legno realizzata da un certo Miranda e riprodotta in stampa sul numero 52 della rivista *La Nature*. Le Gentil, in piedi sul castello di prua del vascello *Sylphide*, entrambe le mani poggiate sul grande telescopio, redingote al vento e sguardo rivolto verso un interlocutore sulla sua sinistra, appare altamente inquieto, preso anima e corpo da una delle osservazioni astronomiche della sua carriera che per un motivo o per un altro approdarono lontano dal lieto fine. Diciamolo meglio: che fallirono miseramente.

Perché il senso dell'opera di Miranda – come di pressoché tutte le creazioni artistiche, letterarie, teatrali e persino di musica leggera ispirate alle vicende di Le Gentil – non era certo quello di riportare il piú fedelmente possibile i caratteri fisionomici del protagonista. Non era importante che faccia avesse, Le Gentil: contava che fosse in balia degli eventi, che lo s'immortalasse nel bel mezzo di una delle sciagure che l'hanno consegnato alla storia dell'astronomia. Che rispondesse ai canoni, come sarebbe stato scritto, dell'uomo «destinato a sperimentare seccature d'ogni foggia».

Chiariamoci: dal punto di vista scientifico, non è stato un personaggio in assoluto rilevante, questo nostro Le Gentil. Ha scoperto un paio di nebulose e una galassia nana, ma nemmeno lontanamente possiamo riferirci a lui come a una specie di Galileo schivo, né di un Newton incompreso. Non ha rivoluzionato nessuna delle plurime discipline di cui piú o meno direttamente si è occupato. Se è stato salvato dalla polvere che i secoli riservano in genere ai gregari del suo rango, e se io un giorno d'inverno l'ho incrociato nelle note a piè di un libro che non parlava di lui e che ho prontamente trascurato per mettermi a cercare tutto quel che in quasi due secoli e mezzo è stato pubblicato sul suo conto (poco), è soprattutto grazie alle sue multiformi disfatte. Il nome di Le Gentil è inscindibilmente associato alla cattiva sorte, all'ineluttabilità delle iatture che sempre incombono sulle buone intenzioni. Alle storture della vita che viaggiano a lungo su una corsia parallela a quella della fiducia, fianco a fianco, placide come un ruscelletto, per poi a un certo punto accelerare bruscamente, sorpassarla a velocità doppia e farle, già che ci sono, un sonoro gestaccio. Ci siamo trovati tutti, in qualche momento e a nostro modo, in circostanze simili, io per primo. Il mio desiderio di ricostruire slanci e disavventure di quest'uomo è originato pertanto non dalla volontà di produrre una scandagliata agiografia, bensí da un sentimento di riconoscenza, direi quasi di debito, nei confronti di un'esistenza – di un carattere – la cui scoperta è diventata il filo conduttore di una sfilza di considerazioni che in quei mesi andavo facendo, di storie che accidentalmente incrociavo, e nella cui allegoria ho colto un certo qual barlume di universalità.

Non è un segreto, in definitiva, che il protagonista di buona parte dei capitoli che seguono appartenga al variegato novero dei perdenti. Non sto svelando in anticipo il finale. Anzi, facciamo cosí, lo dico qui e adesso cos'è in estrema sintesi la vicenda di Guillaume Le Gentil de la Galaisière: è «la piú lunga e ardua spedizione astronomica della storia dell'uomo, esclusi i viaggi interplanetari», che si è rivelata nella realtà dei fatti una grande «commedia degli errori e della sfortuna». Semplice.

Dove andrà a parare questa storia adesso grosso modo lo sappiamo. Liberati dal ricatto della suspense, possiamo imbarcarci per un viaggio che se avrà un senso andrà cercato tra quel che rimane quando si spogliano i percorsi di ogni loro ipotetico fine. Quando le attese scoloriscono e le velleità si sfilacciano, e tutto ciò che ci si ritrova per le mani arrivati in fondo è il viaggio stesso, i fatti accaduti e quelli evitati, le deviazioni che si sono imboccate e i fondali melmosi dove ci si è arenati. Quando attraversare appare nettamente piú essenziale che giungere, e il racconto, per i sopravvissuti, la sola meta sperabile.

Occorre raggiungere Le Gentil sulla *Sylphide*, sapere come c'era finito su quello sciabecco, e perché fosse cosí angustiato: cosa aveva visto, o non visto, dentro il suo telescopio? Avrebbe trovato la forza di ripartire, e per dove?

La storia che sta per cominciare è l'errare di un uomo e di tanti uomini, di un'epoca e di tutte le epoche, di un astronomo e di chiunque osservi il cielo, perché le faccende lassú continuano a essere misteriose, e piú contorte di quanto immaginiamo, e piú le puntiamo piú paiono ingovernabili, e noi piú insulsi, e dannatamente piú curiosi. È la socratica condanna della razza umana, e a un tempo il motore degli eventi che stanno per condurci in mezzo al mare, compagni di avventura di un personaggio che scopriremo provvisto di piú corde di quelle suggerite da epitaffi e profili sommari.

«La sua figura non deponeva a suo favore, ma animata dalla conversazione essa assumeva una piacevole espressione di spirito e originalità», scrisse l'astronomo e cartografo Jean-Dominique Cassini nell'*Eulogia* di trenta paginette che dedicò a Le Gentil diciotto anni dopo la sua morte. Un po' meno conciliante lo schizzo fattoci pervenire da Anders Johan Lexell, allievo del grande Eulero e membro dell'Accademia russa delle scienze, il quale durante una visita in Francia incontrò Le Gentil e, dopo averlo descritto come «un uomo di taglia mediocre, bruno, con il viso butterato e due occhi piuttosto gentili», ne diede uno sferzante giudizio professionale: «In quanto ad astronomia non lo ritengo granché capace, ciononostante egli risulta, al pari dei suoi colleghi, presuntuoso». Alcuni anni dopo la trasferta francese, Lexell sarebbe stato il primo a calcolare l'orbita di Urano, provando che il da poco scoperto corpo celeste – bluastro, a dire il vero – era un pianeta, non una cometa.

3.

> Le stelle impallidirono. Non v'era
> altro che te nel cupo cielo esangue
> che tu sferzavi con la tua criniera.
>
> Giovanni Pascoli, *Alla cometa di Halley*

La ruota posteriore della mia bici strisciava contro la parte interna del parafango, costringendomi a una fatica inusitata per vincere l'attrito e facendo annunciare la mia presenza, ben prima che fosse possibile scorgermi, da un cigolio persistente e fastidioso. Tentavo di domare la bestia imbizzarrita che era quella bicicletta dimenandomi sulla punta di un sellino in pelle logora (oltre che finta), che ormai aveva lasciato campo libero a quattro molle arrugginite di massaggiarmi dolorosamente le natiche. Era una bici da uomo, marca indistinguibile, classica, piuttosto vecchia, decisamente stanca. Quando, oltre a sentirla, riuscivi pure a vederla, era persino peggio. Il precedente proprietario, uno studente di Dortmund ripartito per la Germania al termine del suo Erasmus, prima di lasciarmela in eredità l'aveva riverniciata di un'improbabile zebratura giallonera – i colori del Borussia, sua squadra del cuore – aspetto, questo, che possedeva il vantaggio di fungere da involontario quanto efficace antifurto.

Pedalavo tutte le mattine dalla residenza studentesca all'ateneo. Procurarsi una bicicletta a Padova è la prima cosa da fare, dopo essersi immatricolati: ti serve per tutta la durata del percorso universitario (o meno, se sei uno studente pentito o un pessimo utilizzatore di lucchetti). Dopodiché, una volta che ti sei laureato, la regali o la rivendi, facendo ripartire il ciclo del ciclo, questa peculiare filiera che si nutre di scambi e trattative, di furtarelli e commerci non sempre cristallini che solitamente si espletano nelle pertinenze dei giardini dell'Arena, lungo uno dei vialetti alberati che lambiscono l'anfiteatro romano e la Cappella degli Scrovegni.

Avevo scelto l'Università di Padova per affinare i miei studi, cominciati tre anni prima a Bari, in Scienze Statistiche. Alla fine del liceo mi era sembrato quasi necessario dar credito alla promessa della statistica di mettere ordine al caos del mondo, tracciando per mezzo dei numeri una rotta sicura tra le costellazioni di opportunità che popolano i cieli della giovinezza. La statistica, avevo scoperto, possiede questo magnifico potere: soccorre l'irreparabile incompletezza del nostro sapere. Si fa bastare frammenti di realtà conosciuta (questo sono i *campioni statistici*) per generare informazioni sull'inconosciuto tutto. Servirsi della statistica significa in ultima analisi riconoscere che nella vita non si avrà il tempo di conoscere tutti gli esseri umani che hanno qualcosa da dire, leggere tutti i libri che andrebbero letti, guardare tutti i film o le corse di ciclismo che si vorrebbero guardare, ma che selezionando opportunamente un certo numero di elementi di ognuna di queste categorie – e di tutte le categorie del mondo – esiste la possibilità di ricavare un'accettabile approssimazione dell'intero complesso di oggetti, persone e idee che ci circondano. Di individuare un qualche tipo di regolarità nel dominio supremo dell'irregolarità. È un'offerta allettante: conosciuta e applicata a dovere, la statistica diventa una specie di grimaldello che permette di scassinare le dimore degli dèi di tutte le materie quantificabili e di impossessarsi del rispettivo fuoco. Queste in estrema sintesi le aspettative che, alcuni giorni prima di ereditare la bici scalcinata e iscrivermi alla magistrale in Statistica, avevo caricato insieme a un valigione blu a bordo dell'Intercity Notte che mi avrebbe depositato a Padova al termine del primo grande viaggio della mia vita.

Benché non avesse mai preso il mare in vita sua, e si allontanasse da Parigi soltanto per saltuarie visite al villaggio natale, alla fine del 1759 anche Le Gentil era pronto per il suo grande viaggio. Sapeva sarebbe stato rischioso, e il ritorno a casa niente affatto garantito, ma se la sua esistenza aveva uno scopo – e Le Gentil era convinto l'avesse – questo era il momento di realizzarlo. Quattordici anni prima aveva abbandonato ventenne le irrilevanti campagne di Coutances, circa settemila abitanti nell'attuale dipartimento della Manica, sospettando che il proprio non fosse un destino da borghese di provincia, che moschetti e galloni (il padre era una guardia del corpo di re Luigi XV) non si abbinassero alla sua figura e che avrebbe avuto piú possibilità di riconoscere la sua vocazione in qualche bolla del fermento parigino piuttosto che nel ristagno della Bassa Normandia. Nato nel 1725, maggiore di quattro fratelli, si era dato inizialmente agli studi religiosi, potremmo azzardare piú per opportunità che per chiamata divina: un futuro ecclesiastico avrebbe sì deviato dalla traiettoria del suo lignaggio, ma tutto sommato non sarebbe entrato in contraddizione con gli aneliti di una famiglia profondamente cattolica, la cui manciata di acri di proprietà, pur non permettendo di classificarla in assoluto come ricca, bastava al capofamiglia per foraggiare cavallo, figli e studi di Guillaume. Tuttavia l'*abbé* Le Gentil – cosí lo chiamarono finito il seminario – scoprí presto di essere sedotto da tutt'altro genere di sfere. Studiava teologia alla Sorbona quando un moto di curiosità lo condusse al Collège Royal a seguire una serie di lezioni di astronomia del celebre professor Delisle, un grand'uomo che alcuni anni addietro, su richiesta dell'imperatrice Caterina I, aveva fondato e diretto la prestigiosa Accademia russa delle scienze. L'eloquio di Delisle fu un'epifania per Le

Gentil: come avrebbe scritto anni dopo Cassini nella già citata *Eulogia*, «il giovane teologo trovò molto piú piacevole impiegare le sue nottate osservando il cielo, che passare parte della giornata tra i banchi a discutere di questioni vane».

Introdotto ufficialmente all'Osservatorio di Parigi nel 1750, Le Gentil diventò in breve tempo abile nei calcoli, familiare con gli strumenti. Iniziò a mettere il suo zelo al servizio della meccanica celeste e di una lunga teoria di eclissi e congiunzioni, poi di osservazioni astronomiche sempre piú delicate, fino a specializzarsi nell'identificazione di nebulose, ammassi di stelle e altri oggetti celesti che potevano sembrare comete ma non lo erano.

Nel 1753 fu accolto a pieno titolo nei ranghi dell'Académie: l'*abbé* Le Gentil era diventato *le savant* Le Gentil. La morte del padre, lui che già pregustava un vescovo in casa, lo sciolse dai vincoli residui. Quando, verso la fine del decennio, il neoscienziato intravide all'orizzonte l'occasione di consacrare definitivamente la sua devozione alla causa della conoscenza e di elevare una già rimarchevole traiettoria umana al rango di esistenza leggendaria, non si fece pregare piú di tanto. Aveva trentaquattro anni e nessuna moglie, né figli. Nulla poteva trattenerlo dal tentativo di diventare uno dei protagonisti di quella che si prospettava come l'iniziativa scientifica piú ambiziosa di sempre, una sovrumana sfida della conoscenza che non si sarebbe celebrata nella penombra delle accademie ma tra oceani lontani e continenti sconosciuti: il calcolo delle reali dimensioni dell'universo.

Come detto, a questo punto della Storia nessuno era ancora riuscito nell'impresa. Nell'arco di piú di duemila anni, ci avevano provato in molti: da Aristarco di Samo ad Archimede, da Ipparco di Nicea a Tolomeo. Evidenze, però, poche. Certo erano sempre di piú gli esseri umani consapevoli di abitare un frammento piccolo e decentrato del cosmo, forse persino remoto. Quasi piú nessuno sosteneva, come Eraclito e Lucrezio due millenni prima, che il Sole fosse grande al massimo quanto uno scudo, e nemmeno che l'universo avesse gli angusti confini previsti dallo stesso Tolomeo, con la Terra al centro di tutto, universo questo che si sarebbe potuto racchiudere tutto entro quella che oggi sappiamo essere la mera orbita del nostro pianeta intorno al Sole. Le stime piú recenti, risalenti alla seconda metà del Seicento, collocavano il Sole a qualcosa come 138 milioni di chilometri di distanza dalla Terra. Si tratta di un valore inferiore di circa il 7,5 per cento rispetto a quello effettivo, una percentuale che sembra indice di accuratezza soltanto fino a quando non si realizza che il 7,5 per cento di margine, su un numero di quell'ordine di grandezza, non è in alcun modo *poco*. Riportandoci a lunghezze maneggevoli, è come se il navigatore della nostra auto ci dicesse che Padova dista da Bari 800 chilometri con un errore di *piú o meno* 60 chilometri, anziché condurci esattamente in via Galileo Galilei.

La curiosità rispetto alla reale estensione della sconsiderata volta che è ogni notte stellata e la necessità di allegare alle mappe spaziali esistenti una scala di riduzione affidabile erano tali che il dilemma settecentesco sul calcolo delle dimensioni del Sistema Solare è stato definito, tra le altre cose, «il piú nobile e difficile dei problemi» (da Edmond Halley, nel 1716) e «il sacro graal dell'astronomia» (dalla storica Andrea Wulf, nel 2012).

La questione centrale è che gli astronomi dell'epoca di Le Gentil possedevano, cortesia delle osservazioni di Tycho Brahe e delle leggi derivate dal suo assistente Keplero, una conoscenza piuttosto accurata del Sistema Solare in quanto a distanze relative tra i corpi celesti, ma nulla sapevano rispetto a quelle assolute. L'*unità astronomica* – questa la dicitura assegnata alla distanza tra

Terra e Sole – era il metro di paragone fondamentale per tutte le distanze dell'universo. Il cubetto bianco dei regoli didattici, per intenderci, quello che vale uno e fa da riferimento elementare per tutti gli altri. Bene: nessuno nel Settecento sapeva a quanto equivalesse in concreto quell'unità. Si sapeva per esempio che tra la Terra e Marte c'era una distanza pari alla metà di quella che intercorre tra Terra e Sole, mentre tra la Terra e Giove una di circa cinque volte superiore a quella tra Terra e Sole, ma nessuno era in grado di dire a quanto corrispondesse questo valore in miglia, o in leghe, o in braccia, o in una delle duemila unità di misura in vigore a fine XVIII secolo nella sola Francia. Sarebbe stato sufficiente conoscere il reale valore di questa cruciale unità astronomica, in sostanza, per derivare a cascata tutta una serie di preziosissime misure, dalle distanze tra tutti i pianeti del Sistema Solare fino alla distanza tra la Terra e le stelle piú vicine del firmamento, e poi tra le stelle vicine e quelle piú remote, giungendo cosí fino ai limiti dell'universo visibile. Occorreva *semplicemente* calcolare quanto distassero Terra e Sole, dopodiché quell'unica informazione avrebbe consegnato all'umanità una specie di passepartout cosmico.

In linea teorica, per riuscire nell'intento sarebbe bastato osservare il Sole nello stesso istante da due località differenti della Terra di cui fosse nota la distanza. La posizione del Sole in cielo sarebbe apparsa diversa dai due punti: misurando tale discrepanza angolare, la distanza Terra-Sole sarebbe stata ricavata tramite calcoli geometrici piuttosto banali. Un po' come stendere un braccio di fronte a sé e osservare il pollice coprendosi prima un occhio e poi l'altro: misurando la variazione angolare della posizione del pollice, e conoscendo la distanza tra gli occhi, è possibile calcolare la lunghezza del braccio. Il problema, tornando al Sole, è che si tratta dell'unica stella che brilla di giorno nei cieli terrestri:

non esistono cioè riferimenti fissi rispetto a cui confrontare la sua posizione, quando osservata da punti diversi del nostro pianeta.

La soluzione al dilemma, come di frequente accade, risiedeva in un cambio di prospettiva. Sarebbe stato sufficiente, annunciò Halley riprendendo un metodo proposto mezzo secolo prima dal matematico scozzese James Gregory, trasformare il disco solare da oggetto dell'osservazione a sfondo dell'osservazione; dunque, misurare da due località lontane del globo lo spostamento non del Sole, ma di un pianeta che in quel momento gli passasse davanti. Derivata trigonometricamente la distanza dalla Terra di tale pianeta in transito, quella del Sole – l'agognata unità astronomica – sarebbe stata servita su un piatto d'argento. Essendo Mercurio troppo piccolo e troppo lontano dalla Terra, e Marte, Giove e Saturno esterni all'orbita della Terra (quindi mai transitanti davanti al Sole, se visti da quaggiú), Halley identificò il candidato ideale in Venere, che riassunse cosí il ruolo, peraltro tradizionalmente interpretato, di apice dei desideri celesti degli umani.

Venere che periodicamente discende agli inferi ma sempre risorge (stando agli Assiri); Venere che poi è Afrodite, eponimo di bellezza e femminilità; Venere gemello della Terra (massa, peso e composizione pressoché uguali) e terzo oggetto piú luminoso del firmamento (dopo Sole e Luna, merito delle sue nubi super riflettenti); Venere visibile anche di giorno (purché se ne conosca la posizione) e pianeta piú caldo del Sistema Solare (temperatura superficiale media: 464 gradi centigradi); Venere che ruota su se stesso pianissimo (un suo giorno dura 117 giorni terrestri) e al contrario (il Sole lassú sorge a occidente), e che nel suo moto apparente intorno alla Terra tratteggia uno strano ghirigoro, un fiore a cinque punte che tuttora intriga gli astrofisici. Venere sacra, Venere oggetto di culto: Venere che si venera, per l'appunto.

Venere, eccoci al dunque, che orbita piú vicino al Sole rispetto alla Terra, circostanza per la quale capita, quando i tre corpi si allineano, che si trovi in posizione centrale, puntino nero a oscurare la nostra stella in una sorta di minuscola eclissi in cui recita la parte che piú di frequente appartiene alla Luna. Uno dei maggiori visionari della prima metà del Settecento aveva insomma immaginato che per risolvere la piú annosa questione del suo tempo, o di tutti i tempi, occorreva che gli osservatori del cielo di ogni nazione si mettessero in viaggio, si sparpagliassero nei quattro angoli del mondo conosciuto e di quello inesplorato e tenessero traccia, registrandone progresso e durata, della danza del pianeta dell'amore davanti al Sole. Tutto a quel punto si sarebbe risolto, al netto di micragnosi campanilismi, confrontando i risultati ottenuti dagli inviati delle diverse potenze coinvolte.

Benché descritta in questi termini la prospettiva offrisse venature romantiche, Halley era consapevole delle complicazioni materiali che avrebbero reso la realizzazione del suo progetto tutt'altro che agevole. La prima era che il transito di Venere sul disco solare è un fenomeno astronomico piuttosto raro: si verifica a coppie di eventi separati tra loro da otto anni, però poi passa piú di un secolo tra una coppia di transiti e l'altra. In altre parole, in un arco di duecentoquarantatré anni il transito di Venere si verifica appena quattro volte. Avendo calcolato che i successivi transiti sarebbero avvenuti nel 1761 (il 6 giugno) e nel 1769 (il 3-4 giugno), ovverosia quando lui avrebbe avuto piú di cent'anni d'età, Halley sapeva che la bramata osservazione non sarebbe stata affar suo, e sarebbe morto prima di conoscere le reali dimensioni dell'universo. Se pensiamo che anche la cometa che avrebbe portato per sempre il suo nome non sarebbe tornata mentre lui era in vita, cioè che Halley non avrebbe mai visto la cometa di Halley, la condizione di precorrere sistematicamente i tempi dovette sembrargli una maledizione. Crudele la vita degli antesignani: noto per essere familiare con certe imprecazioni "da capitano di mare" – oltre che col brandy – è verosimile immaginare che per qualche tempo l'atmosfera nella sua abitazione in New College Lane, Oxford, non sia stata distesissima. Nonostante tutto, però, nonostante l'intima invidia nei confronti di chi sarebbe venuto dopo di lui, tratto distintivo degli esseri arguti ma mortali, Halley mise da parte ogni possibile risentimento e sfoderò uno degli atteggiamenti simbolo di quello che era in procinto di diventare il secolo dei lumi: la ferma fiducia nel futuro.

Nelle dieci pagine dedicate alla presentazione dei venturi transiti di Venere, lanciò un appello alle nuove generazioni di «astronomi curiosi», raccomandandosi di applicarsi il piú diligentemente possibile nell'esecuzione di tale osservazione e augurando loro di acquisire fama e gloria eterna per aver stabilito con precisione l'ampiezza delle orbite planetarie. Scrisse tutto in latino, nella speranza di accrescere la probabilità di raggiungere un numero congruo di scienziati e astrofili. Benché in teoria per il calcolo dell'unità astronomica sarebbero state sufficienti le misurazioni di due singoli astronomi piazzati in luoghi opposti del pianeta, era infatti opportuno mettersi al riparo da imprevisti bellici, oceani imbizzarriti e capricci meteorologici di sorta. L'accorato appello di Halley funzionò: sul transito di Venere furono pubblicati articoli e interi volumi, diffusi opuscoli informativi in Europa e non solo. Soprattutto, le due società scientifiche piú importanti del vecchio continente, la Royal Society inglese (di cui Halley era stimato membro) e l'Académie des Sciences francese ottennero l'appoggio morale ed economico dei rispettivi sovrani, Giorgio II e Luigi XV (il quale avrebbe osservato il transito del 1761 in prima persona).

Va detto che l'impegno delle case reali era legato, in aggiunta alla buona volontà e all'opera di persuasione di Halley e dei suoi successori, anche alla prospettiva di ricavare dalle missioni astronomiche vantaggi pratici estesi ad altri settori, primo fra tutti la navigazione.

Le grandi potenze europee solcavano le acque di tutto il globo, insediavano avamposti politici e commerciali ovunque, si arricchivano. Eppure i viaggi per mare continuavano a rappresentare un azzardo non di rado mortale. In Inghilterra era vivissima la memoria di quanto accaduto il 22 ottobre 1707, allorché, persuaso di essere al sicuro nell'imbocco occidentale della Manica, Sir Cloudesley Shovell aveva dato il fatale ordine di puntare a est, verso il segmento piú familiare e per questo meno temuto del viaggio di rientro da un Mediterraneo troppo francese, d'inverno oltremodo periglioso. Poco dopo, accortosi di aver invece condotto la *HMS Association* nelle acque infide delle isole Scilly, tra scogli aguzzi e superficiali, il capitano aveva realizzato la portata della catastrofe che stava per compiersi sotto i suoi occhi. Le tenebre dell'autunno avvolsero tutto tranne il biancore soffuso del faro di St. Agnes, la piú sinistra delle visioni per i naviganti di quel tratto di mare: prima la *Association* e poi altre tre, troppo vicine all'ammiraglia per assecondarne le imploranti cannonate e allontanarsi, s'incagliarono tra gli speroni dell'arcipelago, le chiglie squarciate dalle punte rocciose, e s'inabissarono una dopo l'altra in un turbinio di urla e cavalloni.

In seguito al tragico errore delle Scilly (una delle notti piú orrende della storia della Marina inglese: annegarono in tutto circa duemila uomini), la definizione di un metodo per calcolare la longitudine era diventata per gli inglesi una priorità tale che un premio in denaro di ventimila sterline era stato messo in palio per chi avesse scoperto un modo pratico e affidabile per ricavarla in mare, su un natante in movimento. Se il calcolo della latitudine, infatti, si basava sulla misurazione di angoli, quello della longitudine comportava precise misurazioni del tempo, e a metà Settecento gli orologi piú affidabili erano pendole: per definizione, non gli strumenti migliori da adoperare su mezzi beccheggianti. Tra le proposte pervenute al Board of Longitude, una delle piú originali aveva suggerito di ancorare per tutta la lunghezza dell'Atlantico una rete di cannoniere che sparassero un colpo a ogni mezzanotte locale, sincronizzando gli orologi dei naviganti e aggiornandoli cosí sulla loro posizione.

Gli astronomi francesi, da par loro, si erano specializzati nel calcolo della longitudine usando le lune di Giove, note per la regolarità delle loro orbite: confrontando su apposite tabelle prestampate l'ora locale dell'apparsa (o scomparsa) di una di esse con l'ora in cui lo stesso evento era previsto a Parigi, erano in grado di ricavare la distanza in longitudine dalla loro capitale. Il metodo era brillante ma, stante la difficoltà di effettuare osservazioni astronomiche attendibili in movimento, anche questo sconveniente per i naviganti.

Quale che fosse la speranza piú recondita degli armatori, se il progresso astronomico o quello cartografico, il puro aumento della conoscenza umana o l'avida espansione coloniale, l'obiettivo di Halley era stato raggiunto: il dispiegamento di forze in vista del transito di Venere del 1761 non aveva eguali nella storia della conoscenza umana. Gli astronomi viaggiavano da sempre e con molteplici intenti, ma questa volta c'era in gioco qualcosa di incomparabilmente piú rilevante. Individui di nazionalità diverse erano pronti a decine a rischiare la pelle nel tentativo, come sarebbe stato scritto, di «sbirciare dentro la finestra aperta da Venere sull'architettura della Creazione, per comprendere meglio il suo Creatore».

In Francia, dove i partenti erano stati definiti «infaticabili sgobboni» e paragonati a novelli Argonauti, l'astronomo aggiunto Le Gentil non stava nella pelle. Si era proposto volontario per la spedizione diretta a Pondicherry, possedimento francese sulla costa sudorientale dell'India: la piú lontana, insidiosa e meteorologicamente variabile delle località selezionate dall'Académie per l'osservazione del transito. Il 17 novembre 1759, con oltre un anno di anticipo rispetto alla data dell'evento celeste, aveva ricevuto il passaporto reale, dopodiché aveva fatto sosta a Coutances per omaggiare la tomba di suo fratello Nicolas, morto diciannovenne alcuni mesi prima, e congedarsi dalla madre.

Eccolo attraversare la Bretagna, diretto al porto di Lorient. Freme: i bagagli colmi di strumenti, e il cuore di speranza, sta per dare il suo decisivo contributo all'impresa del secolo. O almeno questo è ciò che crede.

4.

> *The kiss of Venus has got me on the go*
> *She scored a bullseye in the early morning glow*
>
> Paul McCartney, *The Kiss of Venus*

Oltre a essere un'immagine che non mi soddisfa, il "cuore colmo di speranza" non corrisponde nemmeno a una condizione spirituale necessariamente vera: è solo una mia supposizione, o, a voler essere generosi, un'ipotesi plausibile. Dagli scritti di Le Gentil trapela molto raramente qualcosa circa i suoi stati d'animo. I suoi sono resoconti sentimentalmente asciutti: analitiche pagine di un uomo di scienza, per lo più prive dei ricami del romanziere. Non posso nemmeno fingere che Le Gentil sia un personaggio di mia invenzione e modellare i tratti della sua personalità a piacimento, con lo scopo di massimizzare il piacere mio o quello dei lettori, vestendo così l'abito che piú si addice al privilegio e alle pretese di chi scrive, quello del demiurgo. La verità è che, eleggendolo a protagonista di questa storia, mi sono cacciato in un guaio non di poco conto, un progetto paragonabile per fallacia all'interpretazione dei pensieri piú reconditi di un nostro interlocutore, quantunque vicino egli sia, nell'illusione di poter scavalcare l'umana incomunicabilità e giungere a conoscerci nel profondo fidandoci esclusivamente di un mezzo – le parole – che, nonostante il poeta sostenga siano una delle poche cose di cui disponiamo davvero, rimangono drammaticamente imperfette. Scrivere di una persona con il poco che il linguaggio offre equivale, come ha scritto Emanuele Trevi in *Due vite*, a «far divampare un fuoco psicologico da qualche fraschetta umida raccattata qua e là».

Non so dire, insomma, quanta fiducia nel futuro serbasse Le Gentil mentre lasciava il porto di Lorient. Ho dedotto che in lui non scarseggiasse l'ottimismo rifugiandomi nell'unica componente del suo viaggio che possediamo con certezza: i fatti. Dunque adesso dedichiamoci a quelli, e alle congetture daremo spazio un'altra volta.

Al seguito un armamentario di pendole, termometri, barometri e specchi, Guillaume Le Gentil s'imbarcò il 26 marzo 1760. Era il *Berryer* un nuovissimo cinquanta cannoni, assai robusto, inviato insieme ad altre due fregate nelle colonie orientali per caricare merci e scaricare soldati destinati a rafforzare la guarnigione impegnata in India contro gli inglesi. Il conflitto piú significativo del secolo – la Guerra dei Sette anni – era al suo apice: Francia e Gran Bretagna si contendevano la supremazia planetaria affrontandosi via terra e via mare in tutti i continenti noti. Con la Francia erano schierati Arciducato d'Austria, Sacro Romano Impero, Russia, Svezia e, a partire dal 1762, Spagna; con il Regno di Gran Bretagna, Prussia, Elettorato di Hannover e Portogallo. Nell'economia di quello che Churchill avrebbe definito il primo vero conflitto mondiale, un ruolo strategicamente fondamentale era svolto dalle battaglie piccole e grandi che si susseguivano nelle colonie. In India la situazione era particolarmente calda: negli anni precedenti la guerra, l'impero francese si era espanso considerevolmente; la Compagnie des Indes Orientales competeva ormai a pieno titolo con le corrispettive – piú antiche – Compagnie inglesi e olandesi nel commercio delle spezie e dei tessuti. Il fallito assedio di Madras del 1759 aveva ridimensionato le mire dei francesi, che ciononostante mantenevano il controllo su una delle città principali della costa del Coromandel, Pondicherry, là dove il nostro astronomo aveva pianificato di osservare il transito di Venere davanti al Sole.

Se a questo punto vi state chiedendo come fosse possibile, in un contesto del genere, giudicare realistica una missione scientifica che, già rischiosa di per sé («Navigare è come stare in carcere, con in piú l'eventualità di finire annegati», sosteneva in quegli anni il dottor Johnson), richiedeva per la sua riuscita l'invio in giro per il mondo di astronomi rappresentanti di potenze in guerra tra loro, astronomi che a loro volta per giungere al calcolo dell'unità astronomica avrebbero dovuto collaborare tra loro, scambiandosi con costrutto i rispettivi dati raccolti, be', comprendo le vostre riserve. Che ci crediamo o meno, però, in qualche raro caso e prezioso, mossa da anelito alla conoscenza o puro spirito di sopravvivenza (non sono forse essi due facce del medesimo bisogno?), la razza umana è capace di slanci comunitari al limite dell'utopico.

Il lungo viaggio avrebbe lambito le Isole Canarie e l'arcipelago di Capo Verde, dopodiché, affacciatisi nel Golfo di Guinea, i tre vascelli francesi avrebbero seguito la costa dell'Africa occidentale, superato la linea dell'equatore (oltre la quale Le Gentil avrebbe tirato fuori un termometro, per verificare la tesi secondo cui nell'emisfero australe facesse piú freddo che in quello boreale) e approcciato il momento clou della traversata, il doppiaggio del Capo di Buona Speranza: lí, l'astronomo ne era consapevole, convergono i flutti «piú burrascosi di cui si abbia notizia in tutto il globo». Ma i problemi cominciarono ben prima del Capo.

Il 29 maggio, verso mezzogiorno, il *Berryer* navigava all'altezza della costa sud dell'Angola quando nel telescopio di Le Gentil, puntato all'occorrenza verso il mare alle spalle, comparvero quattro fregate inglesi. Due di esse, le piú prossime, erano dotate di sessantaquattro cannoni ciascuna. Su un paio di cose non c'erano dubbi: la prima, che erano bellicosamente sulle tracce del nemico; la seconda, che in caso di confronto a fuoco avrebbero avuto la meglio sui francesi nel volgere di poco. Le Gentil allertò trafelato i capitani, i quali optarono per una disperata manovra di depistaggio, cambiando ripetutamente direzione. Ora imboccavano una rotta, ora l'opposta; prima avanzavano, poi tornavano sulle proprie tracce, in un frenetico zig-zag che, complice la discesa delle tenebre e di una provvidenziale foschia, finí col disperdere gli inglesi. «La bruma sembrava essere scesa per noi», sospirò Le Gentil a pericolo scampato, apprestandosi a volgere il telescopio verso il suo elemento naturale: l'osservazione di un'imminente eclissi di Luna avrebbe dato all'equipaggio un'idea piú precisa sulla posizione del *Berryer*.

Dei giorni seguenti, quelli del temuto doppiaggio del Capo di Buona Speranza (onorato col canto del *Te Deum*), Le Gentil riferisce poco, colto da un mal di mare talmente acuto da fargli provare «la piú grande indifferenza rispetto alla vita». Qualche particolare in piú torna a concederlo piú avanti, nel corso della risalita del Canale del Mozambico. Il mare intorno al vascello d'un tratto s'illuminò, veniamo a sapere, scintillando «come se ci trovassimo in uno stagno di fuoco». Le Gentil si produce in una dettagliata analisi dello strano fenomeno: spiega come, sebbene avesse inizialmente pensato che la luminescenza fosse causata da «un'infinità di piccoli animali fosforici», l'esperienza diretta lo portò a supporre che si trattasse in realtà di una manifestazione della largamente ignota proprietà della materia di cui un suo contemporaneo, Benjamin Franklin, si stava ergendo a massimo esperto mondiale, l'elettricità. A margine della disamina, quasi *en passant*, Le Gentil sottolinea che, quale fosse l'origine del prodigio, egli non amava particolarmente assistervi: lo considerava un evento di cattivo auspicio. Era un uomo di scienza, ma certi segni riteneva di poterli leggere anche senza essere in grado di spiegarli del tutto.

Il 7 luglio dalla tolda del *Berryer* fu avvistata Rodrigues, la piú orientale delle Isole Mascarene, arcipelago vulcanico al largo della costa est del Madagascar. Poco dopo fu la volta dell'Isola di Francia, l'attuale Mauritius, dove i tre vascelli attraccarono il 10 luglio. Amministrata dalla Compagnie des Indes Orientales a partire dal 1721, popolata per tre quarti da schiavi africani e per la restante parte da francesi bramosi di avventure, seconde occasioni o facili guadagni, l'oasi tropicale era una pimpante base navale, ultimo strategico snodo sulla rotta per l'India. La prima parte del viaggio di Le Gentil era conclusa. Era stata una «traversata alquanto bella e singolare», scrisse.

Alquanto bella e singolare. Un viaggio di tre mesi e mezzo, con i nemici alle calcagna e un mare cosí agitato «da far pensare alla morte come a un sollievo», segnato dalla perdita di tre uomini, uno per fregata, gettatisi a mare per la disperazione e, per gradire, anche da un infausto presagio naturale. Tutto questo e il massimo del disappunto espresso da Le Gentil risiede nell'aggettivo "singolare". Ditemi se non è colmo di speranza il cuore di un uomo che giudica "alquanto bello" un viaggio di tal fatta.

Se credete che non brillassero d'impazienza i suoi occhi mentre metteva piede su un'isola da cui già non vedeva l'ora di ripartire, ebbro di quel che stava per succedere – della promessa sempre contenuta in quel che sta per succedere – allora non vi siete trovati mai in una delle inesprimibili congiunture della vita in cui quella determinata cosa appare l'unica da fare, quella parola la piú importante da pronunciare, e tutto suggerisce che si sta per compiere uno dei passaggi qualificanti delle nostre esistenze, una di quelle singolarità spazio-temporali che si vorrebbe provare a preservare il piú a lungo possibile, di cui si intuisce la peculiare consistenza già mentre accadono, e che quando si disvelano in tutta la loro irripetibilità sono già schegge di un tempo perduto.

Uno dei giorni, ha scritto Gunnar Gunnarsson, «in cui la promessa e il suo compimento svuotano il cuore e tornano a riempirlo, come il flusso e il riflusso della marea».

Oppure vi ci siete trovati, ma qualcuno sul piú bello vi ha parlato come parlò il governatore dell'Isola di Francia a Le Gentil poco dopo il suo sbarco, estinguendo i di lui ardori con l'annuncio che la situazione nelle colonie indiane era precipitata. Quel che restava dei possedimenti francesi stava cadendo sotto i colpi dell'artiglieria inglese, e molto presto Pondicherry, la meta finale della sua missione, sarebbe stata assediata: tra Le Gentil e Venere s'era intromesso Marte belligero. L'ultima parte del – questo sí, singolare – messaggio di benvenuto avvertiva l'astronomo reale che tutte le navi ancorate sull'isola, una delle quali avrebbe dovuto provvedere a tradurlo in India, erano andate distrutte alcune settimane prima a causa di un uragano.

5.

Gli uomini non vogliono sapere che l'istoria de' grandi, e de' re, la quale non giova a nessuno.

Bernardin de Saint-Pierre, *Paolo e Virginia*

L'idea un po' adolescenziale di mettere ordine nella mia vita con i numeri si era risolta in un mezzo fallimento: a ogni barlume di regolarità che avevo intravisto era puntualmente seguita la scoperta di un nuovo e piú vasto fronte di irregolarità. Mi ero barcamenato tra medie e varianze per quasi un decennio, poi un giorno – i trent'anni all'orizzonte – si era fatto largo in me il dubbio di non avere abbastanza tempo per risolvere tutto il disordine che mi stava intorno. Era, questa, una prospettiva che forse nemmeno m'interessava piú. Che senso ha cercare ogni volta di unire i puntini per ottenere una figura compiuta? Davvero ci interessa produrci in previsioni attendibili sul futuro? A quale scopo?

Prima come un pungolo e poi come una fiocina, la necessità di lasciarmi governare dal caos anziché provare a domarlo mi aveva travolto, ricacciando in un angolo modelli statistici e progetti di stabilità. Ero adesso completamente a mollo nell'entropia del mondo.

La neve seppellisce le domande, s'era detto, dunque conclusa la trafila universitaria, e senza la minima intenzione di applicare il dottorato di ricerca al mondo reale, avevo scelto di andarmene nel luogo piú nevoso che conoscessi. Era l'inizio del 2016. Come ha scritto il personaggio di cui riferirò tra poco, «il rifugiarsi ne' luoghi piú selvaggi ed abbandonati è una tendenza comune a tutti gli esseri sensibili, ed infelici». Ora, non so se io fossi esattamente infelice quando partii la prima volta per l'Islanda, fatto sta che avevo la netta sensazione di potermi sbriciolare a ogni minimo impatto con la vita da adulto che intravedevo attendermi al varco, e ritenevo che un consistente manto di neve avrebbe quantomeno attutito i colpi.

Dal lucernario del bugigattolo dove passai le quarantott'ore piú significative del mio primo soggiorno islandese il panorama non era granché. Una sinuosa trincea bianca, alta quasi quanto il cottage stesso, lasciava spazio a malapena a una frangia di cielo in alto a destra. Se piuttosto che neve fosse stata arenaria avrei potuto credere di trovarmi in un rosso canyon dell'Arizona, invece mi trovavo nello scampolo di Islanda nordorientale che degrada dolcemente dall'abitato di Húsavík verso la sponda est della paffuta baia di Skjálfandi. Il cottage e il mare erano separati da due laghetti artificiali, ghiacciati, piccole depressioni sulle quali la neve piú fresca, la sola che il vento riuscisse a sollevare, sciamava ora a folate regolari ora a strappi rabbiosi, incanalandosi in autostrade di fumo bianco che non portavano da nessuna parte e che mi fecero subito pensare a un film dei Coen. Piú oltre, nei pressi di quello che si sarebbe detto il centro della baia, si formavano cavalloni di mercurio che infierivano su una spiaggia inesistente. Mi era stato riferito che d'estate nei pressi dei laghetti bazzicavano piú di novanta diverse specie di uccelli, e che la finestra che dava sulla veranda antistante il cottage, dove mi spostavo di tanto in tanto anelando invano a tinte che non fossero il bianco, era ambita da ornitologi di mezzo mondo. D'inverno lo era evidentemente meno: volatili e loro spasimanti avevano di meglio da fare, cosí che avamposti come il mio rimanevano inutilizzati, i binocoli di cortesia mestamente riposti nelle custodie. Era stato per smuovere un po' i sonnolenti affari che quel gennaio Sigurjón Benediktsson, dentista in pensione e proprietario del cottage, aveva lanciato una balzana offerta promozionale: chiunque fosse stato in grado di aprirsi un varco nella neve e raggiungere la casupola avrebbe potuto soggiornarvi gratis per un intero weekend. Io ero stato l'unico a presentarmi. Dalla veranda ammiravo non senza orgoglio la stradina che mi ero aperto in circa due ore e mezza di allegro esercizio del badile. Era un varco stretto, e le abbondanti nevicate previste nei giorni successivi l'avrebbero reso di nuovo inagibile, ma contavo che per la durata della mia permanenza sarebbe rimasto percorribile. Due giorni e due notti, il tempo di confrontarmi con la prima aurora boreale della mia vita.

Avvenne senza preavviso. Erano trascorse circa sei ore dal tramonto, diverse decine di minuti dall'ultimo cumulo di neve rotolato dal tetto con fragore. Sulle finestre dei muri esposti a nord, i piú freddi, che dall'esterno la neve faceva apparire come impataccati di una muffa bianca e spugnosa, gli strati di ghiaccio si erano accartocciati uno sull'altro, sigillando i vetri dietro una patina omogenea, simile a lamiera ondulata. Oltre la veranda, una coltre di buio sempre piú fitta dava al dimesso ambiente interno le fattezze del luogo piú accogliente del mondo. Il mio battesimo del cottage era adesso tutto nero e ovatta. E silenzio. Un silenzio denso, fibra provvista di una sua riconoscibile materialità, che nemmeno il grande orologio appeso in camera pareva in grado di penetrare. Era questa una pendola non molto ciarliera, di sicuro meno di quella che animava la casa del protagonista del *Concerto dei pesci*, e che secondo Halldór Laxness «scandiva ticchettando una parola di quattro sillabe, e-ter-ni-tà, e-ter-ni-tà».

I primi lucori incominciarono poco dopo che ebbi girato un'altra volta la manopola del radiatore e accelerato il flusso di acqua geotermale che impediva al cottage di ridursi in uno scheletro di ghiaccio. Man mano che le stringhe di luce presero a colare a rivoli dallo zenit verso le pareti laterali del cielo, inondandolo di smeraldo, ecco che accadde. Il mio stupore mutò progressivamente in una sensazione cupa, costringente, che con un'iperbole potrei quasi definire propedeutica all'asfissia. Ero intrappolato in un souvenir di dubbio gusto, una di quelle palle di vetro che si agitano per far posticciamente nevicare sul Colosseo o sul Duomo di Milano, e che un burlone siderale, o qualche ineffabile dio delle profondità cosmiche, stava bombardando dall'esterno con abbondanti munizioni di vernice verde: ecco cos'erano quei ghirigori fluorescenti. Ci vuole una abilità non da poco a trasformare un evento alla fin fine festoso come un'aurora boreale in un'occasione di allerta, lo riconosco, ma questo è quel che mi capitò nel cottage islandese mentre una incessante pioggia di elettroni mi teneva sotto attacco.

Il cielo non voleva saperne di pacificarsi, né io di addormentarmi, cosí in uno stato simile al dormiveglia, e senza un nesso apparente, mi venne in mente la mia cameretta di bambino. Io disteso insonne nel letto e la luce accesa in fondo al corridoio, segno che mia madre era ancora sveglia e sarebbe passata presto a rimboccarmi le coperte, sussurrandomi la piú efficace delle sue ninnenanne. Erano quasi trent'anni che quel motivetto non mi risuonava in testa, ma quella notte ripensai a *dove vanno a finire i palloncini / quando sfuggono di mano ai bambini*, alla quiete generata in quell'acerba versione di me stesso dalla nozione che il cielo servisse esattamente a quello, ad accogliere i palloncini perduti e talora i cari scomparsi – un'altra delle conciliatrici rivelazioni della mamma. Forse tutto quel che ci occorre il piú delle volte è questo: qualcuno che ci convinca canticchiando che l'universo è stato fatto per noi; che tutto ciò che vaga nello spazio ha uno scopo, e che nulla si perde per sempre. Qualcuno, mi si perdoni il volo pindarico, che distilli in una ninnananna lo stesso afflato antropocentrico di Bernardin de Saint-Pierre, scrittore e molte altre cose, che pochi anni dopo Le Gentil arrivò sull'Isola di Francia e la elevò a palcoscenico del suo capolavoro.

Jacques-Henri Bernardin de Saint-Pierre, nativo di Le Havre, si era infatuato dodicenne di *Robinson Crusoe*, e fu soltanto il fallimento dei suoi tentativi di stare al mondo da avventuriero (aveva, tra le altre cose, provato a sedurre l'arciduchessa d'Austria Maria Carolina, a fondare una compagnia per scoprire un passaggio in India attraverso la Russia e a redigere un piano di conversione dei popoli barbari) a spingerlo verso una piú pacifica carriera da letterato, opzione che avrebbe continuato a considerare a lungo come «estremamente sgradevole e infruttuosa». Quando, nel 1768, partí per l'Isola di Francia in qualità di ingegnere, Bernardin era indebitato e disilluso, ma la paradisiaca visione della colonia tropicale impiegò poco a trasformare l'uomo imbronciato in intellettuale illuminato. La purezza della vita sull'isola risvegliò in lui l'antica utopia di una società ideale in cui tutti concorrano al bene comune, vivendo in armonia tra di loro e con la natura. Bernardin era fermamente convinto che il creato fosse un sistema perfetto in cui nessun elemento può essere analizzato separatamente, perché tutti giovano in egual misura al principale beneficiario del sistema: l'uomo.

Scienza e religione si fondono nel suo pensiero, generando il peculiare sentimento della natura di cui impregnò le sue opere, e che gli fece rinnegare la versione originale del motto cartesiano in nome di un piú carnale "sento, dunque sono". Nell'universo sensoriale di Bernardin nemmeno dolore e morte erano esclusi. Anzi, fu proprio l'esperienza di un profondo sconforto, provocato dalla realizzazione del disboscamento e dalle speculazioni agricole incalzanti nella colonia, a indurlo a convincere il governatore dell'Isola di Francia dell'importanza delle foreste nella conservazione di suolo e clima locali – presa di posizione che lo qualifica come uno dei pionieri del concetto di sostenibilità ambientale. La radicalità del pensiero di Bernardin si spinse fino a veementi considerazioni etologiche (riteneva che ogni animale che divorasse la propria preda viva commettesse un peccato contro le leggi della sua stessa natura) e ad accorate riflessioni sull'importanza di educare le giovani generazioni a un regime alimentare il piú possibile genuino, al punto che oggi il sito internet della International Vegetarian Union gli dedica una pagina ben documentata. Sempre grazie al web, ho potuto procurarmi la versione digitalizzata dell'opera universalmente giudicata l'apice della produzione letteraria di Bernardin de Saint-Pierre. Oggi per lo più trascurato, *Paolo e Virginia* è un romanzo di meno di duecento pagine che io ho letto in una traduzione del 1816, opera del «rinomato A. Loschi, socio di varie accademie».

Paolo e Virginia, o «i figli dell'infortunio» secondo una successiva traduzione fiorentina, nascono sull'Isola di Francia da due donne emigrate dalla madrepatria europea: Madama de la Tour, madre di Virginia, nobile di famiglia e vedova, e Margherita, madre di Paolo, contadina abbandonata dal consorte. Accomunate dal destino baro ed entrambe sole, le due donne decidono di educare i rispettivi figli insieme, fratello e sorella immersi nella natura rigogliosa dell'isola. «Amica», dice Madama de la Tour a Margherita, «ognuna di noi avrà due figli, ed ognuno de' nostri figli avrà due madri». Paolo e Virginia crescono così in simbiosi con gli uccelli, che cominciano a riconoscere, e con le piante, che imparano a coltivare. Diventano inseparabili: «Tutto il pensier loro era di compiacersi, ed aiutarsi scambievolmente».

Attraverso l'idillio infantile dei suoi protagonisti Bernardin evoca una vita semplice, lontana anni luce dalla ridondanza del mondo occidentale. Un'esistenza in cui persino le parole appaiono superflue: «Al silenzio loro, alla naturalezza degli atteggiamenti, alla bellezza de' loro piedi nudi, parea di vedere un gruppo antico di marmo».

Novelli Adamo ed Eva, i due giovani non possiedono «né orologi, né almanacchi, né libri di cronologia, d'istoria, o di filosofia». Bernardin si chiede che bisogno avessero di essere ricchi o colti quando già traboccanti di virtú: «La loro morale consisteva nell'azione, come quella del Vangelo». Un giorno, dopo aver soccorso una schiava frustata dal suo padrone, Paolo e Virginia finiscono per smarrirsi nella fitta boscaglia dell'isola, allorché, per lodare il loro sprezzo del pericolo e la loro nobiltà di spirito, lo scrittore ricorre a una delle metafore silvestri tipiche del suo stile: «Cosí come le viole sotto agli spineti nascoste, [le brave persone] spandono lungi un gratissimo odore».

Il fraseggio di Bernardin è un costante rinvio alla natura, un fiume di analogie che gli consentono di illustrare idee e oggetti esotici per mezzo di immagini familiari al lettore. Il supporto fraterno tra esseri umani in difficoltà lo fa pensare a «deboli piante che sogliono avvincolarsi insieme per far fronte alla tempesta». I tronchi degli alberi al tramonto diventano ai suoi occhi preziosi pilastri: «Le fronde degli alberi, al di sotto rischiarate da' dorati raggi, in guisa di topazi e di smeraldi vedeansi scintillare: i loro tronchi barbuti e bruni cangiati sembravano in tante colonne di bronzo antico. Gli augelli già silenti, e disposti sotto a' cupi rami a pernottare, maravigliandosi credevano di rivedere un'altra aurora, e con mille canti salutavano tutti insieme l'astro apportatore di luce».

Dopo averlo stordito con un campionario di perifrasi di cui «l'astro apportatore di luce» non è detto costituisca l'apice, nella seconda parte del romanzo Bernardin conduce il lettore verso sviluppi dalle tinte decisamente piú fosche. Proprio quando il legame tra i due protagonisti ha l'aria di evolvere verso il sentimento «fatto dalla natura vincolo di tutti gli esseri» (insomma l'amore), Virginia abbandona l'isola. Una zia materna «nubile, ricca, nobile, vecchia e bigotta» la invita via lettera a tornare in Francia, promettendole «una ottima educazione, un partito in corte e la donazione di tutti i suoi beni». La fanciulla, inizialmente riluttante, si lascia convincere dalle pressioni del governatore e del missionario dell'isola, persuasi che la ricchezza da lei acquisita in Europa avrebbe giovato di riflesso a tutta la colonia: «Se questo sarà l'ordine di Dio», acconsente Virginia, «non vi posso fare alcuna resistenza».

La notizia della partenza dell'amata strugge Paolo, che dopo essere stato a fatica dissuaso dal proposito di seguirla a nuoto, decide di imparare a leggere e scrivere per poter intrattenere una corrispondenza con lei. La prima lettera di risposta giunge all'Isola di Francia due anni dopo: Virginia racconta di essere stata nominata contessa, di vivere «in mezzo allo splendore della ricchezza» e di poter godere di «maestri d'ogni specie». Aggiunge di esser sola, «senza nessuno a cui potere esprimere l'amore», nuova questa che non rasserena affatto Paolo, il quale prende a temere l'eventualità che Virginia «beva la corruzione dei romanzi alla moda» e si dimentichi di lui. Presagio inequivocabile, i semi di viola e scabbiosa allegati alla missiva non germogliano nei luoghi dell'isola in cui Virginia raccomanda per iscritto a Paolo di piantarli. Comincia in ultimo a circolare voce che l'emigrata stia per sposare un rampollo francese.

«Simile al globo sul quale ci aggiriamo, la nostra breve revoluzione dura un giorno solo: ed una parte di questo giorno non può godere la luce, senzacché l'altra non sia coperta dalle tenebre», argomenta Bernardin nell'esegesi del sinistro capovolgimento della trama. Le tenebre del povero Paolo assumono le sembianze di un isolamento via via piú opprimente, e a poco servono le parole del saggio del villaggio – il narratore della storia – che cerca di convincerlo circa la bontà della solitudine, «cosí necessaria alla felicità», e il numero ristretto dei piaceri davvero indispensabili a un'esistenza degna: «una capanna; un picciolo campo dissodato; il fiume; la lettura di alcuni libri che insegnino a divenire migliore».

Paolo continua ad affliggersi. Vorrebbe imbarcarsi, ricongiungersi con Virginia. Vorrebbe saper leggere nell'avvenire e sapere se un giorno potrà sposarla. «E chi mai avrebbe il coraggio di vivere, o figlio, se note fossero le future cose?» ribatte il vecchio nel dialogo che prelude alla scena madre della vicenda.

È notte. Gli abitanti dell'isola vengono svegliati dalle cannonate lontane «d'un bastimento in perdizione»: la nave su cui Virginia sta per fare finalmente ritorno a casa si trova nel mezzo di una bufera, il mare è «una voragine immensa di spume bianche». Due uomini sono costretti a legare Paolo con una corda per evitare che si getti tra le onde nel tentativo di raggiungere la poppa del vascello, sulla quale appare infine Virginia, che «con viso dignitoso e sicuro», agita una mano «come dando un eterno addio». Nell'altra mano tiene stretta una miniatura di San Paolo, dono fattole dall'innamorato tempo addietro, simbolo di preservata fedeltà. Dopo questa straziante vista, «tutto subbissò».

Le pagine che seguono il naufragio, nelle quali l'anziano narratore ricorre a tutta la sua sapienza per provare a sollevare l'inconsolabile Paolo, sono un ambizioso crescendo che spazia dall'esaltazione della morte a una circonvoluta dimostrazione dell'esistenza di Dio, passando per alcune affascinanti speculazioni sull'aldilà: «Vi consoli questo pensiero, che la disgrazia vostra non proviene da voi, e che non l'avete meritata. La vita dell'uomo con tutti i progetti sorge a guisa di torricciuola, di cui la morte è come la sommità. Nascendo, Virginia doveva morire. Beata ella di avere sciolti i legami della vita prima della sua, della vostra madre, e di voi; vale a dire, di non essere morta piú volte prima di morire. Ma che parlo? Esiste Virginia, o figlio! Tutto qui muta, ma non si perde. Vi è un Dio, lo annunzia la natura tutta, e non mi fa d'uopo provarvelo. Se non vi è nell'oceano la minima particella di acqua che brulicante non sia di esseri viventi a noi sottomessi, possibile sia che per noi nulla appartenga fra tanti astri che vedonsi rotear sul nostro capo? In que' globi brillanti ed innumerabili, in que' campi immensi di luce che li circondano e da cui fuggono la notte e le tempeste, non vi sarebbero che una vana estensione, ed un nulla senza fine? Certamente vi è in qualche parte un soggiorno dove la virtú riceve il suo premio, e ora Virginia è felice».

Un soggiorno da qualche parte tra *globi brillanti ed innumerabili*: piú che l'abituale paradiso biblico, nell'originale disegno del suo Dio Bernardin sembra quasi prospettare, in forma di necessità logica, l'esistenza di pianeti extraterrestri abitati. Intanto nel suo romanzo, sulla Terra, muoiono tutti di dolore. Prima Paolo, poi sua madre Margherita, poi Madama de la Tour, infine i servi e persino il cane di famiglia. L'isola ha perduto «quello che piú caro le fosse», e il vecchio saggio rimane infine solo: «Cosí dicendo, il vetusto si allontanò, versando delle lagrime».

Pubblicato nel 1787, *Paolo e Virginia* suscitò la commozione di un'intera generazione di francesi e, stando al resoconto di Emmanuel de Las Cases nel *Memoriale di Sant'Elena*, persino Napoleone Bonaparte pianse leggendo il romanzo. Flaubert lo citò, in *Madame Bovary*, tra le letture di Emma in convento, mentre nel *Curato del villaggio* Honoré de Balzac lo definí «uno dei piú toccanti libri in lingua francese». Un contemporaneo meno benevolo nei confronti di Bernardin – il filosofo e aforista Joseph Joubert – affermò invece che nello stile dell'autore c'è «come un prisma che affatica gli occhi, al punto che dopo averlo letto a lungo si è quasi sollevati nello scoprire che la vegetazione nelle campagne è meno colorata di quanto appaia nei suoi scritti».

Io ho letto *Paolo e Virginia* per farmi un'idea di come si presentasse nella seconda metà del Settecento l'Isola di Francia, il luogo dove abbiamo lasciato impelagato Le Gentil. Nella raffigurazione dell'isola fornita con tanta perizia da Saint-Pierre ho trovato un olismo travolgente e un attacco alle storture dell'Occidente certamente ingenuo, ma sincero. Per questo, prima di tornare al nostro astronomo, desideravo dare spazio a questo curioso scrittore – e botanico, zoologo, fisico, teologo – che tra un viaggio e l'altro trovò anche il tempo di diventare grande amico di Jean-Jacques Rousseau, essere nominato intendente del Jardin du Roi e avere due figli. Li chiamò, ma forse questo lo immaginate già, Paul e Virginie.

6.

> E c'è che vorrei il cielo elementare
> azzurro come i mari degli atlanti
> la tersità di un indice che dica
> questa è la terra, il blu che vedi è mare.
>
> Pierluigi Cappello, *Elementare* in *Azzurro elementare*

L'esperienza all'Isola di Francia non fu propriamente un Eden, per Le Gentil. L'impossibilità di proseguire seduta stante per Pondicherry e la frustrazione per l'evolversi di quello che avrebbe dovuto essere un breve stop-over in una cattività a tempo indeterminato gli lasciarono in eredità fastidi di natura intestinale destinati a durare fino agli inizi di novembre: se pure un vascello avesse per qualche ragione deciso di tentare l'impegnativa traversata verso l'India, prima della fine del 1760 Le Gentil non sarebbe stato in condizione di partire. Mortificato nello spirito e dolente nelle membra, scelse di abbandonare l'insopportabile calura di Port Louis, la capitale della colonia, e rifugiarsi in campagna, presso una delle dipendenze del governatore Desforges-Boucher.

Un discreto numero di giardini a parte, l'isola offriva pochi spunti degni della versatile vivacità intellettuale dell'astronomo, il quale nei suoi scritti si diede salace a sciorinarne le pecche. Oltre alle «temperature penose», causa di mortiferi colpi di sole, individuò almeno altre sette piaghe che angustiavano quella landa: cavallette, ratti, bruchi, farfalle, siccità, uragani e uccelli. I lucherini, in particolare, erano un vero tormento. Questi passeriformi «gialli e grigi, grandi distruttori e per nulla interessanti», erano stati importati dal Sudafrica e utilizzati inizialmente quali graziosi presenti per signore, poi però si erano riprodotti a un ritmo talmente elevato che, apprendiamo con Le Gentil, per reprimerne la proliferazione incontrollata era stato fatto obbligo a tutte le famiglie dell'isola di fornire periodicamente alle autorità un certo numero di teste di lucherini morti. Stuzzicato dalla terrificante descrizione, non ho potuto esimermi dal ricercare informazioni aggiuntive su quest'uccellino. Mi è bastato scorrere la sezione "Chant et cri" della voce francese di Wikipedia per convenire con Le Gentil sull'essenza innegabilmente funesta del lucherino: «Il suo canto, assai acuto e penetrante, è un incessante cinguettio che spesso termina con un *dèètsch* o un *chèi* prolungato», si legge online. «In volo il suo verso è un *tsî-e* o un *tlie dih*. Nelle prime due settimane di vita, i giovani emettono un *tchètchètchèt*, mentre gli adulti, quando sono inquieti, lanciano uno stridulo *tsou-ît*.» Prendendo in prestito una locuzione che Herman Melville coniò per altri uccelli di altre isole, ritengo si possa sinteticamente descrivere il canto dei lucherini come un «chiasso demoniaco».

Anche sul versante agrario Le Gentil era atteso da una sfilza di delusioni. La noce moscata coltivata sull'isola era di qualità «molto inferiore rispetto a quella delle Molucche», mentre gli alberi di mango, pur belli da vedere, producevano frutti «in nessun modo paragonabili a quelli provenienti dall'India». A causa del vento, i tamarindi crescevano molto lentamente, ed erano stati in gran parte rimpiazzati da schiere di bambú «che producevano un bell'effetto, ma danneggiavano i giardini». Il mangostano, un albero dai frutti tondeggianti e dal vago sapore di pesca e litchi, era stato introdotto con ottimismo nel 1754, tuttavia Le Gentil non trovò «alcuna evidenza della sussistenza di questa pianta nella colonia». Una trattazione a parte la merita il caffè, del quale scopriamo essere Le Gentil consumatore seriale e ferrato conoscitore. Il preambolo, per nulla promettente, è che «questo prodotto dei paesi caldi non cresce ugualmente bene in tutti i paesi caldi». Secondo Le Gentil, la qualità di caffè migliore in assoluto è l'arabica (ne sapeva per davvero), mentre le miscele provenienti dalla Martinica e dall'Oceano Indiano andrebbero considerate di rango inferiore. Per sostenere la tesi del primato del caffè arabico, Le Gentil riporta di aver sostenuto al riguardo un lungo dibattito epistolare con Monsieur de la Nux, referente dell'Académie dall'isola Borbone (l'attuale Riunione, sempre nelle Mascarene) e suo interlocutore di viaggio preferito. La disputa tra i due non è riportata nel diario, ma la chiosa finale di Le Gentil sí, e somiglia a una sentenza: «Solo il caffè arabico lascia in bocca un profumo che perdura a lungo, e che non ha nulla da invidiare alle migliori bevande d'Europa». Rispetto al caffè prodotto sull'Isola di Francia, be', giudicate da voi quale fosse l'opinione del nostro inviato: «Ricordo ancora la prima volta che assaggiai del caffè locale, dopo aver terminato il mio. La prima tazza mi parve piuttosto cattiva. Mi ci vollero diversi giorni per abituarmici, e alla fine quello che penso è che il caffè non diventerà mai una branca del commercio di quest'isola». Dopo aver chiarito di aver omesso per brevità molti altri esempi, Le Gentil conclude il suo panegirico agronomico sancendo che il clima balordo e il terreno tufaceo facevano dell'Isola di Francia un luogo semplicemente «non adeguato a un gran numero di produzioni». Anche per questo motivo la vita laggiú risultava oltremodo cara, e il vino – un altro dei suoi selezionati sfizi – un lusso quasi proibitivo.

Le settimane passavano, il transito di Venere si avvicinava e le rare notizie che giungevano a Port Louis erano un proliferare di navi inglesi all'arrembaggio e altre francesi in ritirata. Non appena ebbe recuperato un pizzico della sua proattività, Le Gentil iniziò a imbastire un piano alternativo al trasferimento in India. Pensò di andare ad adempiere al suo compito sull'isola di Rodrigues, distante circa cento leghe marine dall'Isola di Francia e localizzata leggermente meglio per l'osservazione del transito. Ottenne appoggio dal governatore, che gli garantí che avrebbe fatto tutto quanto in suo potere per rendere possibile la trasferta. In cambio, al suo ritorno a Port Louis l'astronomo avrebbe portato con sé alcuni esemplari delle prelibate testuggini giganti di Rodrigues.

Era la fine di febbraio quando uno dei rari colpi di fortuna di cui troverete traccia in queste pagine intervenne a stravolgere i piani abbozzati da Le Gentil. Una fregata reale attraccò a Port Louis con l'ordine, firmato da Luigi XV in persona, di mandare urgentemente qualcuno in India per persuadere il generale Lally, barone di Tollendal, di stanza a Pondicherry, a resistere con tutti i mezzi possibili all'assedio degli inglesi, dal momento che in soccorso dei suoi uomini sarebbero presto arrivate in India le truppe francesi in ritirata dal fronte americano. Le Gentil non se lo fece ripetere due volte. I tempi erano stretti e la stagione dei monsoni alle porte, ma ci fosse stata anche solo una possibilità su un milione di giungere sulla costa del Coromandel prima dell'evento piú importante della sua carriera, avrebbe provato a coglierla.

S'imbarcò sulla *Sylphide* l'11 marzo 1761, ottantasette giorni prima del transito, senza nemmeno una cabina a disposizione – soltanto un'amaca. I marinai gli assicurarono che in quel periodo dell'anno, in condizioni normali, due mesi e mezzo sarebbero stati piú che sufficienti ad arrivare in India. Ma le condizioni normali sono una chimera in questa vicenda, sicché, dopo un inizio di navigazione incoraggiante, i monsoni orientali spinsero la *Sylphide* in direzione contraria rispetto alla rotta prestabilita, facendola ristagnare per cinque settimane nei pressi della Costa d'Ajan, Corno d'Africa. «Era come essere piombati nell'impero della calma», annotò sconsolato Le Gentil. Alla fine di aprile, la fregata raggiunse il piccolo arcipelago di Socotra, al largo dello Yemen, un luogo che in un'altra situazione avrebbe alimentato l'appetito aneddotico dell'astronomo (si raccontava che in passato le isole fossero state abitate da stregoni in grado di farle scomparire a loro piacimento), ma che adesso era nient'altro che un intralcio: mancava solo un mese al passaggio di Venere.

Il 3 maggio la *Sylphide* incrociò dei commercianti moreschi pratici di quei mari, i quali avvertirono i francesi che secondo le loro stime il vento non sarebbe cambiato prima di dodici-quindici giorni. Sull'evoluzione della guerra in India, intanto, nessun aggiornamento. Verso metà mese, meno di tre settimane prima del transito, i monsoni tornarono favorevoli, rinfocolando le mai del tutto sopite speranze di Le Gentil, che nel suo diario mise momentaneamente da parte l'ansia di non farcela per raccontare degli strani abitanti del mare che a un certo punto presero a scortare con acrobazie e buoni auspici la marcia finalmente spedita della *Sylphide*. «Ci trovammo in mezzo a prodigiosi banchi di pesci volanti. Guizzavano fino a circa quindici piedi sopra l'acqua, nella quale rientravano un istante per riprendere di nuovo il volo, e cosí ancora». Sinceramente Le Gentil si appassionò all'inattesa fonte di svago: «Capitava qualche volta che per evitare i tonni, questi pesci finissero direttamente a bordo della nave. Tutto questo era ancora piú spassoso se nei paraggi capitavano dei paglia-in-culo, uccelli che si nutrono di pesce, poiché allora i pesci volanti non sapevano piú dove rifugiarsi, e se uscivano dall'acqua per evitare i tonni era raro che non finissero immediatamente preda dei paglia-in-culo». Poco dopo fu la volta di un altro tipo di spettacolo: «Ci ritrovammo in mezzo a una foresta di coralli coloratissimi, che in certi punti fuoriuscivano dall'acqua a guisa di lunghi pennacchi».

Ma il sollazzo fu effimero. Il 24 maggio, a una manciata di leghe dalle spiagge di Mahé, costa sudoccidentale dell'India, due piroghe autoctone informarono l'equipaggio della *Sylphide* che l'assedio era concluso, Pondicherry caduta nelle mani dei britannici. I francesi tagliarono immediatamente la corda. Temporeggiarono per alcuni giorni nei pressi di Galle, attuale Sri Lanka, dopodiché, ricevuta dalle locali autorità olandesi la conferma ufficiale della resa di Lally Tollendal (e un caldo invito a non fermarsi sull'isola e a proseguire il viaggio), optarono definitivamente per la ritirata. Il 30 maggio, a pochi giorni di navigazione dalla meta e in mezzo a una tormenta, la *Sylphide* fece desolatamente rotta verso l'Isola di Francia. Mancava una settimana al transito di Venere. Le Gentil, che aveva sperato fino all'ultimo di convincere gli ufficiali di bordo dell'importanza della sua missione, cercando di non vanificare un viaggio per la cui riuscita «molti voti erano stati offerti al Cielo», dovette constatare che le sue implorazioni si erano perdute tra i marosi. In un tentativo estremo, domandò al capitano se non fosse comunque possibile scaricarlo, telescopio al seguito, da qualche parte sulla costa del Coromandel. Non ci fu verso. Con rammarico, ma non senza amor proprio, Le Gentil chiosò: «Non dovrei essere biasimato per non essere arrivato a Pondicherry. È una giustizia che imploro ai colleghi astronomi di rendermi, e che avrò ragione di ricevere da loro quando leggeranno le mie memorie».

Quanto al barone di Tollendal, la drammatica capitolazione delle colonie che amministrava mise in moto tutt'altro genere di giustizia. Ritornato in Francia, fu reputato colpevole di alto tradimento e sentenziato a morte. La sua esecuzione, avvenuta il 6 maggio 1766 a Parigi per mano di un boia che non aveva mai decapitato un uomo prima di allora, fu una delle piú cruente di cui si abbia traccia nella storia moderna, tanto che i sanguinolenti dettagli del resoconto della sua morte furono utilizzati anni dopo a sostegno dell'adozione della ghigliottina in luogo della sciabola. Avvenne che, dopo essere stato condotto in Place de Grève a bordo di una carrozza drappeggiata in nero, Lally Tollendal venne fatto inginocchiare e bendato. Il boia lo colpí una prima volta, ma non riuscí a separare del tutto la testa dal resto del corpo, anzi il rinculo della sciabola gli ruppe la mascella e alcuni denti. Il condannato, ancora vivo, si ribaltò in avanti, e ci vollero altri quattro o cinque colpi per finirlo. «A questa macellazione», si legge in calce a una cronaca del tempo, «tutti assistettero con orrore».

7.

> Cerco Venere
> E sono otto mesi che non mi rado la barba
> Sotto un cielo che non promette tregue
>
> Pinguini Tattici Nucleari, *Le Gentil*

L'inverno della prima aurora boreale oppose resistenza, ma a un certo punto finí. Con la cocciutaggine dei gatti fradici, le betulle si scrollarono la neve di dosso, e anche i ciuffi d'erba intrappolati sotto le croste di ghiaccio piú coriacee a un certo punto riuscirono a liberarsi. Luce e colori si appropriarono con crescente ingordigia degli ultimi recessi di tenebra.

Io lavoravo alla reception di uno dei due alberghi di Húsavík già dall'inizio di giugno, ma fu solo verso la fine della corta estate che lui si avvicinò al banco dietro il quale ero di turno. Lo fece con modi incerti, moderatamente circospetti, come se la consapevolezza che quel che stava per chiedere non avesse troppa ragion d'essere fosse in lui chiara ma non abbastanza da farlo desistere dal tentativo. Cosí, persuaso dalla contingenza della comune nazionalità o piú verosimilmente dalla nonchalance che talora pervade il viaggiatore quando si trova sufficientemente lontano da casa, a un certo punto quell'ospite italiano del Cape Hotel volse le spalle al grande quadro del vulcano Krafla eruttante e, indicando la vetrata oltre cui la pioggia annaffiava da diverse ore il giardino, me lo chiese: «Ma non si può fare proprio nulla per questo tempo?».

Disse cosí. Utilizzò la preposizione *per* nel suo quesito, circostanza che dissipa ogni dubbio circa le intenzioni: Giancarlo voleva sapere se esistesse un rimedio efficace *per* la pioggia battente di quei giorni. Nel senso di *contro* la pioggia battente. Mi stava in parole povere chiedendo se ci fosse qualcosa di concreto che io e lui potessimo fare per opporci alle angherie del brutto tempo, e forse dentro di sé sperava che io gli rispondessi sí, amico mio, esiste: usciamo, mettiamoci a soffiare forte in direzione di queste nubi cattive, tutti e due insieme, anzi coinvolgiamo anche gli altri ospiti dell'albergo, bussiamo alle loro camere e convinciamoli a unirsi al grande sbuffo, cosí che la nostra folata solidale spazzi via i nembi e conceda a tutti un po' di sole finalmente, il tempo di una cavalcata sul lungomare o di un giro di whale watching. Invece io, insensibile di un receptionist, gli dissi che lí per lí non mi veniva in mente nulla che si potesse fare *per* quel tempo, ma che se lo desiderava potevo suggerirgli qualcosa da fare *con* quel tempo. Qualcuno d'altronde su *booking.com* mi aveva da poco citato tra le note positive della sua permanenza a Húsavík: accanto a una faccina sorridente, un recensore aveva scritto che al Cape Hotel c'è un ragazzo italiano in grado di consigliare ottime cose da fare in caso di brutto tempo, e in virtú di cotanto elogio avrei potuto enumerare anche a Giancarlo i miei cavalli di battaglia, dalla saletta interna della vecchia panetteria, perfetta per un libro, ai vapori della piscina geotermica, ideale per rilassarsi; dal caffè filtrato della stazione di servizio alla *saison* al mirtillo del microbirrificio locale. E se nemmeno tutto questo dovesse essere di tuo gradimento, fui sul punto di dire al mio connazionale sorpreso dal fatto che in Islanda piovesse spesso e volentieri, allora mi rincresce svelartelo ma è possibile che tu non abbia indovinato la meta di questa tua vacanza, e forse avresti fatto bene a fare come Lene, la cliente danese che stamattina ha annullato il suo viaggio in Islanda. Ci ha mandato una mail contrita, Lene, chiedendoci se nonostante la sua prenotazione risultasse non rimborsabile fossimo disponibili a non addebitarle nulla. «Faccio la fotografa», il suo esordio, «e sarei venuta su da voi per immortalare la colonia di puffin che abita l'isolotto di Lundey. Tuttavia mi è giunta notizia che sono andati via. Ripartiti, tutti. Non si sa dove siano andati, sono devastata. Fatemi sapere se siete cosí generosi da considerare il mio caso».

Don't worry, avevo risposto a Lene con l'indulgenza che turisti come lei e Giancarlo avevano corroborato in me in quei mesi islandesi. Non ti addebiteremo nulla. Lo sappiamo, questo è il tempo in cui le giornate si accorciano e le solitudini si allungano. Viaggiatori e puffin un po' alla volta se ne vanno: noncuranti, lasciano l'erba a ingiallire e chi resta a chiedersi se abbia poi senso rimanere, e cos'è che ci sia di irresistibile nel profilo di Lundey orlato di nuvole, di liberatorio nel presagio del rastrello che intanto è caduto un'altra volta coi denti all'insú, annunciando inequivocabile la sua sentenza: continuerà a piovere.

Okay, questa del rastrello nell'email non l'avevo messa. Nemmeno le solitudini che si allungano. Avevo invece chiosato con un ruffiano: "Torneranno i puffin, tornerà l'estate". Fu mentre battevo sulla tastiera queste consolatorie certezze destinate a Lene, e per suo tramite a me, che mi accorsi che il mio problema di fondo non era con i turisti, e forse nemmeno con le notti stellate o le aurore boreali. Io avevo un conto in sospeso con la ciclicità delle cose. Non mi andava giú che stagioni e uccelli migratori tornassero imperterriti, che il Sole continuasse ad annunciare un nuovo inizio con la sua inderogabile risurrezione mattutina, indipendentemente da quello che fosse successo il giorno prima in Islanda, sulla Terra, nelle vite degli esseri umani. Il Sole sorge e ogni cosa viene resettata, perché questo è il frutto ultimo dei cicli e del fluire del tempo: si confida di non dimenticare, di non essere dimenticati; si annunciano grandi progetti, si fanno promesse eterne, poi invece si realizza che nulla persiste davvero. Si dimentica e si viene dimenticati, le parole date evaporano, si dissolve ogni memoria mentre la Terra completa un altro giro su se stessa, o mille. Insensibili a tutto, i pianeti continuano a orbitare, le stelle a bruciare, i cieli ad avvicendarsi. Fu cosí che arrivò il 6 giugno del 1761.

Infischiandosene delle tribolazioni di Le Gentil, e del fatto che egli non si trovasse sulla torretta di un osservatorio astronomico ma sul castello di prua di una nave in movimento, Venere si presentò puntuale all'appuntamento. Un cielo terso come non lo si vedeva da giorni aggiunse ulteriori sfumature alla beffa. Sulla terraferma quelle condizioni sarebbero state considerate perfette per un'osservazione astronomica, invece a bordo della *Sylphide* Le Gentil dovette arrabattarsi come poteva: montò le lenti affumicate sul telescopio, dopodiché legò quest'ultimo a una trave in legno fissata a sua volta a un albero della nave per cercare di ottenere un minimo di stabilità. Poiché l'ora esatta dell'inizio del transito non era nota, occorreva fissare il Sole tutto il tempo necessario al vanesio pianeta per ultimare il make-up, cercando di rimanere il piú fermi possibile. Io che non sono in grado nemmeno di aprire senza sbrodolarmela addosso una porzioncina monodose di latte da caffè su un aereo che viaggi a velocità di crociera e non attraversi turbolenze, faccio una sincera fatica a immaginare cosa possa significare provare a mantenere stabile un telescopio di cinque metri su una nave che solca l'oceano. A ogni onda Le Gentil era costretto a riposizionarsi, cosí che i suoi occhi furono presto affaticati. Constatata l'impossibilità di rilevare l'ora esatta dell'inizio del transito, decise di concentrarsi sull'uscita di Venere dal disco solare. Secondo le piú recenti indicazioni fornite dall'astronomo capo Delisle, infatti, sarebbe stata sufficiente alla causa la rilevazione del tempo di entrata *oppure* di quello di uscita del pianeta: il confronto con i dati provenienti da altre località della Terra avrebbe ovviato alla mancanza e reso nondimeno possibile il calcolo dell'unità astronomica.

Il compito di Le Gentil era adesso *semplicemente* quello di misurare il tempo trascorso dall'istante in cui Venere, al termine delle sue circa sei ore di escursione, avesse toccato il bordo interno del disco solare, fino al momento in cui fosse uscito completamente da esso. Vale la pena contestualizzare un poco meglio: il Venere la cui comparsa attendeva Le Gentil non era la fascinosa biglia striata di violetto e arancio che ci ha mostrato la sonda *Akatsuki* nel 2018: era un punto nero, minuscolo, dai contorni sbavati; il Sole che fissava da ore non era il brulicante alveare di plasma dorato che ci ha rivelato il National Solar Observatory delle Hawaii nel 2020: era una boccia biancastra e sfocata.

Alle 2 e 27 del pomeriggio del 6 giugno, Le Gentil scorse Venere sfiorare il bordo interno del Sole, segno che l'ultimo atto della minieclissi era cominciato. Fece il cenno convenuto al navigante che lo assisteva nell'operazione, il quale capovolse una prima volta la clessidra. È la sequenza immortalata dall'incisione su legno di quel Miranda, l'unica raffigurazione di Le Gentil di cui abbiamo notizia. Passarono ventotto clessidre (circa sedici minuti) prima che Venere sparisse completamente dalla vista. Il transito a questo punto era terminato. Le Gentil aveva assolto al proprio compito, ma sapeva che quei dati raccolti in mezzo al mare non sarebbero stati di alcuna utilità. «Mi guardo bene dall'inviare le mie osservazioni in Europa», scrisse sul diario a riguardo delle sue tutt'altro che inattaccabili misurazioni del 1761. «Ma siccome questo è un resoconto che debbo al Pubblico, mi riservo di allegarle successivamente al racconto del mio viaggio».

Questa fu, per lungo tempo, l'ultima annotazione che prese. I sogni di gloria erano naufragati, gli aneliti di conoscenza smangiati dalla salsedine. Nei restanti diciassette giorni di navigazione non scrisse alcuna lettera. Nelle rare occasioni in cui s'imbatté in qualcuno dell'equipaggio non proferí parola. Il solitamente loquace, inguaribilmente ottimista Le Gentil rimase per lo piú chiuso nella cabina del longanime luogotenente Le Brun, che si era offerto di ospitarlo, a rimuginare sul cocente fallimento.

8.

È la contemplazione silenziosa degli atlanti, a pancia in giú su un tappeto, tra i dieci e i tredici anni, che mette la voglia di piantar tutto.

Nicolas Bouvier, *La polvere del mondo*

Si può essere piú sfortunati di Le Gentil? Suppongo di sí, in assoluto. Tra il 1942 e il 1977 il ranger statunitense Roy Cleveland Sullivan, mio usuale punto di riferimento in quanto a calamite di calamità, fu colpito per sette volte da un fulmine (ma sopravvisse tutte e sette le volte, cosí da guadagnarsi il soprannome di *parafulmine umano* e farmi dubitare del fatto che la sua sorte sia stata davvero cosí maligna).

Restringendo il campo ai quasi 250 astronomi che ne *Il passaggio di Venere* Andrea Wulf stima furono incaricati di osservare in giro per il mondo il transito del 1761, risulta oggettivamente arduo sfilare lo scettro della iella dalle mani di Le Gentil. Procediamo a una breve panoramica che attesti questo suo poco invidiabile primato.

Michail Lomonosov, russo, Anders Planman, finlandese, e Pehr Wilhelm Wargentin, svedese, riuscirono tutti e tre a osservare il transito dall'inizio alla fine, vale a dire a registrare i tempi sia di ingresso che di uscita di Venere dal disco solare. John Winthrop, il solo americano intento all'impresa, poté per ragioni geografiche intercettare soltanto l'ultima ora del transito, avvenuta appena dopo l'alba, ma l'esito della sua osservazione fu ritenuto nondimeno positivo, tanto che la collinetta nei pressi di St. John's, Terranova, sulla quale aveva piantato la tenda, fu ribattezzata Venus Hill. Il reverendo Jean-Baptiste Chappe d'Auteroche, connazionale di Le

Gentil, fu colui che visse l'esperienza piú pirotecnica di tutti. Sulla strada per la sua destinazione (Tobol'sk, Siberia), gli toccò vincere dapprima le insidie del lungo viaggio, poi lo scetticismo dei contadini russi, alcuni dei quali sospettavano egli fosse uno stregone in comunicazione con il regno dei cieli in vista dell'imminente fine del mondo. Nel corso dell'osservazione dovette farsi proteggere da un cordone di cosacchi ma il compimento della missione lo ripagò di tutti i disguidi, rendendolo «lietissimo all'idea di poter essere utile ai posteri quando avrò lasciato questa vita». Di ritorno in Francia, Chappe raccolse le sue memorie in un volume, *Voyage en Sibérie*, debordante di spigolature e commenti in libertà sull'arretratezza della nazione russa. Il libro riscosse notevole successo in patria, invece Caterina II, detta la Grande, non apprezzò granché i rilievi fatti dall'ospite sul popolo russo: l'imperatrice provvide immediatamente a far pubblicare un corposo pamphlet in cui l'astronomo veniva smentito parola per parola, ridicolizzato e definito con sarcasmo "ammirevole genio". Occorre dire infine che il povero Chappe sarebbe morto appena otto anni dopo, al termine del successivo passaggio di Venere: ammalatosi di tifo a San José del Cabo, Bassa California, dove era stato inviato in missione dall'Académie, non fece mai ritorno a casa.

Veniamo adesso al dunque: i dati raccolti da Chappe in Siberia, Winthrop in Canada e dai loro analoghi nel resto del mondo si rivelarono, come auspicato, di decisiva portata per il progresso della comunità scientifica internazionale? Ecco… Cosí cosí. Man mano che i resoconti del transito cominciarono ad assommarsi, e tempi e misure a esser confrontati, parve infatti evidente che qualcosa fosse andato storto. Uno dei problemi, tanto per cominciare, fu che alcuni osservatori avevano considerato Greenwich come meridiano di riferimento ma altri Parigi, e l'esatta differenza longitudinale tra le due località non era ancora stata stabilita. Piú nello specifico dell'osservazione, tutti i corrispondenti avevano riscontrato grosse difficoltà nell'individuare con esattezza l'istante di ingresso e quello di uscita di Venere dal disco solare, cioè i due riferimenti temporali decisivi per la buona riuscita del calcolo. Il pianeta – il pallino scuro che era il pianeta – aveva indugiato a lungo sui bordi del disco, fino a un minuto in certi casi, sia prima di entrarvi che di uscirvi completamente. Venere aveva temporeggiato sui lembi del Sole fin quasi a incollarvisi, riferirono gli astronomi, assumendo, piú che quella di una sfera, la forma allungata di una pera. Questo fenomeno, che in seguito sarebbe stato chiamato "effetto della goccia nera", sappiamo oggi essere un effetto ottico causato dalla diffrazione della luce: in parole povere, un limite fisico dei telescopi. Nel 1761 si sapeva soltanto che era un intoppo sufficiente a rendere diverse tra loro, e dunque complessivamente poco attendibili, persino misurazioni fatte da due osservatori piazzati nello stesso luogo.

Alcuni astronomi notarono quale ulteriore disturbo una sorta di alone luminescente che avviluppava la goccia nera. In questo caso fu correttamente ipotizzato che si trattasse di una conseguenza della presenza intorno al pianeta di un'atmosfera per certi versi paragonabile a quella terrestre. Il russo Lomonosov si spinse fino a proporre che su Venere ci fosse vita.

Come intuibile, la determinazione dell'unità astronomica non trasse beneficio da questa sfilza di intoppi. Le stime della distanza Terra-Sole calcolate dopo il transito del 1761 variarono tra 124 milioni e 159 milioni di chilometri, un range che – per quanto contenesse il vero valore cercato (circa 149 milioni e mezzo di chilometri) – non poteva certo dirsi preciso. Fu presto chiaro che per affinare accettabilmente il calcolo delle dimensioni dell'universo sarebbe servito il transito successivo, previsto per il 1769: un transito che l'Académie elesse come "il piú favorevole" almeno fino a quello del 2012. Le differenze di durata del transito se osservato da stazioni astronomiche nell'emisfero nord e altre nell'emisfero sud sarebbero state infatti molto maggiori che nel 1761, consentendo calcoli piú precisi. Il transito di Venere del 3 e 4 giugno 1769 venne cosí investito dell'ingombro di essere la migliore – e incidentalmente l'ultima – occasione utile per plurime generazioni di astronomi di consultare l'oracolo celeste. C'erano otto anni di tempo per prepararsi con dovizia di accorgimenti al nuovo appuntamento.

La fine della Guerra dei Sette anni, nel 1763, aggiunse una (relativa) tregua nelle relazioni internazionali alle condizioni favorevoli ai viaggi astronomici, e alla collaborazione tra i componenti della nascente comunità scientifica. Conferí anche alla Royal Society il ruolo di faro delle operazioni.

Usciti vincitori dalla guerra, gli inglesi godevano di un'estensione coloniale senza pari e di un sovrano, Giorgio III, eletto pochi mesi prima del transito del 1761, molto ben disposto verso l'astronomia, primo re di Gran Bretagna ad aver studiato anche le scienze naturali. Ulteriore propellente per le ambizioni dei britannici derivava dal fatto che la loro spedizione di punta avesse mancato il precedente transito – per il quale si era spinta in Sudafrica – a causa del cielo coperto. In vista del transito del 1769, la Royal Society non badò a spese. Dopo aver acquistato una grande carboniera e averla ribattezzata *Endeavour* (vale a dire "tentativo", "impresa"), l'Ammiragliato ne affidò la guida al talentuoso cartografo, matematico e marinaio James Cook, con l'obiettivo di far rotta verso la meta migliore in assoluto per l'osservazione del secondo passaggio di Venere: Tahiti, l'isola tutta sogni e incantamento appena scoperta nel Pacifico meridionale (*appena* significa due anni prima del nuovo transito, ovverosia nel 1767, dal capitano di Marina Samuel Wallis). All'*Endeavour* sarebbe stata destinata la migliore attrezzatura scientifica mai caricata su un natante, ma non solo: il suo equipaggio avrebbe proseguito la missione ben oltre il giugno del 1769, mettendosi in cerca del misterioso continente del Sud che si riteneva bilanciasse il peso delle terre del Nord, la Terra Australis Incognita. Gli inglesi, per farla breve, pianificando l'osservazione del transito di Venere del 1769 gettarono le fondamenta di una delle piú leggendarie missioni esplorative della storia dell'umanità.

L'Académie, per quanto condizionata dal ridimensionamento coloniale della Corona francese, non rimase a guardare. Come già sappiamo, l'antibeniamino dei russi Chappe d'Auteroche sarebbe stato assegnato questa volta alla Bassa California; il teologo filo-giansenista Alexandre Guy Pingré – lui che in occasione del primo transito, osservato dall'isola di Rodrigues si era lamentato di essere stato ridotto dalle circostanze a bere «la disgustosa bevanda dell'acqua» – avrebbe fatto rotta verso Haiti. Poi c'era Le Gentil.

Era risbarcato all'Isola di Francia il 23 giugno 1761. Dopo averlo incontrato nel corso di quella stessa estate, Pingré riferí di aver trovato il collega in uno stato di afflizione tale che per scuoterlo un poco aveva dovuto tirargli vigorosamente le orecchie. Superato lo sconforto iniziale, tuttavia, Le Gentil rimise insieme i cocci del suo orgoglio e, anziché farsi una ragione del fiasco, rilanciò. Stupefacente come per certi esseri umani le sconfitte piú brucianti finiscano per tramutarsi in irresistibile pungolo, confermando l'ottimo posizionamento della testardaggine nella classifica delle ragioni dell'attecchimento della nostra specie in quest'universo ostile. Alla maniera di un giocatore d'azzardo scottato da una mano balorda e convinto di rifarsi in quella successiva noncurante delle carte che gli saranno servite, Le Gentil gettò nel piatto tutte le fiches che gli rimanevano, dimentico della batosta appena ricevuta: come dicono i pokeristi, era ormai *committed*. Stabilí di non fare subito ritorno in patria, prolungando la sua permanenza ai tropici di un anno. Sarebbero diventati due, questi anni, poi tre, poi otto: avrebbe atteso il transito di Venere del 1769 in mezzo all'Oceano Indiano. Quell'evento era diventato la sua ragione di vita, un affare personale tra sé e l'architetto celeste. Rifiutò tutti gli inviti degli ufficiali francesi di passaggio da Port Louis che gli offrirono di rientrare in Europa a bordo dei loro vascelli e in seguito di raccomandarlo, considerata l'esperienza maturata, per un ruolo di rilievo al Ministero della Marina. Per tutta risposta, buttò giú un denso piano d'azione che l'avrebbe tenuto impegnato nel tempo che lo separava dalla resa dei conti con Venere. Avrebbe, in ordine sparso: determinato la posizione esatta di ciascuno degli isolotti disseminati a nord dell'Isola di Francia; esplorato l'isola Borbone e il Madagascar («una terra che frequentiamo molto ma che conosciamo poco»); condotto, ovunque avesse messo piede, tutti gli approfondimenti possibili in fatto di storia naturale, fisica, navigazione, astronomia, venti e maree.

Quando – era il 6 settembre 1761 – ultimò la lettera con la quale informava l'Académie della sua decisione, Le Gentil aveva già ripreso il mare, diretto in Madagascar. Anche questa volta era stato il primo a mettersi in viaggio, con largo anticipo rispetto a tutti gli altri astronomi. Non che la sua abnegazione sarebbe stata ritenuta una medaglia in patria, tutt'altro. L'ambiguità connaturata all'assenza, e soprattutto le crescenti sporadicità e stringatezza dei suoi dispacci diffusero progressivamente il sospetto che Le Gentil avesse deciso di trattenersi nelle Indie per arricchirsi trafficando spezie, o addirittura schiavi; che per la scienza egli fosse ormai un imbarazzo piú che una risorsa, essendosi irreparabilmente invaghito di un cielo tanto attraente quanto infido.

9.

In alto invece, sulla volta celeste, le stelle, minuscoli puntini d'oro, erano disseminate in un deserto di solitudine.
W.G. Sebald, *Gli anelli di Saturno*

Sono occorsi circa trecentomila anni agli esemplari di *Homo sapiens* per arrivare a giudicare abitabile un luogo come Flatey – ed effettivamente abitarlo – ma meno di mille per concludere che forse non era la piú illuminata delle trovate. È dal 1967 che sull'isolotto, due chilometri e mezzo di lunghezza e uno e mezzo di larghezza, non risiede piú nessuno. Le poche abitazioni rimaste sono *sumarbústaðir*, ovvero case per le vacanze di islandesi trasferitisi per la restante parte dell'anno a Húsavík, sulla terraferma. Terraferma per modo di dire: l'insenatura di Skjálfandi, su una delle cui rientranze laterali Húsavík si ramifica come un polpo in fase REM, si traduce con "baia dei tremori". Non bastasse il connotato sismico, che su questo cumulo di lava errante al limitare del Circolo Polare non è affar raro, vale la pena ricordare che la stessa Húsavík è a sua volta parte di un'isola – l'Islanda tutta – e che dunque Flatey gode della tautologica condizione di isola nell'isola: Flatey è uno di quei posti che per natura elevano tutto al quadrato; che cincischiano, ribadendo senza aggiungere nulla. *Un'isola è un'isola è un'isola è un'isola.*

Alla lettera, Flatey significa "isola piatta", toponimo talmente poco originale da non indicare, in effetti, un'unica entità geografica. La piú famosa delle *isole piatte* islandesi si trova a ovest, nel Breiðafjörður, ed è stata per secoli un importante riferimento commerciale e culturale della nazione. È a quella Flatey che devono il loro nome il piú corposo manoscritto medievale islandese (*Flateyjarbók*, «il libro di Flatey») e un recente giallo di successo (*L'enigma di Flatey*, di Viktor Arnar Ingólfsson). Della Flatey cui sto accennando io adesso si sa invece poco per lo piú, talmente poco che il meglio che ha da offrire uno dei rari siti di informazione in lingua inglese a essa dedicati è la seguente delucidazione: *The highest peak only rises about 22 metres above sea level. That's why it's called Flat-Island!*

È per via della sua progressiva irrilevanza e del suo eccessivo – come dire – isolamento, che a un certo punto tutti i residenti se ne sono andati. Quelli umani, per lo meno. Perché Flatey mantiene una popolazione aviaria di tutto rispetto, e non nego di aver considerato per qualche tempo l'ipotesi di infarcire il resto di questo capitolo esclusivamente di nomi di uccelli che frequentano Flatey piú spesso e piú a lungo degli umani: *Somateria mollissima* (l'edredone), *Gallinago gallinago* (il beccaccino), *Limosa limosa* (la pittima reale), *Anas penelope* (il fischione), *Anas crecca* (l'alzavola). Mi placo, non senza qualche cruccio, solo per dire che un giorno a Flatey ci sono stato anch'io.

La mia prima estate islandese era ufficialmente in archivio, e il manager del Cape Hotel, soddisfatto per l'esito della stagione, aveva organizzato un'uscita celebrativa a uso e consumo dello staff dell'albergo. Un'escursione a Flatey in una delle prime notti dopo il cauto ritorno delle tenebre. Non un'allegra tavolata nel ristorantino del villaggio: gli islandesi sono in grado di considerare motivo di condivisa letizia una gita su una micro-isola completamente pianeggiante e disabitata da oltre cinquant'anni, senza elettricità né acqua corrente, dalle cui brughiere acquitrinose salutare il fu tempo della luce e accogliere quello interminabile del buio, e mi auguro che questa occorrenza possa accrescere anche in chi legge, come ha fatto in me, la stima nei confronti di questo strano popolo.

Superfluo specificare che non esiste alcuna forma di collegamento regolare tra Húsavík e Flatey. Dopo esserci ammantati di enormi tute antivento che, oltre a proteggerci dagli elementi, produssero l'effetto di trasformarci in una improvvisata squadra mista di tecnici di centrali nucleari e buffi omini Michelin, ci imbarcammo – dodici in tutto – su un moderno gommone dall'altisonante nome di *Rigid Inflatable Boat*, acronimo RIB, destinato d'estate alle sessioni turistiche di whale watching e noleggiato all'uopo dal nostro hotel. I sedili, disposti in file di tre, avevano le sembianze dei vagoncini di una giostra per bambini, tuttavia nel complesso il natante, finiture nere e chiglia snella, piú che un bruco-mela dava l'idea di essere un esemplare fuori scala di quegli spaventosi insetti pattinatori capaci di correre sulla superficie dell'acqua sfruttandone la tensione superficiale, e che ho recentemente scoperto chiamarsi gerridi. Con un ronzio che non suggeriva impacci di sorta, il RIB si diede ad affrontare il mare aperto che, superato l'estremo tentacolo del porticciolo di Húsavík, si dispiegò davanti a noi, sterminata distesa d'insidie. Lo sciabordio di fondo era tutto sommato conciliante, tuttavia la disarmante naturalezza con la quale il gommone galoppava sull'oceano, sfiorandone appena il pelo increspato come per alzarsi in volo, finí per sfociare in uno scambio di sguardi incerti tra me e Luiza, la solitamente radiosa polacca addetta alle colazioni. Ci vollero fegato e qualche minuto prima che mi sporgessi timidamente sulla mia destra a sbirciare nell'universo che ci fluiva sotto alla maniera di un acquario incastonato nel pavimento di un ristorante kitsch, e tra i cui abitanti io riuscivo a riconoscere a malapena certe meduse. Tutti gli altri mostri marini non avevano identità, ai miei occhi. Sapevo soltanto che aumentavano in numero e varietà man mano che all'orizzonte si faceva piú definito il profilo basso di Flatey, sfoglia di terra poggiata sull'oceano da mano gentile.

Il corpulento autoctono al timone del RIB, di nome Halli, mi spiegò che è l'abbondanza di vita tipica di questa baia la ragione per cui le balene la prendono d'assalto nei mesi estivi. O meglio: prima mise in pausa la playlist tutta AC/DC caricata sull'impianto hi-fi di bordo, capace di sovrastare il rombo del motore e gli acuti dei fulmari, poi me lo spiegò. D'estate, disse, qui intorno si aggirano decine di megattere perché due grandi fiumi rimpinguano la baia di cibo a getto continuo. Le balene s'ingolosiscono, qualche volta proprio se la godono, saltano fuori dall'acqua per il gusto di farlo. Aggiunse Halli che qualche mese prima ne aveva viste cinque tuffarsi contemporaneamente: piú che in una coreografia, davano l'impressione d'essere impegnate in un'esultanza. Era la fine di giugno, e agli Europei di calcio l'Islanda aveva battuto l'Inghilterra 2 a 1.

La pescosità delle acque che la circondano è anche il motivo per cui all'incirca mille anni fa la lillipuziana Flatey divenne la dimora adottiva del grande Stjörnu-Oddi, il personaggio di cui desidero parlare adesso. Oddi Helgason, questo il suo vero nome, nacque intorno al 1075 in una fattoria della valle di Aðaldalur, qualche decina di chilometri a sud di Húsavík, nell'entroterra. Da quel che risulta, cominciò a guadagnarsi da vivere da semplice manovale, ma la circostanza che in alcuni documenti si faccia riferimento a un Oddason suo discendente come a un capo tribú, fa supporre che Oddi nel corso della vita riuscí a elevare significativamente il suo status. La ragione di questa scalata sociale sembra essere stata l'astronomia: Stjörnu-Oddi vuol dire infatti "Oddi delle stelle", e deriva dal fatto che nessun islandese prima di lui avesse osservato il cielo con tanta meticolosità. L'ambizione che muoveva Oddi era concreta: mettere a punto un calendario che agevolasse i suoi connazionali nelle scelte piú importanti dell'anno. Per esempio, individuare il momento migliore per far riprodurre gli ovini, affinché gli agnelli potessero sfruttare appieno la corta estate per crescere, oppure organizzare l'annuale riunione dell'*Alþing*, l'antico parlamento nazionale, in modo che gli emissari provenienti dalle diverse regioni dell'Islanda giungessero a sud con accettabile sincronia. Chissà poi quanti aspetti della vita nautica avrebbero tratto beneficio dall'introduzione di un calendario attendibile.

Considerato che la quasi totalità dei viaggi degli islandesi aveva luogo nella stagione estiva, quando le stelle notturne non sono visibili, Oddi si specializzò nell'osservazione dell'unico astro splendente in Islanda da maggio a settembre. Inviato a Flatey a pescare lompi e salmerini, cominciò nel suo tempo libero sull'isola a prendere rigorosi appunti sulla durata del giorno e della notte, e sull'esatta posizione del Sole all'alba e al tramonto in ogni giorno dell'anno. In questo modo, Oddi riuscí a ricavare le date esatte di solstizi ed equinozi con un margine di errore di appena tre ore.

Tutto questo lo sappiamo grazie alle sole due pagine manoscritte a lui attribuite che sono giunte fino a noi, le quali costituiscono un *unicum* nella letteratura medievale islandese e ancora oggi l'oggetto del dibattere di astronomi, filologi e cultori della materia locali. Nel giugno del 2020 ce n'erano oltre cinquanta a confrontarsi, tra frittelle all'anice e tazzoni di caffè nero, nel corso della prima conferenza di sempre dedicata a Oddi, occasione in cui, implorando nel mio strascicato islandese una giovane relatrice di rispondermi in inglese, scoprii che la figura di Oddi è legata a un altro prezioso documento del patrimonio letterario dell'isola, una piccola opera che è stata definita non solo il primo esempio di fiction leggendaria in Islanda, ma anche il contributo piú originale del Paese nel campo della letteratura onirica mondiale. *Il sogno di Stjörnu-Oddi* è un *þáttr*, ovverosia una saga breve. È stato scritto all'incirca due secoli dopo la morte di Oddi e gli studiosi lo ritengono di straordinaria importanza perché introduce un espediente fantasioso, divertente ed enigmatico come soluzione al problema di creare una saga di pura invenzione senza offendere i gusti del pubblico piú conservatore. Tale espediente è, per l'appunto, il sogno.

Dagfinnr, il personaggio centrale del racconto, è un poeta che assiste il giovane sovrano svedese Geirviðr in due imprese atte a dare stabilità al suo regno: una lotta contro due *berserkir* in una foresta e uno scontro navale con la flotta di una guerriera nota per le sue mire espansionistiche e i suoi poteri da trollessa. Dagfinnr celebra ogni vittoria componendo versi in onore del re, il quale alla fine della storia lo ricompensa dandogli in sposa la sorellastra. Questa, molto in breve, la sostanza. Toni e temi portanti sono quelli tipici delle saghe della tradizione norrena. È la cornice narrativa a essere rivoluzionaria: le vicende di Dagfinnr non sono presentate in sé come una saga; esse sono il sogno di una saga. E il sognatore in questione è, udite udite, Oddi delle stelle, che una notte s'addormenta e immagina di essere il poeta Dagfinnr, immergendosi nelle sue vicissitudini talmente tanto da diventare, nel sogno, indistinguibile dall'alter ego. L'autore, consapevole di aver scelto uno stratagemma narrativo ignoto al suo pubblico, nel testo ripete di continuo l'espressione *pótti honum*, cioè «cosí sembrava a lui», in modo da facilitare la transizione dalla realtà dell'isola di Flatey – il luogo dell'unico fatto raccontato, ossia Oddi che si addormenta e sogna – al mondo leggendario di re Geirviðr.

Poco si dice, nella saga, dell'Oddi storico, l'astronomo pescatore, che viene semplicemente introdotto come un uomo «cosí abile nei calcoli che nessuno gli teneva testa in tutta l'Islanda». Tuttavia, c'è un particolare che permette di guardare al suo *Sogno* da una prospettiva diversa, piú sofisticata. Dagfinnr significa infatti "cercatore del giorno", o piú nello specifico "calcolatore del calendario". Questo suggerisce che Oddi si trovi a vivere la sua esperienza onirica proprio *in quanto* astronomo. Nel Medioevo, e tanto piú nel Medioevo islandese, l'astronomia era inscindibilmente legata all'occulto e al soprannaturale, cosí che anche un compito mondano come mettere a punto un calendario di supporto per naviganti e allevatori poteva produrre come effetto collaterale il prodigio di viaggiare nel tempo e nello spazio. E cosí, per tramite dell'osservazione del cielo, un trasferimento all'isola di Flatey per mere ragioni ittiche può diventare un'epica battaglia contro terribili esseri mutaforma (un po' come l'incarico di registrare un transito di Venere può evolvere in una serie di avventure al limite del verosimile, giusto?).

Il viaggio di Oddi/Dagfinnr termina con il suo matrimonio, subito dopo il quale il sognatore si ridesta. Quello terreno di Oddi Helgason si concluse invece intorno al 1150, quando – si presume – morí. Entro pochi decenni, il calendario giuliano sarebbe stato pienamente integrato nelle pratiche quotidiane dell'Islanda cristianizzata, azzerando di fatto la necessità di studiare le questioni celesti di prima mano. Stjörnu-Oddi fu il primo e l'ultimo esponente della scuola astronomica del Nord che non è stata mai, il cui fondatore è sopravvissuto ai secoli grazie a un sogno bizzarro – e a un epitaffio di innegabile fascino: «Aveva pochi soldi, non lavorava troppo duro, era onesto e leale, non un poeta, non pronunciò mai falsa testimonianza, era appassionato di misurazioni del tempo, saggio sotto molti punti di vista, di notte guardava le stelle».

Ero assorto in vaghi ragionamenti su quello che sarebbe stato un giorno il mio epitaffio quando, Flatey sempre piú vicina e io sempre piú a mio agio sul RIB (ma comunque stretto al maniglione di sicurezza), mi accorsi della *mise* di Halli. L'aura ieratica di un Mosè e a un tempo quella allegra dell'islandese in gita, tutto quel che gli proteggeva la parte superiore del corpo era una canottiera color pastello. Il sole e l'estate erano ai saluti, ma su una cosa non c'era dubbio: Halli sentiva caldo. Mi disse che il suo sistema di termoregolazione era scriteriato, retaggio di un fattaccio risalente a quarant'anni prima, il suo peschereccio ribaltato e lui due ore in balia di una notte d'autunno, prima dentro il mare gelido, poi su una scialuppa, infine su una spiaggia del sud ad attendere un mezzo di salvataggio. Alcuni membri dell'equipaggio non avrebbero piú preso il mare in seguito, Halli invece tornò a navigare dopo tre giorni, convinto com'è che tutto quel che abbiamo da imparare in questa vita si trovi sopra o sotto l'oceano, e che per andare avanti serva un'unica, granitica consapevolezza: prima o poi ti capiterà qualcosa di spaventoso, puoi scommetterci, solo non sai dove e quando.

Nel momento in cui attraccammo, a oriente le tonalità del cielo avevano già virato verso l'indaco, mentre a ovest rimasugli rosacei ancora insidiavano i contorni dell'unica nuvola, che emergeva dallo sfondo come fosse stata appena aggiunta con Photoshop. Abbandonati i nostri impermeabili sull'umido pianoro sovrastante il miniapprodo, ci incamminammo verso il centro dell'isola. Superammo la vecchia scuola – i banchi ancora all'interno delle aule – e la chiesa, trasportata qui nel 1960 dalla remota valle di Flateyjardalur, sulla sponda della baia opposta a Húsavík, valle abbandonata a sua volta alcuni anni prima di Flatey. Fu smontata e trasferita listello per listello fino all'isola sulle barche dei pescatori. Ci fermammo nei pressi del tozzo faro arancione in attesa che si aprisse il sipario.

Tutto quel che non era cielo era mare. Ci fossimo trovati dentro un film sottotitolato, quel fotogramma senza dialoghi avrebbe previsto in sovraimpressione un unico rimando sonoro: *waves crashing*. Primo sulla scena apparve Venere – chi altri sennò – al solito desideroso di esporsi e, indotto dall'eccitazione della notte ritrovata, quasi in procinto di precipitarcisi addosso. Dopodiché, una dopo l'altra, le stelle presero posto per una delle loro esibizioni piú concise dell'anno. Nelle settimane successive avrebbero accresciuto il loro minutaggio a dismisura, ma quella notte brillarono per un'ora e mezza, non di piú.

In quel frangente a Flatey c'erano 66 gradi di latitudine, 7 di temperatura, 23 di inclinazione dell'asse terrestre e 5 delle lager che stappammo per brindare a noi e a Stjörnu-Oddi nel luogo in cui stabilii, nessuna evidenza in grado di confutarmi, che egli condusse le sue osservazioni astronomiche: il punto piú alto dell'isola, ventidue gloriosi metri sul livello del Mar di Groenlandia. Se a quell'epoca avessi già visitato la città di Breslavia, la vista mi avrebbe fatto pensare al Panorama di Racławice, il grandioso dipinto circolare a estendersi in tutte le direzioni e nei timpani una voce registrata a suggerirmi che facendo un passo sulla sinistra avrei potuto apprezzare un altro dei raffinati stratagemmi escogitati dagli artisti per rendere l'opera piú realistica. Invece a Breslavia ci sarei andato solo qualche anno dopo, così che il meglio che mi venne in mente fissando il profilo sfrangiato dell'orizzonte fu che i bracci della baia ricordavano il becco di un cormorano nell'atto di divaricarsi a dismisura prima di ingurgitare la preda succulenta, che eravamo noi.

Ma la baia di Skjálfandi non si chiuse, Venere rimase al suo posto. In quella parentesi di tenebra troppo corta per gli incubi, le leggi di Newton si dimostrarono un'altra volta veritiere, e in uno slancio di fiducia cosmica io ipotizzai che forse non sarei mai stato in grado di ricomporre quella che Sebald avrebbe definito la crepa che attraversava la mia vita, ma con un po' d'impegno avrei potuto imparare a conviverci.

10.

> La scienza che mi ha creato
> poi mi cancellerà.
> S'illude. Non può farlo.
> Sono la sua verità.
>
> Fabio Pusterla, *Uomo dell'alba* in *Corpo stellare*

La notizia della morte della balena è giunta agli abitanti del villaggio, accorsi in riva al mare tra inni celebrativi. Alcuni di essi si sono tuffati tra le onde per raggiungere l'imbarcazione e facilitare il trasporto a riva dell'immane carcassa, cercando di governare con tutte le loro forze il cordame che l'avvinghia. Sono individui coraggiosi, ma comunque meno di coloro che hanno portato a termine la porzione piú perigliosa dell'impresa, i quali ancora si dimenano inesausti, intonando a loro volta solenni melodie di giubilo. I cacciatori di balene sono considerati in questo luogo uomini fuori dal comune, saldi nello spirito e irriducibili d'azione. Prima d'ogni battuta restano chiusi in casa per giorni, astenendosi dal cibo e dalle mogli, le quali altresí digiuneranno, silenziose, per la durata dell'assenza dei consorti. Ma adesso la balena è stata vinta, il popolo è autorizzato a godere del lieto evento. Uno dei trionfatori richiama con un cenno della mano l'attenzione su di sé, accingendosi a intraprendere quello che dà l'impressione di essere un discorso molto atteso. Le Gentil, in piedi tra la folla, segue il tutto con interesse, facendosi tradurre da un autoctono i passaggi piú oscuri del rito.

«Dio! Dio! Dio!» attacca l'oratore. «Dio solo è buono, e ci ha dato di catturare questa balena. Il Diavolo al contrario è perfido, ha cercato di impedircelo. Ma il buon

Dio, che tutto può, ci ha concesso di prendere quest'animale grosso e malvagio. Per questo è a lui che offriamo ora il frutto della nostra caccia».

In primo luogo, dunque, la balena è offerta a Dio. Il secondo assaggio, viene spiegato a Le Gentil, sarà per il Diavolo stesso, sfacciata forma di *captatio benevolentiae*: chissà che la prossima volta non si mostri meno perfido. Il sermone prosegue per un altro quarto d'ora, infine – appurato che resta Dio il solo ospite davvero desiderabile – gli astanti vengono autorizzati a spartirsi quel che resta del cetaceo. Non c'è nessuno che torni a casa a mani vuote, e a sera nel villaggio è tutto un gran grigliare. All'indomani, un trancio di un paio di chili viene recapitato anche a Le Gentil, che tuttavia si limita a un unico, indimenticabile boccone: «Un sapore di olio andato a male, orribilmente aspro, che mi rimase in bocca molto a lungo», lamenta sul diario. «Non ho mai assaggiato in vita mia una cosa tanto abominevole».

Correva l'anno 1762, e l'astronomo reale si trovava nel nordest del Madagascar. Era la seconda delle tre escursioni sulla grande isola che portò a termine tra il 1761 e il 1764: la piú avventurosa, quella che già aveva rischiato di tramutarsi nell'ultimo capitolo della sua vita.

Dopo che il *Lys*, in balia di una tempesta, era riuscito ad attraccare nei pressi di Foul Poite solo grazie a una manovra al limite, Le Gentil aveva deciso di abbandonarlo e proseguire verso la baia d'Antongil, diverse leghe piú a nord, a bordo di un altro veliero, il *Silhouette*: «Sono lontano dal possedere la saggezza di Socrate, ma una voce segreta sempre mi avverte dei miei guai». Nel viaggio successivo del *Lys*, in effetti, un terzo dell'equipaggio fu colpito dalla cosí detta "febbre del Madagascar", che fece fuori il capitano e un luogotenente. Molti altri membri della ciurma si gettarono a mare, mentre i sopravvissuti dovettero fare i conti con i morsi della fame.

Salvato dal suo presentimento, Le Gentil sfruttò le incursioni malgasce per occupare con finalità scientifiche e parascientifiche il tempo che lo separava dal nuovo transito di Venere, e in questo modo giustificare il perdurare della sua trasferta intercontinentale. Riempí i suoi appunti di tabelle a piú colonne: mese, giorno, temperatura all'alba, temperatura all'una del pomeriggio; e poi stato del mare, stato dei venti, fase lunare. Un'altra delle mansioni che gli procurò un certo appagamento fu la determinazione delle coordinate dell'Isola Marotte, l'attuale Nosy Mangabe, dimora del singolare aye-aye: un primate con le orecchie da pipistrello, la faccia da volpe, gli occhi da gatto, il corpo da scimmia, le mani da strega e coda e denti da scoiattolo.

L'esplorazione disinteressata non era tuttavia lo scopo primario delle spedizioni cui l'astronomo prese parte. Il Madagascar era da tempo l'oggetto dei desideri imperialisti della Francia, che era riuscita a stabilire sull'isola alcuni contrafforti (Fort Dauphin, sul capo piú a sud, essendo il riferimento principale), ma che non godeva ancora del completo controllo sul territorio. Solo nel 1895, dopo l'assedio di Antananarivo e al prezzo di migliaia di vite umane, il Madagascar sarebbe diventato possedimento francese. Prima di allora avrebbe conservato molto del luogo esotico evocato da Marco Polo nel *Milione*: un coacervo di etnie autoctone e pirati stanziali ingovernabile per qualsiasi potenza europea. Leggenda vuole che solo pochi decenni prima della visita dell'astronomo la baia d'Antongil fosse parte integrante della colonia anarchica di Libertalia, violentemente anticapitalista, presso le cui pertinenze persino l'ineffabile William Kidd perse metà del suo equipaggio di filibustieri. Ancora ai tempi di Le Gentil, l'unificazione dei popoli locali pareva una chimera, e il pur ambizioso Andrianampoinimerina, sovrano dei

Merina celebre per aver piú volte affermato che «il confine delle mie risaie è il mare», non sarebbe mai riuscito a estendere il suo controllo dagli altipiani centrali, sui quali già regnava, fino alle coste. Una delle dicerie legate ai residenti del Madagascar voleva che certi recessi oscuri dell'isola fossero abitati da un popolo di Pigmei, ma, afferma sicuro Le Gentil, «questa voce sui Pigmei del Madagascar non è che una storiella».

Non era una storiella quella consolidata nei secoli della tratta degli schiavi malgasci, venduti prima agli arabi e poi alle potenze occidentali in cambio di tessuti, armi da fuoco, alcol e altri beni. Lo storico Frédéric Régent ha quantificato in oltre centotrentamila il numero totale di schiavi importati dai francesi per lavorare sulle Isole Mascarene tra il 1663 e il 1793. Le Gentil fu testimone diretto del fenomeno e, benché avesse beneficiato egli stesso di servitú personale durante il tempo trascorso nelle colonie e non nascondesse una certa sintonia con le sfere conservatrici della società, la sua opinione in merito emerge adamantina: «Gli europei, piú che per commerciare, sembrano andare in giro per il mondo a ridurre in catene gli altri popoli», scrive a un certo punto delle sue memorie. «E la causa delle nostre disgrazie in Madagascar mi pare discendere in gran parte dalla tirannia che abbiamo sempre esercitato nei confronti di questi popoli. La questione centrale è non molestare questa gente, non schiavizzarla e, soprattutto, lasciarla libera in tema di religione». Non mancò di esporsi con convinzione anche sul «pregiudizio, che in quanto pregiudizio non può costituire una valida obiezione» relativo al colore della pelle, mentre in un passaggio successivo, dedicato al viaggio compiuto nelle Filippine, si sarebbe spinto fino a sostenere una sorta di *ius soli*: «Una legge molto saggia in vigore su quest'isola è che, all'opposto di quanto accade nei nostri possedimenti, i figli naturali di donne schiave diventano liberi per nascita, e cosí anche le loro madri. Da noi invece rimangono schiavi l'uno e l'altra, e ho visto con orrore dei padri vendere il proprio figlio insieme alla madre».

Se in alcuni frangenti la nobiltà d'animo e gli ideali intrisi d'umanesimo di quello che dopotutto era stato l'*abbé* Le Gentil sembrano prendere il sopravvento, in altri è piuttosto la concretezza dell'uomo di mondo ad avere la meglio. Guillaume Le Gentil era un buono, ma alle sue penne in fondo in fondo ci teneva. Cosí, quando, durante una delle ronde notturne che caratterizzarono i suoi viaggi in Madagascar («allorché ero astronomo di giorno e militare di notte»), si ritrovò coinvolto in una rivolta di schiavi, stretto tra compassione e sopravvivenza non ebbe esitazioni: «Benché considerassi il diritto alla libertà di quei Neri pari al nostro, il mio diritto di difendermi mi parve superiore: imbracciai le armi, intenzionato a perseguire la mia propria conservazione».

Ogni qual volta si cerchi di estrapolare dagli scritti di Le Gentil qualcosa circa i suoi valori, la sua idea di mondo, bisogna considerare che queste memorie non avevano uno scopo letterario. Egli era a tutti gli effetti un emissario del re, lealista per definizione, e i suoi resoconti – adesso che la questione astronomica era sospesa – sarebbero serviti tra le altre cose a valutare l'effettiva consistenza di un territorio ambito come il Madagascar e delle relative risorse; a decidere se valesse la pena impegnarsi nello spinoso progetto di colonizzare l'isola. Tutto quel che l'autore aveva da dire di piú soggettivo ed eterodosso sui luoghi e le persone conosciute lo camuffò dietro dettagli a prima vista accessori.

Gli indigeni malgasci, ci tenne per esempio a far sapere, avevano l'aria di essere gente ospitale, arguta, persino raffinata. Tenevano in grande considerazione il culto dei morti: «Quando qualcuno di questa nazione muore lontano da casa, vanno a cercarlo per seppellirlo. Poi lo mettono dentro una cassa di legno, e nel luogo dell'interramento piantano un paletto piú o meno alto, con una testa di bue infilzata sull'estremità». Soprattutto, maschi e femmine locali erano dotati di fervida curiosità. Provviste dei «denti piú bianchi del mondo» e acconciate «con arte, per mezzo di olio che credo fosse di Palma Christi», furono le donne di Foul Poite a colpire in modo particolare Le Gentil. Fumavano come gli uomini, non scomponendosi nemmeno quando veniva loro servito un bicchierone d'acquavite. Ricavavano fantasiosi pendagli dalle monete francesi e avevano una peculiare predilezione per gli specchietti tascabili, che conservavano gelosamente. Il quadrante, l'arcuato strumento noto anche come quarto di cerchio utilizzato dall'astronomo per misurare le altezze angolari degli astri, era per loro fonte di un'attrazione quasi trascendente: «Questi popoli portano tra i capelli e intorno al collo una quantità di piccoli gingilli in legno, corna di capra e denti di coccodrillo che frequentemente aggiornano, e ai quali attribuiscono grandi virtú. Li chiamano *gri-gri* e proteggono chi li indossa da tutti i tipi di contrattempi. Essi chiamavano *gri-gri* anche il mio quadrante. Quando lo muovevo dinanzi a loro, mostravano uno stupore senza precedenti. Per paura, e per rispetto, non osavano toccarlo. Feci capire loro che quello che avevano davanti era in effetti il mio *gri-gri*, e la loro ammirazione raddoppiò quando mi videro per la prima volta disteso a guardare il cielo attraverso di esso». Uno dei domestici assegnati all'astronomo si fece coraggio e imparò a maneggiare l'archibugio, guadagnandosi le lodi del proprietario: «Aveva un bel colpo d'occhio, e non c'era bisogno di aiutarlo. Quella fu per me una soddisfazione speciale. Vederlo, fonte di gran piacere».

In definitiva, Le Gentil gradí alquanto il tempo trascorso in Madagascar, che potrebbe essere stato il piú felice del suo peregrinare. La lingua parlata dai locali era «la piú dolce» che avesse ascoltato; l'isola, una delle «piú gradevoli e fertili» viste. Ogni giorno, poco prima del tramonto, usciva di casa per andare a guardare «*le coucher du Soleil*»: «Sembrava di vedere la piú superba delle colonne d'oro innalzarsi dall'orizzonte e smaltare l'oceano di lustrini anch'essi dorati». Raggiungeva tutto solo il mare, il grande mare glauco, dal quale non si sarebbe sorpreso, scrisse una volta, di veder arrivare «una delle armate navali greche cosí pomposamente descritte dai Poeti, se non proprio Enea in persona».

Nell'entroterra osservò, per la prima volta in vita sua, esemplari di camaleonte. Non li vide cambiare colore, ma restò talmente affascinato dall'estensione e dalla rapidità di azione delle loro lingue da contraddire seccamente il favolista Charles Perrault, il quale alcuni decenni prima si era riferito a essi come a bestie brutte e vili. Invece, puntualizzò Le Gentil, «io ho trovato i camaleonti animali del piú grande ordine di bellezza».

Collezionò rocce, conchiglie, nidi di uccelli tessitori, coralli, lumache e altri esemplari del luogo, riempiendo casse intere di souvenir cui teneva particolarmente, e che fece caricare con cura sulla nave che l'avrebbe riportato sull'Isola di Francia. Come ha scritto Susan Sontag, «collezionare è una specie di desiderio insaziabile, un dongiovannismo degli oggetti per il quale ogni nuova scoperta genera il piacere supplementare di tenere il punteggio». Tutto naturalmente vero. Ma per Le Gentil l'accumulo di cimeli andava oltre la pura enumerazione: era l'equivalente di un passaporto infarcito di visti, un tangibile attestato dei viaggi compiuti.

Prima di lasciare il Madagascar rifiutò la proposta di una matrona del posto, che gli aveva offerto di trascorrere una notte con la giovane figlia in cambio di denaro o favori di altro genere: «Questa ragazza, di età compresa tra i diciassette e i diciotto anni, era molto ben fatta, e si chiamava Vola-Sara. Tuttavia, nonostante le sue cerimonie e il cortese invito di sua madre, preferii passare il resto della notte sul vascello». Non rinunciò invece, da buon (g)astronomo, a sostanziose degustazioni di cibo locale: assaggiò fagiani, pesce assortito, pollo, selvaggina. Tutto quel che la terra e l'acqua dell'isola avessero da offrire – quasi tutto: «L'odore delle ostriche affumicate è dei piú rivoltanti, e non ho mai osato avvicinarmi a una capanna dove ne preparassero». L'ultima scorpacciata di carne di manzo malgascio gli provocò, alcuni giorni dopo essere rientrato a Port Louis, un principio di apoplessia (curato con copiosi salassi) e uno strano disturbo alla vista che per piú di una settimana gli fece vedere doppio.

Era l'alba del 1765 quando Le Gentil risolse che era giunto il tempo di cominciare a prepararsi al secondo transito di Venere: mancavano quattro anni e mezzo. In una delle lettere inviate a Monsieur de la Nux, comunicò di aver concluso con successo, e con un livello di dettaglio mai raggiunto prima, la mappatura dell'intera costa orientale del Madagascar. Le annotazioni aggiuntive su venti e monsoni, da lui scrupolosamente redatte, sarebbero state una manna per chiunque in futuro avesse provato a navigare verso quell'isola arcana.

L'inatteso protrarsi della missione astronomica oltre i termini previsti sembrava nel complesso aver portato frutti di tutto rispetto, e anche per questo costituisce un piccolo enigma il fatto che, nonostante le rassicurazioni inviate per iscritto all'Académie, intorno alla reale consistenza dei viaggi di Le Gentil seguiti al fallimento del 1761 continuasse a addensarsi in patria una cortina di dubbi. Come mai in Francia cresceva lo scetticismo intorno al destino di Le Gentil? Cosa fu delle lettere che aveva spedito? Monsieur de la Nux le inoltrò integralmente ai colleghi? Se sí, perché la *Gazette de France*, che pure non lesinava aggiornamenti sui viaggi degli altri corrispondenti, non si curò di menzionarle?

Furono ritenute mendaci? Oppure avvenne che, nell'intricata sequela di collegamenti che costituiva il tragitto di una missiva, qualcuno sbagliò a ricopiare l'indirizzo del destinatario?

Quest'ultima eventualità, la possibilità intendo che all'origine della graduale erosione della reputazione di Le Gentil ci siano stati banali errori di trascrizione, non compare a onor del vero in cima alla graduatoria delle spiegazioni piú convincenti. Costituisce però un'invitante occasione per prendersi una pausa dalle peripezie dell'astronomo e accennare brevemente a una delle giornate piú frustranti dei primi trent'anni della mia vita, che si materializzò nell'ovest degli Stati Uniti all'inizio di maggio del 2015, durante il breve nomadismo che precedette il mio primo arrivo in Islanda.

Avevo deciso quella volta di prolungare la mia permanenza americana ben oltre la conclusione della conferenza di demografia che aveva motivato il viaggio, anche se, nessuna automobile a disposizione (da sprovveduto qual ero avevo portato con me solo una carta prepagata, di quelle non autorizzate al noleggio), mi ero presto trovato nella condizione di dover percorrere un pezzo di Route 66, la strada madre del motorismo statunitense, a bordo di mezzi pubblici: dalla Pacific Coast agli altipiani dell'Arizona in treno. Un bel giorno dunque presi il Southwest Chief pomeridiano dalla Union Station di Los Angeles e arrivai a Flagstaff nel cuore della notte, dopo dieci ore di deserto, dal finestrino un'interminabile successione di Joshua Trees oranti al chiaro di luna. Trovai da dormire presso l'America's Best Inn, la cui tenitrice raccomandai di svegliarmi presto il mattino successivo, in modo da non mancare l'appuntamento con il transfer per il Grand Canyon. L'indomani, tutto preciso, stetti piú di due ore alla mercé dei modi non proprio accoglienti dei duemila metri d'altitudine – ovverosia nel gelo dell'alba – prima di scoprire che l'autista del pullmino mi aveva cercato a lungo, invano, presso l'Americas Best Value Inn, cinque lettere e qualche isolato piú in là rispetto al mio, di *inn*. Non sapevo ancora nulla di Le Gentil, ma in qualche imperscrutabile forma il suo spirito guida aveva ritenuto opportuno manifestarsi.

Troppo scorato per dedicarmi a individuazione e condanna per direttissima del responsabile della svista, decisi di farmi un giro senza meta nell'aria già piú tiepida e, come a parziale risarcimento dello smacco subíto, scoprii che a Flagstaff ha sede un importante osservatorio astronomico, il Lowell. Fu dalla sua cupola che, nel 1930, l'ex astronomo amatore Clyde Tombaugh scoprí Plutone.

Appassionato di stelle al punto di costruirsi da solo i propri telescopi, ma impossibilitato dalle difficoltà economiche in cui versava la sua famiglia in conseguenza della crisi del '29 a frequentare l'università, il giovane Tombaugh inviò autonomamente la propria candidatura – consistente in alcune illustrazioni di Giove e Marte – al Lowell Observatory, che lo assunse con lo scopo di potenziare le ricerche del corpo celeste collocato agli estremi confini del Sistema Solare e noto anche come Pianeta X. La scoperta di Plutone avvenne pochi mesi dopo, attraverso il meticoloso confronto di fotografie della porzione di cielo ritenuta sede del pianeta scattate in notti diverse.

Tombaugh utilizzò un arnese di sua invenzione, chiamato stereocomparatore, per passare rapidamente in rassegna le lastre fotografiche e scoprire, spostando lo sguardo da una all'altra, quali oggetti cambiassero via via posizione. Con le stelle fisse al loro posto, qualsiasi corpo in movimento – asteroidi, comete, pianeti – sarebbe stato in questa maniera stanato. Concedendo riposo agli occhi ogni venti minuti, Tombaugh si immerse cosí per settimane in quella che definí una "giungla": ciascuna sequenza di foto conteneva dai cinquanta ai quattrocentomila punti di luce da scrutinare a uno a uno. Il 18 febbraio 1930, a ventiquattro anni appena compiuti, mentre analizzava le lastre della costellazione dei Gemelli scorse una specie di flebile punta di spillo variare posizione di 3 millimetri e mezzo da un'immagine all'altra. Era il Pianeta X, che in onore del dio greco del mondo sotterraneo – e del fondatore dell'osservatorio di Flagstaff: Percival Lowell, iniziali P.L. – fu chiamato Plutone.

Tombaugh continuò a osservare il cielo per il resto della vita e quando, dopo essere andato in pensione, lo Smithsonian Institution chiese di acquisire il suo telescopio personale da 9 pollici, rispose: «Non è possibile, lo sto ancora utilizzando». Morí novantenne nel 1997, nove anni prima che il *suo* Plutone smettesse di essere il nono pianeta del Sistema Solare e venisse ufficialmente retrocesso a "pianeta nano". Parte delle sue ceneri fu collocata a bordo della sonda interplanetaria *New Horizons*, la quale, dopo aver approcciato Plutone nel luglio del 2015, sta attualmente proseguendo la sua marcia verso l'estrema periferia del Sistema Solare, con la prospettiva di rendere Clyde Tombaugh il primo essere umano i cui resti ne abbiano varcato i confini.

11.

In ogni caso, sempre il mare. Il mare è come il Partito – sono altri a sapere dove bisogna andare; le correnti e le maree non le decidi tu, le segui.

Claudio Magris, Alla cieca

La decisione di mettermi a scrivere *per davvero* di Le Gentil è maturata quando, intorno alla metà del secondo tomo delle sue memorie di viaggio, l'ho scoperto vagare tra le strade polverose di Manila, alle prese con scorci e sfumature degni di una delle Città invisibili di Calvino, nello specifico di una delle piú caotiche nella categoria "Le città e il cielo". Una società straordinariamente votata alla sregolatezza – «difficile nominare una città in cui i costumi siano piú corrotti che a Manila», sentenzia a un certo punto Le Gentil – unita al solito, incorreggibilmente beffardo fato, furono le colonne portanti dei mesi piú movimentati del girovagare dell'astronomo, che nei resoconti dalle Filippine appare fallibile come non mai, a tratti caustico, involontariamente spassoso, al solito inarrendevole e curioso.

Era l'inizio della fase decisiva della sua missione. Se i viaggi di una vita, come è stato scritto, vagano come isole in un arcipelago fluttuante, quasi senza coscienza di un'appartenenza e di un'identità, i viaggi che Le Gentil si apprestava a compiere – i luoghi che visitò a partire dal 1766 – lo condussero a un passo dalla deriva finale. L'imperscrutabile tempismo dei bivi senza ritorno volle che fosse un mondo a lui alieno e quasi del tutto ostile il palcoscenico della decisione che piú di tutte avrebbe condizionato il prosieguo della sua spedizione e, di riflesso, della sua esistenza. Ma procediamo con ordine, e cominciamo col chiarire il motivo per il quale il nostro era finito nel bailamme dell'arcipelago filippino.

Rientrato all'Isola di Francia soddisfatto dalle esplorazioni malgasce, Le Gentil dedicò buona parte del 1765 all'individuazione delle località del globo che meglio si sarebbero prestate all'osservazione del transito di Venere previsto quattro anni dopo. Secondo i suoi calcoli, questa volta sarebbe stato opportuno spingersi piú a est di Pondicherry, dove il transito sarebbe avvenuto con il Sole appena sorto, dunque troppo basso. Nella tornata del 1769, le condizioni piú favorevoli le avrebbero offerte siti come le Filippine oppure, ancora piú a oriente, le Isole Marianne: qui all'inizio del transito il Sole sarebbe stato ottimamente collocato in cielo, alto sulla linea dell'orizzonte. Le Gentil progettò pertanto di portarsi in primo luogo a Canton (a bordo di uno dei mezzi della Compagnie des Indes che facevano scalo all'Isola di Francia sulla via della Cina) e in seguito di giungere a Manila, controllata dagli alleati spagnoli. «Da Canton a Manila», scrisse fiducioso, «si trovano occasioni ogni anno».

All'inizio del 1766 inviò una lettera all'Académie richiedendo una raccomandazione ufficiale firmata dall'ambasciatore di Spagna, da presentare su richiesta al governatore di Manila, dopodiché si dispose in attesa degli eventi – e di una nave diretta in Cina. Quando, poche settimane dopo, a Port Louis attraccò per operazioni di manutenzione il *Buen Consejo*, sessantaquattro cannoni battente bandiera spagnola, Le Gentil non credette alla portata di una congiuntura che aveva tutti i crismi del colpo di fortuna. Non solo il *Buen Consejo* era diretto a Manila senza scali intermedi, ma l'astronomo conosceva personalmente uno dei primi ufficiali di bordo, tale Don Juan de Lángara, che aveva incontrato tempo prima a Parigi. Ottenere un passaggio sul *Buen Consejo* fu una formalità: dopo aver affidato le sue casse di cimeli al governatore, il 1° maggio 1766, senza attendere il benestare dell'Académie e con qualche giorno di ritardo rispetto ai piani (motivo un uragano), Le Gentil lasciò l'Isola di Francia deciso a non rimettere piú piede sull'accogliente ma disgraziata colonia. L'aggiornato programma di viaggio prevedeva infatti che, adempiuta la missione astronomica, il ritorno in patria sarebbe avvenuto via Pacifico, con un ultimo scalo ad Acapulco e il conseguente completamento di uno storico giro del mondo. Il conte di Bougainville, primo francese effettivamente in grado di portare a termine la circumnavigazione del globo, sarebbe partito per l'impresa nel dicembre di quello stesso anno, ma questo Le Gentil non poteva saperlo. Fantasticava, una volta di piú.

Per rendere l'idea di come andò il viaggio dall'Isola di Francia alle Filippine, sarebbe sufficiente dire che quando giunse a Manila il *Buen Consejo* era ormai noto ai piú come *Mal Consejo*. Ma aggiungiamo qualcos'altro.

Avvenne che già prima dell'ingresso nello Stretto della Sonda, che separa le isole indonesiane di Giava e Sumatra, le provvigioni del *Buen Consejo* erano sulla via dell'esaurimento: rimanevano sessantaquattro polli per quarantasette uomini. E una vacca, che fino a quel momento aveva fornito latte in abbondanza: «Ma la miseria ci costrinse ad ammazzarla, e a rinunciare al nostro *café au lait* mattutino». Considerata la sopravvenuta indigenza, il capitano De Caseins suggerí ai suoi sfiancati sottoposti – in particolar modo ai diciassette frati agostiniani presenti a bordo – di dedicarsi alla preghiera: qualora fossero arrivati a destinazione vivi, avrebbe fatto celebrare una messa solenne in onore della Vergine. Il piú pratico Le Gentil promise invece che in caso di salvezza avrebbe calcolato la longitudine della città di Manila.

La provvidenza – questa creatura bifronte che nutre le storie e che non abbandonò mai del tutto Le Gentil, preferendo ronzargli attorno e intervenendo di tanto in tanto, cavandolo temporaneamente d'impiccio, solo per poter continuare a gustarne da posizione privilegiata le susseguenti traversie – prese stavolta le sembianze di un bastimento malese, il quale dapprima fornf all'equipaggio affamato una tartaruga di mare e alcune noci di cocco, dopodiché diffuse sulla terraferma la nuova di quella nave di indigenti alla deriva nello stretto, cosí che molto presto altre imbarcazioni porsero visita al *Buen Consejo*, soccorrendo i derelitti con salvifiche razioni di cefali, tartarughe da cinquecento libbre l'una e banane in quantità. Rinfrancato, il 2 luglio l'astronomo scrisse sul diario che il mare della Sonda era «il piú bello del mondo, liscio come nemmeno la Senna d'estate».

Il 10 agosto 1766 il *Buen Consejo* attraccò a Cavite, nella baia di Manila, al termine di un viaggio che «aveva presentato le sue difficoltà». Quella stessa notte, a sbarco non ancora autorizzato, un manipolo di gendarmi inviati dal governatore locale fece irruzione a bordo per perquisire i bagagli di Le Gentil e sincerarsi che dai suoi carteggi non emergesse alcunché di sospetto per gli interessi della Corona di Spagna e delle sue colonie. «Ero determinato a sopportare qualsiasi cosa per il successo delle mie osservazioni», abbozzò Le Gentil dissimulando i presagi avversi che quell'accoglienza tutt'altro che amichevole avrebbe potuto suscitargli.

Preferí concentrare le sue attenzioni su un tre alberi ancorato non lontano dal *Buen Consejo*. Venne a sapere che il modesto natante era in procinto di salpare per le Isole Marianne, la meta a lui in assoluto piú gradita quale base di osservazione del secondo transito di Venere, distante adesso *appena* tre anni: «Quando vidi questa barca dimenticai tutte le fatiche, e desiderai soltanto salirvi a bordo per proseguire la mia traversata». In questo modo avrebbe anche abbreviato di almeno due mesi il futuro, ipotetico trasferimento verso le Americhe. Tuttavia, rassicurato dal fatto che nelle settimane successive non sarebbero mancate occasioni per raggiungere le Marianne, e memore del voto preso al cospetto del capitano del *Buen Consejo* (calcolare la longitudine di Manila), decise di trattenersi nelle Filippine. Non la piú infelice delle scelte, a leggere quel che sarebbe presto stato del tre alberi: «L'imbarcazione e tutto quel che vi era a bordo andarono persi nell'allontanamento dalle Filippine. Tre o quattro persone annegarono, quelle che erano piú ansiose di salvarsi – accade quasi sempre cosí nei naufragi. Per quanto mi riguarda, non posso garantire che non avrei aumentato il numero di queste persone desiderose di salvarsi... Di certo avrei perso tutte le mie carte e i miei strumenti astronomici, perdite per me irreparabili».

La "voce segreta" aveva salvato un'altra volta Le Gentil, il quale poté cosí dedicarsi alla scoperta dell'«ammasso confuso di alte montagne le cui cime si perdono tra le nubi» che subito gli parvero le Filippine.

«Tutto quel che abbiamo appreso da Plinio e dagli antichi riguardo ai vulcani dell'Italia lo si riscontra anche qui», fu una delle annotazioni introduttive dell'astronomo, che una decina di giorni dopo il suo arrivo nell'arcipelago fece i conti con una delle conseguenze piú inevitabili di un soggiorno in una terra geologicamente vivace. Il primo terremoto della sua vita colse Le Gentil in casa, in pieno pomeriggio: «Un mal di cuore mi colse, come se improvvisamente mi ritrovassi su una nave». La scossa durò mezzo minuto, tempo sufficiente a far riversare in strada frotte di uomini e di donne che imploravano Dio in ginocchio. Dopodiché il tremore riprese, piú intenso di prima. Il suo domestico se la diede a gambe, cosí che Le Gentil rimase da solo, al centro della stanza, con le gambe larghe nel tentativo di non perdere l'equilibrio, alla maniera di certi novelli naviganti sorpresi dal mare in burrasca. Come sempre quando si trattava di rimarcare i suoi multiformi malanni, Le Gentil non mancò di essere prodigo di dettagli: «Il terremoto finí, ma mal di cuore e conati di vomito proseguirono. A poco a poco aumentò anche il mal di testa, e alle dieci di sera riuscivo a malapena ad aprire gli occhi e a tenere la testa su».

Nei giorni che seguirono il battesimo sismico, Le Gentil conobbe un'altra manifestazione tipica, anche se meno minacciosa, dei luoghi vulcanici: le sorgenti calde, che nei dintorni di Manila erano uno sproposito. Una di esse, riferisce, possedeva la presunta proprietà di pietrificare qualsiasi oggetto venisse gettato nelle sue acque. In tutte le altre, i locali erano soliti bagnarsi «in ogni stagione, a tutte le età e a ogni ora del giorno, indipendentemente dal fatto che avessero lo stomaco pieno o meno». Le continue abluzioni erano una conseguenza del clima da equinozio perpetuo dell'arcipelago, argomenta Le Gentil, e sembravano produrre effetti positivi sulla salute dei locali: «Ho visto dei vegliardi di ottant'anni lavorare con una forza e un vigore pari a quelli di un uomo di trenta o quarant'anni».

Una vita pubblica trascorsa a cosí stretto contatto con l'acqua aveva tuttavia tra i suoi sottoprodotti anche una pronunciata promiscuità dei costumi. E Le Gentil non era un sostenitore accanito della promiscuità dei costumi. Il fatto che gli uomini e le donne di Manila fossero soliti bagnarsi insieme era per lui né piú né meno che «cosa mostruosa». A dirla tutta le abluzioni avvenivano con gli abiti ancora indosso, ma questo, incalza, «non risparmiava la vista indecente di uomini che uscivano dall'acqua con le brache talmente aderenti al corpo da rivelare forme e colore della pelle». Quanto alle donne, il loro abbigliamento – una vestaglia in cotone larga, scollata al punto da nascondere a malapena mezzo seno – era «uno dei piú disonesti che si possano immaginare. Sembrava fatto apposta per ispirare voluttà, in un clima di per sé già assai caloroso».

La verginità, fu chiarito all'astronomo, era considerata a Manila «un obbrobrio», e in città esistevano operatrici salariate allo scopo di assicurarsi che le fanciulle la perdessero nei tempi previsti. L'approccio tra i sessi avveniva generalmente per strada, senza troppe cerimonie. Quando un uomo incrociava una donna di suo gusto, si fermava e le chiedeva la cortesia di accendergli un sigaro; la donna allora prendeva il sigaro dell'uomo, lo accendeva servendosi del proprio e avviava una conversazione che poteva far durare per il tempo necessario all'operazione o anche di piú, a suo piacimento. Ancestrali pruriti abitavano le Filippine, dove «l'uso di dare *fieste* era generale». In una di queste Le Gentil scoprí la sangria, «una limonata leggera alla quale si aggiunge vino. Viene servita in una grande terrina, simile a quella in cui gli inglesi versano il punch. A mio avviso è molto buona».

L'innocente Le Gentil, quarant'anni e nessun vizio di rilievo, si trovava nel mezzo di un tour della perdizione. A Manila le feste di matrimonio duravano sei giorni, in un delirio di alcol, canti e balli che culminava quasi sempre tra le lenzuola. Persino le solennità di San Carlo e Sant'Andrea erano associate a riprovevoli derive mondane. Dopo la messa in cattedrale e le sfilate in maschera, le celebrazioni terminavano con una o piú corride: «Ecclesiastici, religiosi e persino molte donne prendevano parte a questo barbaro spettacolo. Mi ricordo bene di quando certe donne distinte di Manila mi invitarono ad assistervi nella loro loggia, per poi ridere di me quando giravo la testa per non guardare». Illustrando con quale trasporto i filippini praticassero anche il combattimento tra galli, Le Gentil osservò che in quel Paese tutti i piaceri sembravano essere connessi alla barbarie. Unico passatempo degno di ammirazione era quello degli aquiloni, esercizio nel quale i locali mostravano una «singolare destrezza».

Analitico com'era, Le Gentil non si limitò a registrare ogni sciagurata abitudine dei locali, ma provò a interrogarsi sulle cause di cotanta *immoralità*. Concluse che poteva essere fatta risalire in ultima analisi all'eccessiva tolleranza introdotta dai padri gesuiti, soprattutto in tema di digiuno. I religiosi dell'arcipelago avevano infatti concesso ai convertiti di cibarsi liberamente di cioccolato durante i periodi di mortificazione della carne. Nelle Filippine, in sostanza, mangiare cioccolato non era considerata un'infrazione del digiuno né al mattino né dopo la recita dell'Angelus, e nemmeno alle dieci di sera: l'unica condizione imposta ai golosi era di accompagnare il dolciume con acqua anziché latte. Il pretesto del libertinismo in tema di cioccolato offrí a Le Gentil l'occasione per scagliarsi contro la lascivia e l'ipocrisia di quei «falsi cattolici», fedeli di comodo sempre pronti ad accumulare tesori materiali e giammai a formare «buoni cittadini e veri cristiani».

Ma torniamo al cibo, topos sempre tra i piú battuti nelle filippiche del nostro. Scopriamo cosí che gli abitanti di Manila, che «non mangiavano mai a orari fissi, ma quando glielo suggeriva la fantasia», bevevano «troppo poco vino» e consumavano enormi quantità di zuppe d'uccelli e soprattutto di riso, il quale «può essere alimento molto buono, ma piuttosto insipido per gli europei, e soprattutto per i francesi». Fortuna che nei mercati di quartiere non mancavano capponi, piccioni, cotechini («che possono anche essere buoni, per lo meno quando cotti a dovere») e arance – soprattutto arance. L'arancia delle Filippine è un frutto eccellente, afferma Le Gentil: «Mangiata al mattino, a stomaco vuoto, essa risulta efficacissima nel dividere gli umori. Sarebbe da evitare invece la sera, in quanto, come dicono i portoghesi, l'arancia al mattino è d'oro, a mezzogiorno d'argento e la sera di piombo».

La sera, dunque. Le cene degli autoctoni consistevano generalmente di pesci secchi e fagioli. La volta in cui Le Gentil, ospite di locali, osò domandare se si potesse avere del formaggio, la padrona di casa lo avvertí che il formaggio «non può costituire cena». Con la moderazione che gli era connaturata, l'astronomo replicò che lui al mattino accettava di desinare all'uso spagnolo, ma la sera tendeva a preferire i costumi francesi.

Il dessert, infine, prevedeva confetture servite su un vassoio munito di un'unica forchetta da spartirsi tra tutti i commensali, dettaglio che disgustò Le Gentil al punto da farlo astenere il piú delle volte dalla parte finale del pasto. Ulteriore disappunto derivava dal fatto che al caffè era sovente preferito l'onnipresente cioccolato.

La mancanza di gusto dei dominatori spagnoli si ravvisava non solo a tavola, ma anche in ambito artistico, dal momento che le pitture che decoravano le chiese di Manila «sembravano tutte simili tra loro, ugualmente sovraccariche di colore, adatte a fungere da insegne di empori piú che da rappresentazioni sacre». Nei canti religiosi, inoltre, si distinguevano esclusivamente cori selvaggi, «che somigliavano molto a quelli di una truppa di ubriaconi appena usciti da una taverna».

Le Filippine che descrisse Le Gentil vegetavano nella mediocrità. Tutto il marciume di quel regno gli sembrava riconducibile all'inettitudine degli amministratori e, ribadí con rammarico, al dispotismo della religione, che pure conterrebbe in sé "i germi della pace e dell'unione": «Mentre Batavia spalanca il suo porto al mondo, Manila lo chiude a tutte le nazioni. E in un tempo in cui tra le corti di Francia e di Spagna regna la piú suprema armonia, essa tratta i francesi come nemici».

Le Gentil prendeva appunti su tutto. Era schietto nei giudizi, guidato da princípi morali solidi, dei quali subodorava una certa latente pericolosità. Sapeva che la sua diversità di vedute rispetto ai potentati locali avrebbe potuto causargli grosse grane. Ogni qual volta, in città, percepiva estranei avvicinarsi alle sue carte, nascondeva le pagine delle sue eterogenee memorie sotto tavole logaritmiche o grossi tomi di astronomia, facendo intendere ai curiosi che stava alacremente lavorando alla risoluzione di problemi relativi alla navigazione e nulla piú.

12.

La Terra non è sotto il Cielo, il Cielo non è straniero alla Terra; la Terra viaggia attraverso il Cielo; noi viviamo nel Cielo.

Camille Flammarion, *La storia del cielo*

In un ambiente che in molti modi potremmo definire tranne che a lui favorevole, Le Gentil trovò una sponda benevola nella figura di Don Estevan Roxas y Melo, anziano canonico della cattedrale di Manila, presso la cui abitazione era solito trascorrere le sue serate filippine. Dopo le cinque del pomeriggio, quando nubi ramate ammantavano la città di una patina di tristezza, Le Gentil andava da lui a dibattere di questioni che altrove gli avrebbero creato piú di un grattacapo. Nelle lunghe chiacchierate con Don Melo, poteva esporre il suo credo copernicano senza temere di essere tacciato di eresia. Era anche libero di prodursi in elogi dell'elettricità, esperienza del tutto sconosciuta a Manila, il cui tribunale dell'Inquisizione aveva qualche tempo prima indagato un medico francese colpevole di aver osato svolgere esperimenti in materia. Don Melo, che era uomo erudito, appassionato di letteratura e matematica, ascoltava partecipe. Era nato a Lima, e i peruviani, com'era noto a Le Gentil, «hanno eccellenti qualità di cuore, e sono ottimi amici». L'amicizia con l'anziano prelato fu suggellata da un dono di tutto rispetto: un grande tavolo in legno di tindalo, rosso e possente, fornito di sgabello pieghevole, che Don Melo fece realizzare per l'astronomo e che Le Gentil, lusingato, fece avvolgere in un incarto protettivo, pregustando il lustro che avrebbe aggiunto al suo studio parigino.

Le notti di Manila erano piacevoli, tenui vapori a smussare appena i profili dei monti. Congedatosi da Don Melo, Le Gentil attraversava le strade buie e malmesse della città, cercando di non incespicare in uno dei solchi che le percorrevano. Cosí fu anche la notte del 10 luglio 1767, a meno di due anni dal secondo transito di Venere, quando, rientrato a casa incolume, trovò ad attenderlo ospiti silenziosi ma non per questo meno temibili: tre missive dall'Europa.

Le lettere erano giunte via Messico a bordo del galeone *Saint Charles*. La prima conteneva il documento richiesto da Le Gentil un anno e mezzo prima, alla vigilia della sua partenza per le Filippine: una raccomandazione firmata dall'ambasciatore di Spagna a Parigi, che autorizzava ufficialmente l'astronomo a svolgere le sue mansioni scientifiche nei territori della colonia. Le Gentil ispezionò l'allegato ricevendone un profondo ancorché momentaneo sollievo: le sue comunicazioni erano arrivate all'Académie, dopotutto, ed erano state prese sul serio. In Europa c'era ancora qualcuno che lo considerava non il protagonista di un improbabile racconto marinaresco ma un uomo in carne e ossa. Una risorsa, persino!

Le scarne righe del secondo dispaccio annunciarono a Le Gentil la scomparsa, avvenuta alcuni mesi addietro, di sua madre. Marie-Françoise, figlia di Pierre Quesnel signore de la Malardière, donna equilibrata e devota, era morta. Impossibile dire quale fu la reazione di Le Gentil alla notizia: i moti dell'animo, come detto, non erano materia dei suoi resoconti. Sappiamo che una delle prime cose che fece dopo aver appreso del lutto fu provare a risalire, confrontando le diverse date, al luogo in cui si trovava il giorno della morte di Marie-Françoise. L'ha scritto: mentre la madre spirava, annotò in una pagina Le Gentil, lui era nel mezzo della traversata verso le Filippine. A bordo del *Buen Consejo*, localizzato in quello specifico frangente a sud delle Maldive. Pensò probabilmente a quanto quell'andito dei mari del Sud fosse lontano da casa, a tutte le volte che aveva trascurato affetti e relazioni per inseguire vani sogni di gloria. Si rammentò di quando, bambino, tornava a casa dopo la messa, mano nella mano con la madre, e si chiese come fosse possibile che dalla di lei mansuetudine potesse essere originata un'indole come la sua, cosí incapace a pacificarsi. Era forse una sorta di compensazione del destino, quella per cui il primogenito di una donna che aveva visto al massimo due o tre luoghi in vita sua fosse un individuo che non aveva dove posare il capo, prono alle diversioni, vagante da piú di sette anni tra mari selvaggi e isole remote? Se non avesse deciso, testardo come un mulo, di rimanere in mezzo all'Oceano Indiano ad attendere il nuovo transito di Venere, avrebbe avuto il tempo di abbracciarla un'altra volta: invece quel che gli rimaneva della madre era il ricordo sempre piú diafano del fugace saluto del novembre 1759 a Coutances.

Chissà se quella volta Le Gentil intese l'esclusività del momento che stava vivendo. Se un riflesso opaco nello sguardo della madre gli suggerí che quello sarebbe rimasto il fotogramma estremo che avrebbe conservato di lei, e se in seguito l'irreversibilità di quella separazione gli abbia fatto avvertire, come ha scritto una volta Buzzati, la «punta dolorosa nel mezzo del petto che abitualmente si chiama rimorso».

A me succede di continuo. Sono come perseguitato dalla consapevolezza che ogni incontro possa essere l'ultimo, ogni commiato il definitivo, e che per questo dovrei impegnarmi al massimo per rendere ciascuno di questi istanti indimenticabile a suo modo. Mi sembra, in certi casi, che piuttosto che vivere stia già ricordando. Capita anche con i luoghi e con gli oggetti, persino coi caffè: ne berrò un altro cosí buono? Il piú delle volte questo costante riguardo nei confronti dell'impermanenza di tutte le cose mi infastidisce e basta, caricando di innecessaria gravità passaggi dell'esistenza che troverebbero invece senso e sostanza proprio nella loro ordinarietà. Altre volte invece essa aggiunge un adeguato livello di solennità agli eventi. Quando la mia ultima nonna rimasta in vita mi mise tra le mani, al termine di una visita di circa tre anni fa, un foglio protocollo piegato in quattro, non ebbi molti dubbi sul fatto che quella fosse l'ultima volta che la vedevo in vita. Lo sapevo e basta. Ad attivare in me questa "sindrome da ultima volta" non fu la circostanza che mi avesse accompagnato fino alla porta di casa (ho letto da qualche parte che quando i vecchi cominciano ad accompagnarti alla porta è perché sanno che la fine è vicina), perché questo era solita farlo sempre. Fu la consegna del foglio protocollo.

Si trattava del tema del mio esame di licenza elementare, fotocopiato e riposto per oltre vent'anni in un luogo sicuro, che si era procurata tempo addietro da una delle mie maestre, incidentalmente sua ex collega. La traccia richiedeva di argomentare intorno a "un personaggio o un periodo storico che ti ha particolarmente interessato". Con sprezzo della complessità della Storia, io avevo scelto di scrivere del secolo che volgeva al termine, e in un calderone di personaggi e fatti di inaudita portata, tenuto insieme in meno di quattro facciate Neil Armstrong e Giovanni Paolo II, Salvatore Quasimodo e i fratelli Lumière. Arrivai addirittura a pronosticare che presto l'uomo avrebbe colonizzato altri pianeti: «Il 1961 segnò un grande passo per la scienza», mi lanciai. «Il sovietico Jurij Gagarin compí il primo volo spaziale. Poi il 25 luglio 1969 Neil Armstrong posò il primo piede sulla Luna. Da quel momento numerosi satelliti artificiali sono stati lanciati nello spazio e si pensa che nel 2002 l'uomo possa arrivare su Marte».

Un elaborato fantasioso, non c'è che dire, del tutto inverosimile in certi passaggi, e che nondimeno a mia nonna dovette risultare un piccolo capolavoro, l'illuminato esordio di un saggista in erba, primo di una lunga serie di traguardi che indubitabilmente avrei raggiunto, per il semplice motivo che per certe persone – un novero ristretto e condannato a rarefarsi nel tempo – i tuoi risultati sono tutti memorabili: a te sembra di non aver concluso nulla e invece per costoro è un passo storico. Abbiamo un insanabile bisogno di qualcuno che dilati oltremisura i nostri meriti, qualche volta, che ci dica bravo e ci faccia sentire importanti, e loro lo sanno.

Ricordo che quell'ultimo presente lo lessi per strada, tornando a casa, mentre ci preparavamo ai rispettivi viaggi: io facevo ancora una volta le valigie per l'Islanda, lei per chissà dove. Era una sera di inizio agosto, una di quelle sere pugliesi di metà estate in cui nell'aria immobile indugia ancora il pulito dei balconi lavati al tramonto, dapprima mescolandosi e poi lasciandosi sopraffare dalle fragranze dell'ora di cena. Indovinai la presenza, su qualche tavola spartana, di verdure sott'olio e focaccia calda. Una finestra aperta a piano terra elemosinava frescura al buio offrendo in cambio le ultime note di una vecchia canzone di Dalla e De Gregori. Qualche spanna sopra le palazzine piú alte, Marte tiranneggiava, brillante – cosí avevo letto sulla *Gazzetta* – come mai era stato nei tre lustri precedenti. Effettivamente in quei giorni Marte era vicinissimo (nella misura in cui un oggetto distante cinquantasette milioni e mezzo di chilometri possa essere considerato *vicino*): eppure, nonostante l'eccezionale prossimità, alla mia vista il pianeta che secondo i miei pronostici di bambino alcuni esemplari della nostra specie avrebbero dovuto abitare da piú di un decennio non era nulla piú che un fermaglio balugininante. Gli enormi vulcani, gli sconfinati deserti, gli intricati tunnel di lava: tutto rattrappito, ridotto a un'unghia di luce. Immaginai che dovesse essere valida anche la prospettiva opposta, ovvero che un osservatore piazzato lassú, su quello che chiamiamo pianeta rosso, non sarebbe stato in alcun modo in grado, puntando il suo sguardo verso la Terra, di distinguere le minuzie del nostro mondo, gli oceani e le metropoli, le foreste e le fabbriche, gli arrivi e le partenze. Ogni fremito dell'umanità annullato dal potere lenitivo della distanza, dalla certezza che piú ti allontani e meno percepisci, piú estendi la prospettiva e meno conta l'infinitamente irrilevante che quaggiú si ostina a ingannare l'estinzione. Non riesco a esprimerlo in termini piú efficaci, ma quella notte velata di nostalgia segnò una nuova piccola svolta nel mio rapporto col cielo: fu come se sul cronico sfondo d'inquietudine si fosse affacciata l'idea aurorale che la vertigine generata dai baratri del cosmo potesse non essere necessariamente un guaio. Pensai che talvolta dallo smarrimento può discendere un ritrovarsi, dalla piú totale irrilevanza una dignitosa forma di consolazione.

Nel tentativo di riallacciare un legame che credevo spezzato, cominciai a cliccare piú di frequente sui link condivisi dai profili social delle agenzie spaziali, che anche a causa delle prime ricerche su Le Gentil avevo preso a seguire piú numerosi. Guardavo con interesse crescente le foto inviate di tanto in tanto da sonde in missione nel Sistema Solare. Ne ricordo distintamente una, diffusa nell'ottobre del 2019: la prima immagine della Terra scattata da un corpo celeste che non fosse la Luna. Il rover *Spirit* si aggirava sulla superficie di Marte da sessantatré giorni quando scattò una fotografia – per meglio dire un mosaico di immagini catturate dalla telecamera di navigazione del rover (che mostravano una vista larga del cielo) piú un'immagine catturata dalla telecamera panoramica del rover (che invece mostrava la Terra) – in cui, raddoppiato il contrasto, si riusciva a distinguere il nostro pianeta emergere a malapena dallo sfondo nereggiante. Per consentire l'individuazione della Terra, i grafici della NASA avevano dovuto sovrimporre all'immagine una freccetta bianca e tre paroline: YOU ARE HERE. Quello che provai fissando il paio di pixel sufficienti a contenere la totalità dei miracoli e degli strazi del mondo che abitiamo fu una smisurata tenerezza. In quella parentesi di rappacificazione cosmica, ripensai a mia nonna.

Sull'eventualità che anche Le Gentil, quel 10 luglio 1767, potesse aver colto qualcosa di rappacificatorio in ciò che scorreva sotto i suoi occhi, serbo più di un dubbio. L'ultimo messaggio riportato nelle lettere arrivate dalla Francia era se possibile più destabilizzante dei precedenti.

Dicono gli islandesi: raramente un'onda s'alza da sola. Il terzo flutto che travolse Le Gentil annunciava che, stando ai calcoli di Pingré, Manila era situata troppo a est per ritenere di condurre da lí una buona osservazione del transito di Venere. Per questo motivo, l'Académie chiedeva all'astronomo reale di abbandonare al più presto le Filippine e recarsi a Pondicherry – la solita Pondicherry – che nel frattempo gli inglesi avevano restituito alla Francia. Il volto di Le Gentil dovette trasformarsi in una costellazione di smorfie, l'intero spettro dell'incredulità esibito sul volto di un uomo in balia di una trama senza alcuna logica. Nel corso dei mesi passati a Manila soltanto in tre occasioni il cielo era stato coperto, e non era peregrino prevedere che anche il 4 giugno di due anni dopo il tempo sarebbe stato clemente. Grazie a Don Melo e alla cerchia di conoscenze che si era faticosamente costruito, inoltre, Le Gentil era riuscito ad acclimatarsi alle stravaganze della vita filippina, imparando, nonostante l'ottusità di preti e potentati, ad apprezzarne la ruvida bellezza. E poi c'era il progetto del giro del mondo. Tutto, in definitiva, suggeriva di attendere gli eventi a Manila, piuttosto che intraprendere nuovi e incerti pellegrinaggi marittimi. Ma Le Gentil non si ribellò all'invito dell'Académie. Messa da parte l'iniziale frustrazione, si prese del tempo per ponderare le alternative a disposizione e rispondere all'annosa domanda che non solo quella lettera ma l'interezza della sua esperienza umana sembrava riproporgli, e cioè se ci volesse piú coraggio ad arrendersi o a insistere, a restare o a ripartire.

Un suggerimento non troppo sibillino gli venne offerto il giorno in cui presentò al governatorato di Manila il documento di raccomandazione firmato dall'ambasciatore spagnolo a Parigi. Dopo aver ispezionato i carteggi e confrontato le date riportate su di essi con quelle del viaggio di Le Gentil dall'Isola di Francia alle Filippine, il governatore Raon concluse infatti che i documenti mostratigli erano contraffatti. Non era passato abbastanza tempo, secondo lui, affinché la richiesta dell'astronomo fosse giunta in Francia, transitata per le mani dell'ambasciatore e riconsegnata a Manila con la raccomandazione in allegato.

Era troppo. Le Gentil ritenne altamente ingiuriosi i sospetti avanzati da Raon. Li associò a un inquietante episodio avvenuto qualche tempo prima, allorché alcuni strumenti astronomici di sua proprietà erano stati manomessi in sua assenza, ed ebbe timore. Giunse alla conclusione che un bigotto di tal fatta fosse una mina vagante, una minaccia in grado di complicargli non poco la vita nei mesi che ancora lo separavano dal nuovo transito di Venere. Colto da un accesso di tracotanza, Raon avrebbe potuto farlo arrestare senza motivo, o espellerlo dalla colonia alla vigilia del grande evento. La seguente idea lo tormentava: aveva perso il primo transito a motivo di una guerra, condizione per la quale avrebbe potuto giustificarsi agli occhi dei suoi pari, ma se avesse fallito una seconda volta per colpa di un satrapo di infimo rango, questa non gliel'avrebbero perdonata. «Poveri i viaggiatori filosofi che attraversano Paesi che l'ignoranza copre del suo velo, e dove domina il fanatismo», scrisse sul diario annunciando che, non potendo rischiare di sommare all'erraticità della meteorologia anche i capricci di un governatoricchio, accettava l'invito dell'Académie a rimettersi in viaggio.

Sarebbe partito quanto prima per Pondicherry, città dove lo attendeva il suo passato, o qualcosa che forse era stato un suo possibile futuro e ora era il presente di qualcun altro. «Decisi di mettermi in cerca di un paese libero. Anche perché ormai i viaggi per mare non mi costavano piú nulla, essendo diventato familiare con quest'elemento». Avvertí l'Académie che a scanso di imprevisti sarebbe arrivato a Pondicherry in tempo per il transito, dopodiché incontrò per l'ultima volta Don Melo. Riparò la meridiana del canonico, sostituendo la base in rame con una in marmo, infine lasciò a lui e a un padre teatino italiano, «buon matematico», le istruzioni per osservare il passaggio di Venere sul disco solare. Concluse il reportage filippino con una genuina nota di rivalsa: «Ci tengo a informare il mio Lettore di quella che fu la fine del governatore di Manila, il quale fu arrestato per ordine del Re circa due anni dopo la mia partenza, insieme a suo figlio e al suo segretario. Mi è stato riferito che morí in prigione, sopraffatto dal dubbio e consumato dal rimorso. Torno adesso alla mia narrazione».

13.

> Acqua, acqua ovunque,
> e neanche una goccia da bere!
>
> Samuel Taylor Coleridge, *La ballata del vecchio marinaio*

L'isolotto di Pulau Biola è uno sputo di terra di meno di mezzo ettaro nel settore nordoccidentale dello Stretto di Singapore. Nella lingua Malay, *pulau* significa "isola", mentre il termine *biola*, di origine portoghese, vuol dire "violino", riferimento risalente in tutta probabilità a un'illustrazione del cartografo ed enciclopedista Jacques-Nicolas Bellin, che rappresentò appunto l'isola in forma di violino (o sarebbe meglio dire di liuto), con tanto di pioli sporgenti in un'estremità e cassa armonica arrotondata nell'altra. Nota per l'abbondanza di vita marina – soprattutto di coralli – in alcune fonti anglofone Pulau Biola è indicata anche come Rabbit Island. I viaggiatori francesi di Settecento e Ottocento erano invece soliti citarla nei loro scritti con il nome di La Viole.

Lettera di Guillaume Le Gentil a Don Estevan Roxas y Melo, canonico della cattedrale di Manila, estratto.

Vi siete troppo interessato ai miei riguardi, Signore e caro amico, per non rendervi un resoconto, per quanto succinto, di quanto mi è occorso dopo che ebbi lasciato Manila. Non posso rammentare senza commozione (ma questo ricordo risultami altresì gradevole) la pena e il rammarico con cui mi lasciaste partire. Congedandomi avevo promesso di aggiornarvi: e sempre occorre mantenere la parola data.

Ultimati i miei preparativi, come sapete, sfruttai l'opportunità offertami dal *Santo António*, veliero portoghese partito da Macao e rientrante in India, a Madras. Partimmo il 5 febbraio. Caricai con me a bordo biscotti, confettura di fiori d'arancio, cioccolato filippino sufficiente per oltre ottocento tazze e caffè di Giava torrefatto e molito, trasportato dentro bottiglie in vetro ben sigillate.

La nave, malamente zavorrata, risultava priva sia di medico di bordo che di cappellano. Fummo inizialmente sospinti da una brezza leggera da oriente, in forza della quale la prima notte facemmo in modo di oltrepassare l'isola di Corregidor.

Dieci giorni dopo giungemmo nei pressi de La Viole. Era scuro, la visibilità scarsa e nemmeno la luna ci faceva luce. Ci trovavamo tra due pericoli ugualmente temibili: uno era La Viole, l'altro un banco di sabbia dal quale emergevano alti arbusti, e che non era distante piú di una lega e mezza da La Viole. Era necessario passare indenni tra i due ostacoli, ed era notte. Devo confessarvi che ero ragionevolmente preoccupato: non tanto per la difficoltà della manovra, quanto per la disputa che era sorta tra capitano e primo timoniere.

Per comprendere meglio l'accaduto, dovete per prima cosa sapere che sulle navi portoghesi i capitani sanno poco o nulla di navigazione: è il primo timoniere il solo incaricato a condurre la nave, e il capitano non deve intromettersi in nessun modo nelle operazioni. Sfortunatamente per noi, il capitano e il primo timoniere del *Santo António* non andavano granché d'accordo. Stavamo dunque costeggiando La Viole quando il capitano, dal cassero di poppa, urlò al primo timoniere di eseguire una manovra (non ricordo quale) che quest'ultimo non approvava. Il primo timoniere rispose piuttosto bruscamente che era lui il responsabile della condotta della nave, e sapeva perfettamente cosa fosse piú opportuno fare. Il capitano da par suo insisteva, pretendendo, disse, di essere ascoltato. Il primo timoniere gli rispose ancora a tono, finché la discussione si accese. Il primo timoniere si rinchiuse nella sua cabina tutto contrariato, abbandonando la nave alla mercé del vento.

Quando si verificò questa scena io stavo prendendo aria a poppa. Siccome i due avevano discusso con concitazione, com'è d'uopo in ogni controversia, e siccome io non conoscevo sufficientemente bene il portoghese, mi persi buona parte dello scambio e non compresi subito la decisione presa dal primo timoniere di recedere dal suo ruolo. Il capitano, dal canto suo, era altrettanto inamovibile. Decisi allora di andare a cercare in prima persona il timoniere, ma non lo trovai. Raggiunta da ultimo la sua cabina lo vidi, ma egli continuava a tenere il broncio, e non c'era nulla che potessi dire in grado di convincerlo a tornare alla guida della nave.

Andai allora a parlare con gli armeni, che avevano forti interessi nella riuscita del viaggio, dacché a bordo v'erano molte merci di loro proprietà: non avevo dubbi sul fatto che essi avrebbero riportato l'uomo alla ragione. Ma nel frattempo la nave avanzava. Cosí, per la prima volta nella mia vita, assunsi le mansioni di timoniere. Mentre gli armeni supplicavano quello vero di ravvedersi, io mi assicurai che l'imbarcazione non si allontanasse dalla rotta. Gli armeni trovarono invero grandi difficoltà a convincere il primo timoniere a uscire dalla sua cabina, ma quando il signor Melchisedek gli parlò con la ragionevolezza che tutti gli riconoscevano, finalmente la di lui ostinazione fu vinta. «Hombre», gli disse Melchisedek, «tiene usted conciencia?». Il primo timoniere cedette di fronte alla parola *coscienza* (pronunciata dalla bocca di un armeno!) e riprese il controllo del vascello. Era un uomo brusco, fortemente lunatico, ma per il resto mi pareva che di viaggi per mare se ne intendesse.

All'alba del 10 marzo fui sorpreso da uno spettacolo della massima gradevolezza. Ci trovavamo a due o tre leghe dall'isola di Penang, i cui rilievi erano incappucciati per metà da una nebbia cosí fitta da costituire una vera nuvola, per quanto bassa. La costa ricordava un pergolato lavorato da mani d'uomo, e la nebbia, o per meglio dire la nuvola, offriva al levar del Sole uno spettacolo affascinante. Poco piú tardi il primo timoniere, il secondo timoniere e un passeggero, curiosi, decisero di raggiungere l'isola a bordo di una scialuppa. Cercarono di convincermi ad aggregarmi a loro, ma io per scelta non abbandono mai una nave, se non quando ancorata in un porto o comunque in acque sicure. Quanto fui grato alla mia riluttanza quando osservai il tempo peggiorare, e percepii l'orrore delle condizioni nelle quali i tre esploratori s'erano ridotti!

Ebbero costoro immani problemi a tornare a bordo: era buio pesto e pioveva forte, cosí che essi si trovarono in completa balia delle onde. Due volte furono costretti a tornare sull'isola di Penang, infine il desiderio di trascorrere la notte a bordo della nave piuttosto che sull'isola, senza alcun riparo, fece loro compiere un ultimo vigoroso sforzo. Tornarono sul *Santo António* alle otto di sera: li udimmo molto prima di vederli, dal momento che urlarono di gettare loro una fune da ormeggio. Avevano con sé un pesce mostruoso, che i portoghesi chiamano diavolo di mare. Le loro urla nella notte, il cattivo tempo, il mormorio del mare: tutto questo mi restituí l'idea esatta di un naufragio, e mi fece pensare a un increscioso episodio di qualche anno fa, allorché un'altra nave di Macao fu costretta a lasciare il proprio scrivano di bordo sull'isola di Penang. Questo scrivano fu raccattato qualche tempo dopo, assai dimagrito, da un peschereccio di passaggio: doveva aver passato, per cosí dire, un brutto quarto d'ora, considerato che su quell'isola vivono tigri e altre belve pericolose. Spero non riteniate, Signore e caro amico, che il cattivo tempo che colse i nostri viaggiatori fosse l'effetto di una luna piena o di una luna nuova: vengono attribuite alla luna molte colpe delle quali a me sembra in verità del tutto innocente.

Nel complesso, non avrei potuto sperare in un viaggio piú fortunato di cosí. Scorrendo le date riportate in questa lettera, potrete calcolare che impiegammo appena trentadue giorni per arrivare da Manila alla costa del Coromandel. Era la mattina del 27 marzo quando giunsi nella terra che il fato aveva predisposto per me. I raggi del sole acquisivano pian piano forza, facendo uscire, come dal fondo di un quadro, alcune grosse nuvole, sparse, che si dissiparono presto.

La prima cosa che feci a Pondicherry fu presentarmi al governatore. Monsieur Law diede immediatamente ordine di sbarcare i miei bagagli con cura, poi mi fece salire su una carrozza e mi portò nella sua residenza di campagna, dove trovai piacevole compagnia, buona musica e una cena eccellente. Il giorno dopo, il governatore mi disse di andare io stesso a cercare un posto dove erigere il mio osservatorio. Cosí feci, e individuai il luogo ideale tra le rovine della cittadella, là dove una volta sorgeva il magnifico palazzo di Monsieur Dupleix. Alcune pareti in sabbia e mattoni e parte della camera dove aveva vissuto il generale Lally Tollendal avevano resistito alle esplosioni, ed erano ancora in piedi. Sotto le macerie dei padiglioni adiacenti c'era un deposito di polvere da sparo, contenente a tutt'oggi sessantamila misure di esplosivo, ma dal momento che il governatore mi aveva lasciato libero di scegliere, ritenni questa circostanza secondaria.

Dopo che gli ebbi riferito dei miei sopralluoghi, Monsieur Law si prese la briga di recarsi in persona sul luogo insieme all'ingegnere capo, al quale impartí tutti gli ordini necessari. I lavori iniziarono il 18 aprile e, nonostante le piogge incessanti, terminarono il 24 maggio. L'11 giugno furono incardinate porte e finestre, e io presi possesso della struttura. Trasferii lí tutte le mie cose: durante il mio soggiorno a Pondicherry, quella sarebbe stata la mia dimora e il mio ritiro. Consisteva di una sala spaziosa, con finestre alte e larghe che mi consentivano di osservare il cielo con agevolezza, un guardaroba e tre terrazze, due delle quali poste sullo stesso piano della sala. L'ambiente interno era piacevole, dal momento che se all'esterno il termometro segnava 35 o 36 gradi, nella sala la temperatura non superava mai i 25-26 gradi.

Non appena mi fui sistemato, pulii il mio quadrante e le mie clessidre e mi apprestai a calcolare la latitudine e la longitudine di Pondicherry con inedita precisione. In città si era diffusa frattanto la notizia del mio arrivo. Si mormorava che il Re di Francia avesse mandato in India un astronomo a osservare una stella che sarebbe apparsa nel corso del 1769, e che avrebbe fatto calare sulla costa del Coromandel una pioggia di fuoco – il che non mancò di attirare curiosi.

Questo è tutto quello che sono in grado di riferirvi al momento da Pondicherry. Allego un disegno con la vista di parte delle rovine della cittadella, tra le quali scorgerete il mio osservatorio. Non ha un'apparenza troppo signorile, ma è solido e comodo. Il cielo finora non è stato propizio alle osservazioni astronomiche, tuttavia godo, sotto gli auspici di Monsieur Law, di grande tranquillità, la quale costituisce ideale sostegno delle Muse. Nel mezzo di cotanta pace dedico momenti felici a Urania, e con animo soddisfatto e sereno attendo che l'ormai prossima congiunzione ellittica di Venere col Sole, questo memorabile avvenimento, porti a termine la mia missione accademica.

Raccomando anche a voi e al padre teatino l'osservazione dell'uscita di Venere dal disco solare. Soprattutto, non dimenticate di controllare o far controllare la vostra meridiana, nel caso in cui si verifichi un terremoto prima del giorno dell'osservazione e la sconquassi ancora una volta. Quanto al vostro Almanacco, attendo di riceverne un esemplare: lo leggerò con il piú immenso piacere.

Pondicherry, 1° luglio 1768
Firmato Le Gentil

14.

> Hanno scoperto una nuova stella,
> ma non vuol dire che vi sia piú luce
> e qualcosa che prima mancava.
>
> Wisława Szymborska, *Eccesso* in *Gente sul ponte*

Altro Paese, altra razione di peripezie. In India, finalmente. La fiducia derivata dalla consapevolezza di aver fatto tutto quanto in suo potere – persino timonare una nave – per prepararsi al meglio al secondo transito di Venere permise a Le Gentil di allentare per qualche mese le spire di apprensione in cui le lettere ricevute a Manila l'avevano stretto, e di immergersi in quella che definí «la magia dell'India, un paese simile all'isola incantata di Circe, dalla quale Ulisse non si separò che con gran pena».

Avanzava per strade affollate come non ne aveva viste prima. Nelle ore centrali del giorno, scrisse, era necessario farsi precedere da un servitore che aprisse un varco nello sciame di passanti, oppure farsi trasportare in lettiga. Ancor piú delle persone, fu la quantità di cani a impressionarlo: «Non c'è un indiano che non ne possegga uno, spesso due, in alcuni casi tre o quattro. Mi è stato detto che in questa città e nei dintorni essi ammontano a oltre quindicimila». Un po' per spirito di adattamento, un po' per necessità – gli sarebbe tornato utile a tenere lontani i serpenti durante le escursioni fuori città – accettò di diventare anch'egli padrone di un quadrupede: una cagna senza nome che gli fu donata da Madame Law, la moglie del governatore, che descrisse come «superba» e che non lo abbandonava «per nessun motivo».

A Pondicherry Le Gentil diventò in breve tempo una personalità di rilievo. Il Consiglio Superiore lo incaricò di condurre un'analisi delle acque della città, le cui fognature erano a dir poco fatiscenti. Si prodigò in un'indagine sui rimedi piú efficaci contro la *mort-de-chien*, un malanno che mandava all'altro mondo in meno di trenta ore e che Le Gentil identificò come una forma violenta di indigestione. Soprattutto ottenne – privilegio non di poco conto – di andare a lezione di astronomia indiana da un bramino, rispettato esponente della casta sacerdotale. Insieme al maestro Nana Moutou studiò l'uso locale dello gnomone, un metodo alternativo per calcolare gli effetti della precessione degli equinozi, i nomi dei segni zodiacali indú. Apprese anche che per prevedere la data di un'eclissi di Luna secondo la tecnica indigena occorrevano soltanto tre quarti d'ora di lavoro; che tutti i segreti della conoscenza ruotano intorno al numero 349; che il mondo durerà esattamente 4.320.000 anni e che per questo, essendone trascorsi al 1768 soltanto 3.897.876, avrebbe avuto tutto il tempo di osservare il transito di Venere dell'anno successivo.

Profondamente intrigato dal sentimento religioso degli indiani, non mancò di misurare le dimensioni delle pagode di Chincacol e Vilnour (facendosi scortare nella trasferta da alcuni soldati sepoy, circostanza che per poco non provocò un incidente diplomatico con le truppe inglesi di stanza a Madras). Ci tenne in particolar modo a illustrare ai futuri lettori delle sue memorie come le differenti altezze degli edifici sacri fossero legate al diverso rango della divinità omaggiata: piú importante il dio, piú alta la pagoda. In una delle speculazioni in assoluto piú ardite delle sue memorie, propose che la conformazione delle pagode indiane potrebbe aver ispirato niente meno che gli antichi egizi nella progettazione delle piramidi.

Non sfuggirono alla curiosità di Le Gentil nemmeno le cerimonie funebri, nel corso delle quali, dopo tre squilli di tromba, le salme venivano arse su di una pira ricoperta di paglia, argilla e sterco essiccato, miscela che garantiva a suo dire una combustione lenta ma completa dei corpi. Dopodiché – ma questo era valido solo per le famiglie benestanti – le ceneri venivano raccolte in un'urna e affidate al Gange. Come che sia, ogni volta che gli capitava di prendere parte a un funerale ritornava a casa «edificato dalla decenza e dal rispetto per l'umanità che impregnavano l'atmosfera».

L'inconveniente di un persistente fastidio alle ginocchia – conseguenza, pare, delle frequentissime passeggiate – lo introdusse infine all'arte indiana del massaggio: «Questa operazione, una delle piú sensuali mai inventate, ha luogo in mezzo a cuscini e guanciali straordinariamente morbidi, fatti di un tipo di cotone finissimo ricavato da grandi alberi chiamati ovattieri. I cuscini vengono piazzati sotto testa, gomiti, polsi, ginocchi e talloni. Gli indiani ricavano talmente tanto piacere dall'uso di questi cuscini da rappresentare buona parte delle loro divinità distese o accasciate su di essi». Si ritiene, al proposito, che i diari di viaggio di Le Gentil costituiscano uno dei primi documenti in lingua francese in cui venga utilizzato il verbo *masser* per indicare la pratica terapeutica che si sarebbe evoluta, appunto, nel moderno massaggio.

Non tragga in inganno cotanta vita sociale: Le Gentil trascorreva gran parte delle sue giornate nel nuovo osservatorio, sospeso su di una spaventosa quantità di polvere da sparo, completamente solo – o quasi. Le tigri non si spingevano fino a Pondicherry, ma questo non significava essere al riparo da visite moleste. A detta dell'astronomo, il flagello peggiore di tutti erano le formiche. Ghiotte di carne ma soprattutto di dolci, esse erano capaci di superare ogni ostacolo ed erompere senza difficoltà nei barattoli di zucchero, al punto che senza le dovute precauzioni tutte le riserve rischiavano di finire in breve invase da milioni di esserini agguerriti. Il metodo che utilizzava Le Gentil per tenere al sicuro il proprio zucchero consisteva nel posizionare il barattolo al centro di un piatto fondo colmo d'acqua, in modo che questa costituisse una barriera impenetrabile per gli insetti. Senza cambiare l'acqua di frequente, tuttavia, anche questo stratagemma sarebbe risultato vano, dal momento che le formiche, pugnaci, attaccavano in massa il piccolo fossato artificiale, facendo dei cadaveri delle avanguardie un ponte per attraversare il liquido e raggiungere la meta. «I corpi delle vittime sacrificatesi per il bene della repubblica permettevano cosí agli altri individui di giungere allo zucchero», imbellettò Le Gentil non nascondendo di aver assistito piú volte agli assalti delle formiche, e sempre con un certo gusto da entomologo.

Gusto rimpiazzato dal brivido quando al risveglio gli capitava di adocchiare un serpente strisciare sul pavimento della sua camera. In quel caso Le Gentil invocava l'intervento del fido domestico, un uomo dalle maniere spicce che non esitava a catturare i rettili a mani nude e liberarli all'esterno, non prima di aver assicurato l'astronomo che trattavasi di esemplari non velenosi. Giammai avrebbe osato toccarli, fossero stati cobra: i cobra, era nozione diffusa in India, possono uccidere un uomo con un singolo morso. Le Gentil ne era ben consapevole perché, in ossequio alla regola secondo cui piú una cosa era pericolosa piú lo stuzzicava, aveva approfondito anche la questione serpenti. Gli era stato detto che la costa del Coromandel abbondava di incantatori capaci di meraviglie, anche se il meglio che lui riuscí a reperire durante la sua permanenza a Pondicherry fu un ragazzino di quindici o sedici anni dall'aria ingenua che girava per le vie della città munito di cesto in vimini. Dentro il cesto il giovanotto celava tre cobra, con i quali sfoggiava disarmante familiarità. Le Gentil lo invitò piú di una volta all'osservatorio, affinché gli desse dimostrazione delle sue abilità: «La prima volta ero un po' spaventato, lo ammetto, e il giovane rideva delle mie reazioni impaurite. Poi però ci presi gusto». L'esibizione prevedeva classicamente che il ragazzo battesse piccoli colpi sul cesto per destare i serpenti, i quali, abbattuto il coperchio, si sollevavano lentamente ma maestosamente, uno per volta, con piccole oscillazioni della testa dettate dalla melodia del genere di clarinetto in cui intanto il padroncino aveva preso a soffiare. Per eccitare maggiormente i rettili, il ragazzo procedeva picchiettando con un indice la testa dei cobra, i quali a quel punto facevano come per morderlo, con il solo esito – data la rapidità di movimento della preda – di produrre un distinto clangore di zanne, che l'astronomo percepiva unitamente a un tremore lungo la schiena. In certi casi il giovanotto concludeva il numero avvinghiandosi uno degli esemplari intorno al corpo e avvicinandosi, così imballato, fino a pochi centimetri dall'astronomo, il palmo di una mano proteso in avanti in attesa di ricompensa. In un'occasione Le Gentil si fece coraggio e toccò egli stesso il cobra, ottenendo in cambio una slinguazzata su un dito.

Le rovine su cui sorgeva l'osservatorio costituivano poi il ritiro ideale per una fauna avicola assai varia, da corvacci neri fino a pipistrelli grossi quanto polli, i quali tuttavia, nonostante l'apparenza bellicosa, non furono d'impaccio a Le Gentil. Fu bensí una coppia di banali passerotti a creargli rogne. Questi due uccellini, un maschio e una femmina, infierirono per quindici giorni sul tetto dell'osservatorio, danneggiando reiteratamente intonaco e travi portanti a forza di artigliate e colpi di becco atti a produrre interstizi dentro cui proliferare. Stufo dei rattoppi e consapevole dell'importanza dell'ospitalità (essendo egli stesso da quasi otto anni nella condizione di ricorrere a quella altrui), Le Gentil decise di cambiare strategia e andare incontro alle esigenze dei passeri, posizionando due vasi in terracotta in un angolo di una terrazza, a mo' di fondamenta di nido. Gli ospiti non persero tempo e vi si stabilirono, offrendo al benefattore «il piacere di veder crescere la loro famigliola».

Il molto tempo libero e la solitudine propria dell'astronomo in attesa trasformarono Le Gentil in una sorta di guardone aviario: staccati temporaneamente gli occhi dal cielo, si dedicò a osservare dalle finestre della sala i particolari piú scabrosi della passeracea saga. La femmina, notò, trascorreva tutta la notte all'interno del nido, mentre il maschio vi ritornava soltanto al mattino presto, quando planava rinvigorito sulla compagna appollaiata in attesa della di lui mossa, in un gioco delle parti che si rinnovava fino al momento della vera e propria fornicazione. Pendolo alla mano, Le Gentil registrò che i due passeri erano in grado di unirsi per ben nove volte in tre minuti, rigorosamente in volo e sempre con le medesime esternazioni di piacere: «Quel che era piú singolare e che piú apprezzai di questo loro gioco amoroso era la tranquillità della femmina, che rimaneva immobile, senza mai distogliere lo sguardo, ondeggiando appena come per riassettarsi un poco. Da parte del maschio, invece, non v'era alcun preliminare e alcun vezzo; solo petulanza e movimenti precipitati, i quali suggerivano il semplice espletamento di un bisogno».

Mancava meno di un anno al transito, ne mancavano cento. Converrete che i resoconti dei mesi immediatamente precedenti il fatidico giugno del 1769 testimonino il tentativo di Le Gentil di imbottire le sue giornate di qualsiasi cosa che non fosse il pensiero ricorrente del transito di Venere, il quale incombeva sulla sua esistenza come il mostro dell'ultimo livello di un videogioco a piattaforme, o una finale decisa ai rigori. Traccheggiava, Le Gentil; ammazzava il tempo, o forse cercava di tenerlo in vita il piú possibile, le sue divagazioni ossigeno nelle narici dei giorni che passavano. Non riesco a scegliere tra le due opzioni, ovverosia a dire se l'astronomo desiderasse che il calendario galoppasse, traghettandolo fino alla mattina in cui l'oracolo celeste si sarebbe finalmente pronunciato, o se invece l'idrante del dubbio andasse pian piano estinguendo il fuoco della sua brama di risposte, facendogli preferire la sospensione di giudizio del presente alle sentenze senza appello del futuro. È anche possibile, persino probabile, che i due sentimenti convivessero in lui avvicendandosi piú o meno regolarmente, e che Le Gentil sperimentasse come tutti la subdola malleabilità del tempo, cercando ora di comprimerne gli svolazzi ora di distenderli come elastici prossimi al punto di rottura.

Fatto sta che prese di nuovo a trascurare la corrispondenza con la Francia, preferendo alternare le versicolori vicissitudini di ogni giorno con qualche buon libro, piuttosto che con sussiegose comunicazioni d'ordinanza. Lesse molto, in India, specialmente di notte, allorquando si chiudeva nella sua stanza e declamava ad alta voce le commedie di Racine e Molière. E alcuni dei classici che piú amava, a cominciare da Ovidio e culminando col preferito tra tutti, Virgilio: «Leggevo le avventure del pio Enea con il piú vivo interesse, riscontrando in esse una certa conformità con le mie. Come lui, vagavo per mari e coste ormai da sette lunghi anni...».

La letteratura aveva il potere di sostenerlo nello spirito e migliorargli la salute, appuntò un giorno sul diario. Ecco, il diario. Rimaneva questa l'attività che si sforzava di svolgere con piú costanza, impegnandosi ad aggiornare le sue memorie due volte al giorno, all'ora di pranzo e prima di mettersi a letto. Compilava taccuini diversi a seconda dell'oggetto delle note, che come abbiamo appreso comprendevano, oltre a osservazioni astronomiche e meteorologiche, lunghi monologhi e approfondimenti su bizzarrie d'ogni tipo, commentate senza filtri: «Viaggiatore equanime, parlo senza pregiudizi» scrisse di se stesso in una pagina.

C'era una differenza sostanziale, tuttavia, tra le classi di stramberie di cui Le Gentil riferiva nei suoi dispacci. Alle dicerie che non poteva verificare personalmente (tra le quali annoveriamo: perle grandi quanto uova di gallina, anguille di due piedi di diametro, gechi che cantano nei giorni di afa, zanzare in grado di far morire dissanguato un maiale nel volgere di un giorno) faceva cenno esclusivamente per dovere di cronaca, «dato che lo spirito umano si abbevera di favole e tende a credere a tutte le illusioni». Quando gli capitava di assistere a un prodigio con i propri occhi, invece, indossava i panni del divulgatore scientifico rigoroso. È per questo che in fondo a entrambi i volumi delle sue memorie sono riprodotte alcune tavole che fece illustrare a matita sulla base delle proprie testimonianze oculari. Le rovine di Pondichéry. La pagoda di Vilnour. Svariate divinità indú. Un cobra. Un diavolo di mare.

L'apice dell'eccentrico apparato iconografico dei diari di Le Gentil è rappresentato probabilmente dal geco bicefalo che l'astronomo catturò durante l'estate del 1768 nei pressi del suo osservatorio indiano. «Le due testoline si muovevano all'unisono, come fossero una sola» scrisse nella didascalia che concludeva con formidabile stravaganza *le Tome premier*. «Codesto geco a due teste morí il giorno dopo, e Monsieur Law lo mise sotto spirito».

15.

Ci si appassionava per l'assoluto, s'intravedevano realizzazioni infinite, poiché l'assoluto, colla sua stessa rigidità, spinge le menti verso l'azzurro e le fa galleggiare nell'illimitato.

Victor Hugo, I miserabili

È piú di un'ora che la neve bersaglia senza successo il reticolo di lastre in granito adagiate inermi oltre la vetrata della saletta da caffè dentro cui ho trovato riparo. I fiocchi si sfaldano pochi istanti dopo essere planati sul marciapiede: la temperatura esterna, appena troppo elevata, frustra il loro scopo primigenio di aggregarsi in manto uniforme. Ma la tempesta insiste, il vento aumenta di giri. L'insegna del locale – una piccola trave, tutta butterata, appesa a una catenella arrugginita – ciondola fin quasi a completare il giro su se stessa, cigolando al modo di un'altalena scassata.

Nel mulinare degli elementi, i solchi fra le lastre sono gli ultimi punti di riferimento rimasti, un minuscolo sistema di meridiani e paralleli destinato a sopravvivere ancora per poco. L'aria si è raffreddata di qualche decimo di grado, quanto basta a coronare il lavoro ai fianchi dei miliardi di fiocchi che hanno preparato la strada a questo, il primo in grado di attecchire, capostipite intorno al quale la gelida tela si tesse ora a ritmi prodigiosi. Nel volgere di pochi minuti il marciapiede è completamente imbiancato, le fessure un ricordo. Non ci sono piú strade intorno, né altri riconoscibili segni di derivazione umana.

Osservo tutto questo e sorseggio un caffè fumante e penso, tradito da questa malsana abitudine di astrarre sempre tutto, che non c'è poi troppa differenza tra cristalli di ghiaccio e scampoli di tempo. Entrambi, a forza di sommarsi, seppelliscono. Formulo l'ipotesi, ma temo sia un'illusione, che scrivere sia il solo modo di resistere alle orde dell'oblio, di contrastare l'assedio del tempo opponendogli lo scudo delle parole: anche loro si attraggono, in effetti, e si può riuscire, qualora se ne conoscano certi segreti, a organizzarle in strutture sorprendentemente solide e combattive. Forse lo stesso Le Gentil scrisse, in prima istanza, per non essere dimenticato?

Mentre mi chiedo se esista una legge di gravitazione delle parole, una formula che sveli la relazione in essere tra quello che vorremmo dire e quel che riusciamo effettivamente a comunicare, mi torna alla mente che se avevo deciso di attraversare la bufera e conquistare la pace del caffè di Húsavík era, piú che per riferire di qualche sghemba elucubrazione scaturita dal mio secondo inverno islandese, per buttare giú un capitolo su Isaac Newton. Non precisamente su Newton, in realtà: bensí su come un inconcepibilmente costoso volume a tema ittico abbia messo a repentaglio, rinviandola, la pubblicazione dei *Principia* newtoniani, uno dei trattati scientifici piú importanti della storia dell'umanità, quello che illustrò al mondo le leggi che legano tra loro tutti gli oggetti dell'universo conosciuto, dalle stelle agli atomi. Che cosa abbia a che fare un aneddoto di tal fatta con l'intreccio principale di questo libro è al momento affare secondario. Non so nemmeno se la domanda sia ben posta. Ci troviamo dopotutto tra pagine imperniate sul «delizioso impulso umano alla curiosità», come l'ha definito Ian McEwan. Sulla prurigine di chi ogni notte scruta il cielo, di chi insegue un'ossessione fino ai confini del mondo, di chi si sente incline alle deviazioni e alle trame tangenziali, affine per natura ai personaggi bizzarri che stanno per essere introdotti.

La storia è che nel 1686, mentre Newton ultimava capitoli tra gli imprescindibili della fisica classica, la

Royal Society autorizzava sotto il suo patrocinio la pubblicazione del monumentale *De historia piscium*, assumendosi in particolare l'onere di coprirne gli ingenti costi di stampa. Il *De historia piscium* si proponeva come un'opera superbamente illustrata: 187 tavole in tutto, direttamente finanziate da una settantina di diversi *fellows* della Society, compreso il presidente Samuel Pepys – bibliofilo accanito al punto da inserire nel suo testamento le istruzioni su come posizionare negli archivi i libri lasciati in eredità: «strettamente in base all'altezza e graziosamente accomodati» – il quale si accollò il costo, 63 sterline in totale, di non meno di ottanta tavole. Accedendo al catalogo multimediale caricato online alcuni anni fa dalla Royal Society, è sufficiente digitare "historia piscium" nella barra di ricerca per veder comparire sul proprio schermo la versione digitalizzata di diciassette di queste piccole opere d'arte. Una manta, un pesce volante, uno squalo martello, pesci ago e pesci pipistrello, tutti accuratamente tratteggiati e descritti. Se Le Gentil aveva in mente un riferimento per le piú modeste tavole (geco a due teste compreso) che avrebbe allegato ai suoi diari di viaggio quasi un secolo dopo, doveva essere questa maestosa raccolta.

Il motivo per cui la Royal Society si era imbarcata in un'impresa editoriale tanto ardita era che la precedente pubblicazione degli autori del *De historia piscium* era stata un successo travolgente. Con la loro *Ornithologiae libri tres*, pubblicata oltre che in latino anche in inglese (titolo: *Three Books of Ornithology*), John Ray e Francis Willughby avevano non solo prodotto quello che è considerato ancora oggi un riferimento insuperato per chiunque s'avvicini allo studio degli uccelli, ma erano riusciti a modificare sensibilmente l'approccio che lo scienziato moderno avrebbe dovuto avere al mondo naturale, introducendo un metodo di lavoro che avrebbe loro permesso di identificare quello che oggi sappiamo essere non meno del 90 per cento dei volatili comunemente rintracciabili tra Inghilterra e Galles.

L'ossessione di Ray e Willughby era la classificazione. A partire dalla tradizionale suddivisione tra uccelli acquatici e uccelli di terra, avevano aggiunto successive ramificazioni a seconda della dimensione del corpo, dei particolari di becco e zampe e di altre caratteristiche fenotipiche (come la struttura dell'apparato riproduttivo) mai utilizzate prima in quanto criteri di classificazione dei volatili. Willughby aveva per esempio notato, dissezionando tre diversi picchi verdi, che ognuno di essi aveva il testicolo destro di forma sferica e quello sinistro piú oblungo, concludendo correttamente che doveva trattarsi di una peculiarità di quella determinata specie. Un altro dei crucci ricorrenti di Willughby erano i colori delle piume, che – non esistendo all'epoca standard cromatici di riferimento – si curò di descrivere attraverso puntuali riferimenti a oggetti della vita di tutti i giorni. «Il dorso del tordo bottaccio», spiegò in uno dei volumi, «è di un verde simile a quello delle olive in salamoia, ancora acerbe, che arrivano dalla Spagna».

Al pari di tutti i protagonisti della rivoluzione scientifica inaugurata da Copernico e prossima al suo culmine, Ray e Willughby partivano da due assunti. Il primo è che non era vero, come sostenuto dalle gerarchie ecclesiastiche, che tutto quel che c'era da scoprire fosse già stato scoperto. Il secondo è che sí – Aristotele aveva ragione – esisteva un ordine nella natura: ma occorreva un metodo nuovo, rigorosamente oggettivo, per decodificarlo. Le basi di questa "filosofia nuova" erano la sistematicità e l'organizzazione, e in pochi nell'Inghilterra di fine Seicento potevano dirsi piú sistematici e organizzati di John Ray e Francis Willughby, che nella loro ricerca toccarono livelli di dettaglio senza precedenti.

Si erano conosciuti al Trinity College di Cambridge, entrambi attivamente coinvolti in una serie di attività extracurriculari al limite dell'occulto, dalle già citate dissezioni alla cosiddetta *chymistry*, una via di mezzo tra chimica e alchimia (ma tendente piú spiccatamente a quest'ultima) che includeva tra le sue branche la trasmutazione degli elementi e, da ultimo, la ricerca della pietra filosofale. John Ray, figlio di un fabbro dell'Essex, era attratto spiritualmente, prima ancora che intellettualmente, dalle questioni del mondo naturale, preso come scrisse «dall'ardente desiderio di fare di quell'innocente piacere un lenitivo della propria solitudine». Francis Willughby, discendente di un'influente famiglia del Warwickshire, aveva le stimmate dell'*uomo universale*, mosso dalla cristallina consapevolezza di avere troppe cose da scoprire e troppo poco tempo a disposizione per farlo. A Cambridge, Ray, piú vecchio di otto anni, aveva inizialmente ricoperto il ruolo di tutor di Willughby, tuttavia ben presto il rapporto tra i due era andato diluendosi in una collaborazione paritaria – e in un'amicizia duratura. Erano uomini diversi, ma dotati in egual misura di una sensibilità scientifica e una raffinatezza umana che nella prefazione del *Cambridge Catalogue* (un inventario di 558 diverse piante del Cambridgeshire pubblicato dai due nel 1660), costituirono la linea di demarcazione oltre la quale Ray collocò i lettori cui i lavori venturi della coppia *non* sarebbero stati rivolti: «Ci sono persone totalmente indifferenti alla vista dei fiori o, se non indifferenti, piú interessate ad altro. Esse si dedicano ai giochi con la palla, al bere, al gioco d'azzardo, al far soldi, alla conquista della popolarità. Per tutte loro, i nostri argomenti risulteranno privi di senso».

Alla fine dell'estate del 1662 Willughby inviò una lettera al collega informandolo che, non avendo nel breve alcuna intenzione di metter su famiglia, guardava con fervore alla possibilità di condividere con lui altro tempo, altri studi e, soprattutto, altri viaggi. Fu cosí che nacque l'idea della traversata europea durante la quale avrebbero documentato tutto, ma proprio tutto, quel che si sarebbero trovati di fronte – dalla flora alla fauna, dagli esseri umani alle opere d'arte – e grazie alla quale avrebbero messo insieme gran parte del materiale necessario a dar forma ai loro ambiziosi cataloghi. Il progetto di ricerca itinerante vide la luce nell'aprile dell'anno successivo. Prevedeva una lunga serie di tappe, dai Paesi Bassi all'Italia, passando per le pianure del Sacro Romano Impero, selezionate in base al valore delle università, all'interesse dei musei e all'originalità delle collezioni private lambite lungo il cammino.

Le collezioni in questione erano note all'epoca come "camere delle meraviglie", e contenevano davvero *mirabilia* di ogni tipo. A Delft, presso il gabinetto del farmacista Van der Meer, Willughby e Ray ammirarono nell'ordine: la testa di un elefante, la pelle di un serpente a sonagli, un gatto volante, il cranio di un babirussa (suino endemico dell'Indonesia dotato di enormi zanne) e la gamba mummificata di un uomo. Il signor Kluijver di Anversa mostrò invece loro un pene di balena, un coltellino da circoncisione in pietra, dodici dodecaedri in avorio incastonati l'uno nell'altro a mo' di matrioska, denti di drago e corni di unicorni.

Sulla vera natura di tutti questi cimeli (forse i denti di drago erano denti di squalo?) si possono avanzare le supposizioni piú disparate, inclusa l'invenzione truffaldina. Ciononostante i due viaggiatori prendevano nota di tutto con diligenza, riservandosi di segnalare, a scanso di ambiguità, gli esemplari di cui sospettavano un'origine "favolosa". Cosí accadde per esempio con i funghi pietrificati che si trovarono di fronte (insieme a un formichiere piú grande di una lontra e alla pelle di un principe tataro accusato di incesto) nel teatro anatomico di Leida. O con la coda essiccata della non meglio definita belva che mostrò loro l'astrologo Rosachio di Venezia, subdolo figuro che si guadagnava da vivere smerciando preparati medicamentosi in piazza San Marco, e che sosteneva che l'animale mostruoso cui era appartenuta la rara coda fosse provvisto in vita di larghe ali. A Padova, Willughby e Ray assistettero a un parto cesareo e alla dissezione di una donna defunta, dopodiché – era l'inverno del 1664 – non mancarono di visitare la celeberrima collezione Aldrovandi di Bologna, che comprendeva circa settemila esemplari di piante e diciottomila campioni di altra origine (tra cui un uovo di gallina a forma di zucca, un cucciolo senza testa, il ritratto di una ragazza pelosa nata da due genitori pelosi, un serpente con le zampe e cosí via).

Tra una meraviglia e l'altra, migrando satollo di conoscenza tra le città piú vivaci d'Europa, il giovane Willughby ebbe modo di sguinzagliare tutta la sua tumultuosa curiosità. Comprò acquerelli e libri illustrati; visitò i mercati ittici piú riforniti del continente; acquistò semi di piante esotiche. Non c'era nulla, o virtualmente nulla, che non lo avvincesse; nessuna separazione tra i saperi che coltivava. Come di moda all'epoca, andava in cerca di medaglie e monete rare, con un approccio assimilabile tuttavia a quello dell'archeologo piú che del collezionista puro. Teneva una lista di parole, comprensiva di trascrizione fonetica, che allungava di paese in paese con lo scopo di individuare somiglianze e difformità esistenti tra le lingue europee. A lungo s'interrogò sull'origine dei fossili di piante e animali estinti, materia che gli pareva profondamente contraddittoria: perché mai Dio avrebbe dovuto permettere l'annientamento di esseri viventi che Egli stesso aveva creato? E poi: era possibile che le piante fossero dotate di un sistema circolatorio simile a quello sanguigno animale descritto da Harvey nel 1628? Perché mai il censimento veneziano del 1581 mostrava tra i neonati una netta prevalenza dei maschi sulle femmine? E che dire della sorte invernale degli uccelli migratori? Si ibernavano, forse? Mutavano forma, come proposto da Aristotele, oppure semplicemente si trasferivano altrove? Nel corso del suo breve passaggio terreno, Willughby si chiese tutto questo e molto altro, stimolando senza soluzione di continuità quella che Tim Birkhead, autore della compendiosa biografia di cui queste righe sono solo un condensato, ha definito «una mente avida e indagatrice».

Sebbene la vastità degli interessi di Willughby fosse nota agli storici della scienza, non fu senza stupore che gli accademici degli anni Settanta del secolo scorso accolsero il ritrovamento di un suo manoscritto dedicato al tema dei giochi. Ribattezzato *Book of Games*, esso consiste di un volume rilegato in pergamena contenente approfondite annotazioni su giochi di carte, giochi con la palla, attività con attrezzi speciali e passatempi per bambini diffusi all'epoca della sua redazione. Imbevuto della credibilità e del gusto per la classificazione unanimemente attribuiti al suo autore, questo inconsueto trattato sul tempo libero svaria dal tennis al combattimento dei galli, dai giochi di parole colti a quelli piú volgari, in un esercizio che offrí a Willughby l'occasione di mettere a punto il metodo che avrebbe perfezionato occupandosi di pesci e uccelli e agli specialisti del Novecento uno sguardo inedito sugli hobby dell'Inghilterra del XVII secolo, materia trattata fino a quel momento esclusivamente in opuscoli realizzati da giocatori e rivolti ad altri giocatori. A Willughby interessavano aspetti che non avevano mai interessato nessuno prima, incluso il comportamento fisico delle palline da tennis quando rimbalzano, e a ciascuno di essi applicò armoniosamente le conoscenze che gli provenivano da altri ambiti, prime tra tutte quelle matematico-probabilistiche. Non è un caso che in uno dei passaggi del "Libro dei giochi" si faccia riferimento a un volume complementare, di argomento ancora piú inusuale, andato purtroppo perso: *The Book of Dice*, il libro dei dadi.

Consunto dal troppo lavoro (e da una polmonite cronica), Francis Willughby morí nel 1672, appena trentaseienne, pochi giorni dopo essersi accordato con John Ray su quello che sarebbe stato l'esito editoriale degli studi portati avanti in comune. Non avrebbe mai saputo, Francis, dell'enorme successo riscosso dall'*Ornithology*, che John curò basandosi sugli appunti presi insieme al collega, né tantomeno del pesce (*Salvelinus willughbii*, un salmerino), dell'insetto (*Megachile willughbiella*, un'ape) e del genere di piante tropicali (*Willughbeia*, una sottofamiglia delle Apocinacee, alle quali appartiene ad esempio l'oleandro) i cui nomi scientifici avrebbero perpetuato la sua dedizione e la sua versatilità. John Ray si occupò anche – piú in ossequio alla memoria dell'amico che per reale trasporto accademico – della pubblicazione degli altri due cataloghi cui per anni si era dedicato insieme a Willughby: il *De historia insectorum* e il famigerato, esosissimo *De historia piscium*.

Ci volle quasi un decennio per passare dalla prima bozza all'edizione finale di questo "Libro dei pesci", che fu dato alle stampe quattordici anni dopo la morte di Willughby e che si rivelò, escludendo un timido entusiasmo iniziale, un autentico disastro editoriale. Di difficile lettura, contorto nelle spiegazioni, si rivolgeva a un pubblico piú specialistico e selezionato di quello dell'*Ornithology*. Il precario equilibrio politico dell'Inghilterra (pochi mesi prima dell'uscita del volume era stato sventato un tentativo armato di deporre re Giacomo II) fece inoltre abbandonare sul nascere l'idea di tradurre l'opera dal latino. Spinta dal flop sull'orlo della bancarotta, la Royal Society si vide costretta a rimangiarsi l'impegno riguardante la pubblicazione degli scalpitanti *Principia* newtoniani, i quali furono ripescati soltanto grazie al provvidenziale intervento di un uomo che piú scorrono le pagine di questo libro piú ragioni dispensa per essergli riconoscenti. Intuita la portata del trattato di Newton, Edmond Halley si prese a cuore la questione: dopo aver raccolto fondi a destra e a manca, e aver integrato le quote mancanti di tasca propria, riuscí a mandare in stampa i tre seminali volumi nel luglio del 1687. Come ricompensa per l'abnegazione mostrata, non potendo permettersi di versare emolumenti ai suoi membri la Royal Society si offrí di pagarlo in copie invendute del *De historia piscium*.

Sfortunatamente non è dato sapere che uso abbia fatto l'impagabile Halley delle sontuose stampe ittiologiche che si ritrovò a possedere. Quel che è certo è che aver chiamato un'altra volta in causa colui che indirettamente ha messo in moto gli ingranaggi di questo libro è un'occasione troppo ghiotta per non accennare, prima di tornare da Le Gentil (che è sempre a Pondicherry, dove tutto è pronto per il transito di Venere), a un altro cacciatore di comete cui tengo molto, a un altro volume dimenticato e, finalmente, a una donna.

L'astronomo in questione risponde al nome di Ernesto Capocci di Belmonte, direttore dell'Osservatorio di Capodimonte dal 1833 al 1850 e ancora, dopo una sospensione dovuta ai moti del '48 (convinto antiborbonico, fu deputato nella breve esperienza del Parlamento delle Due Sicilie), dal 1860 al 1864, anno della sua morte. Sul versante scientifico, Capocci come accennato si occupò a lungo di comete, argomento cui dedicò sia pubblicazioni accademiche che testi piú marcatamente divulgativi. In *Dialoghi sulle comete scritti in occasione delle cinque apparse nel 1825* si sforzò per esempio di abbattere «le tante ciance che mi è convenuto sentire a tal proposito», spiegando nel modo piú esplicito possibile che no, le comete non erano portatrici di sventura. Due anni dopo fu invitato da Johann Encke, direttore dell'Osservatorio di Berlino, a dare il suo contributo alla compilazione di un nuovo catalogo stellare, compito che portò a termine osservando circa settemilanovecento stelle e correggendo un cospicuo numero di errori pregressi. Nella seconda metà degli anni Trenta intraprese un lungo viaggio scientifico attraverso l'Europa e brevettò due utensili scientifici: un fotometro e un controverso "apparato per aiutare i naufraghi". Dopo la conclusione della turbolenta esperienza politica (che vide coinvolta tutta la famiglia: allo scoppio della Prima Guerra di Indipendenza quattro dei suoi cinque figli partirono volontari), si cimentò con l'analisi dell'opera di Dante da una prospettiva astronomica, pubblicando tre dialoghi dal titolo *Illustrazioni cosmografiche della Divina Commedia*.

Ma il libro dimenticato che piú desidero citare in questa sede è *Viaggio alla Luna*, una delle opere di fiction con cui l'eclettico Capocci non ebbe timore di confrontarsi. Pubblicato nel 1857, *Viaggio alla Luna* è un libriccino di una manciata di pagine che il *Dizionario biografico degli italiani* ha a lungo considerato perduto, ma di cui una copia originale è stata ritrovata quasi per caso nel 2015 tra i faldoni non catalogati della Biblioteca Nazionale di Bari. Qualche mese dopo è stato ripubblicato da un piccolo editore locale.

È sorprendentemente una donna la protagonista di questo viaggio spaziale *sui generis*, il cui titolo completo risulta infatti essere *Relazione del primo viaggio alla Luna fatto da una donna l'anno di grazia 2057*. In un'epoca in cui le donne nel mondo della scienza spiccavano soprattutto per la loro assenza, Capocci scelse di raccontare per mezzo di una lettera inviata da Urania alla sua corrispondente Ernestina (alter ego non troppo ermetico dell'autore) lo sbarco del genere femminile sul satellite terrestre – là dove, si apprende dalle parole della protagonista, una colonia umana già prosperava. Urania comincia il suo viaggio a bordo dell'aerostato *Giordano Bruno*, che da Napoli la traduce fino al vulcano Antisana, in Ecuador. Nel cratere del vulcano giace una sfera grande quanto «quella che è in Roma, in cima alla cupola di San Pietro», e che si scopre essere una navicella della Compagnia della Luna pronta a essere sparata nello spazio. Dal lancio spaziale in avanti, le descrizioni del *Viaggio alla Luna* si sviluppano in perfetta aderenza alle conoscenze scientifiche dell'epoca, inframezzate qua e là da una spruzzata di curiosamente profetici slanci di inventiva. L'idea di Capocci di far "eterizzare" Urania e i suoi compagni di avventura durante la traversata spaziale, per esempio, è per molti versi sovrapponibile all'ibernazione cui vengono sottoposti gli astronauti di *2001: Odissea nello spazio*.

Se è oggettivamente ardito immaginare che Kubrick abbia tratto ispirazione da un marginale volumetto scritto un secolo prima – ovverosia ancor prima che nascesse il cinema – da un astronomo napoletano, non si può invece escludere del tutto che *Viaggio alla Luna* abbia svolto un ruolo di rilievo nella nascita del romanzo scientifico europeo e, di riflesso, della fantascienza moderna. Prima che letterato di nicchia, Ernesto Capocci fu infatti astronomo stimato in tutta Europa. Alexander von Humboldt, insigne esploratore e naturalista, per decenni l'uomo piú famoso al mondo insieme a Napoleone Bonaparte, lo teneva in alta considerazione. L'Académie francese accoglieva con riguardo le sue pubblicazioni, e Capocci tra le altre cose tradusse in italiano le celebri *Lezioni di astronomia* di François Arago, personaggio che potreste ricordare nelle vesti di promotore del nome "Leverrier" per il da poco scoperto Urano. Sí: Ernesto Capocci annoverava tra le sue conoscenze François Arago, il quale a sua volta conosceva bene Jules Verne (questi, a voler essere precisi, considerava Arago alla stregua di un idolo). La storia, questa maliziosa dispensatrice di plurivoci intrecci, vuole ora che nel 1865, otto anni dopo la pubblicazione di *Viaggio alla Luna*, Verne abbia dato alle stampe *Dalla Terra alla Luna*, in alcune delle cui soluzioni narrative si riconoscono idee già formulate, seppur in forma piú embrionale, dal Capocci.

Quando, pochi mesi prima di ultimare queste pagine, gli ho chiesto se secondo lui abbia qualche tipo di fondamento l'ipotesi che vuole che il padre e nume tutelare del romanzo d'avventura debba un briciolo del successo di una delle sue opere piú famose al semisconosciuto Ernesto Capocci di Belmonte, il dottor Francesco Quarto, funzionario della Biblioteca Nazionale ai tempi del ritrovamento della copia barese di *Viaggio alla Luna* oggi in pensione, mi ha candidamente risposto di non saperlo. E di non ritenerla una questione di rilievo, in fin dei conti: certi libri, mi ha detto riferendosi agli oggetti del lavoro di una vita come a vecchi compagni di viaggio, qualche volta semplicemente affiorano, brillano effimeri come stelle cadenti e poi ineluttabilmente tornano, per chissà quanto altro tempo ancora, nel caliginoso anonimato dentro cui spendono la maggior parte delle loro esistenze. Seppelliti sotto una tormenta di parole, pensai tra me e me mentre il bibliotecario faceva una pausa, fissava un punto indefinito nella definitissima pianta ortogonale del quartiere murattiano di Bari inondato di sole e aggiungeva, con tono di confidenza o di confessione, che pochi mesi dopo il ritrovamento il plico contenente *Viaggio alla Luna* era andato di nuovo misteriosamente smarrito.

16.

> *I'm your Venus*
> *I'm your fire*
> *at your desire*
>
> Shocking Blue, *Venus*

Ed eccoci alla sequenza clou della faccenda Le Gentil. In questo capitolo scopriremo cosa avvenne al nostro astronomo il giorno del secondo transito di Venere. Se appartenete al novero di coloro che tra un capitolo e l'altro hanno consultato la voce Wikipedia dedicata a Le Gentil, o se semplicemente avete colto l'antifona dei capitoli precedenti, suppongo vi aspettiate che accada il peggio, che le cose precipitino da un momento all'altro, che la disgrazia si abbatta implacabile tra capo e telescopi di Le Gentil. Che dire: non vi sbagliate. Tratteggiamo allora i contorni del contesto in cui il disastro si compí, per partecipare con maggiore contezza delle tribolazioni del protagonista.

I primi mesi del 1769 trascorsero miti in India, le notti serene. Dall'arrivo nella sua terra promessa, Le Gentil aveva affiancato ai consueti appunti un registro meteorologico piú dettagliato del solito. «Non si può descrivere la bellezza del cielo di Pondichéry nelle notti di gennaio e febbraio», vi annotò. Non piovve quasi mai. L'aria era talmente ferma e secca che le stelle in cielo non sfarfallavano, e i telescopi potevano rimanere anche tutta la notte all'aperto senza che l'umidità ne appannasse le lenti. Con il suo inseparabile quindici piedi, Le Gentil procedette a quelle che reputò le migliori osservazioni di Giove della sua vita. Poco tempo dopo, accolse con stupore l'ampliarsi del suo piccolo arsenale. Le ostilità momentaneamente alle spalle, in una peculiare forma di risarcimento per i ritardi provocatigli in passato gli inglesi di stanza a Madras vollero omaggiare lo scienziato francese con un tre piedi acromatico nuovo di zecca. Le Gentil lo mise subito alla prova: puntò un'eclissi di Luna, calcolò la longitudine di Pondicherry (è il caso di ricordare che le misurazioni del transito di Venere sarebbero tornate utili esclusivamente se abbinate alle esatte posizioni geografiche degli osservatori) e condusse una serie di altre osservazioni i cui dettagli decise di non pubblicare in quanto, scrisse, «questo volume è già troppo grosso cosí».

Quando non era preso da mansioni celesti, Le Gentil andava come di consueto a vedere il mare, sorprendendosi di quanto in certi giorni risultasse difficile distinguere la linea che lo separava dal cielo. Delle sterminate coltivazioni indiane lo stupirono invece i colori, uno in particolare: «Non esiste in natura un verde piú bello di quello del riso quando nasce». Un giorno, rapito dalla magnificenza di quelle campagne, immaginò di trovarsi sui Campi Elisi, lasciandosi addirittura persuadere dall'idea che il mito dei campi fortunati fosse originato dalle «contrade incantate dell'India».

Tra marzo e aprile il tempo era peggiorato, venti sempre piú caldi a introdurre nubi e sollevare sabbia, tuttavia maggio aveva portato con sé nuove incoraggianti mattine. Mancava meno di un mese al transito quando dalla madrepatria giunse un bauletto. Glielo mandava il coordinatore degli astronomi francesi, il confratello dell'Académie Jérôme de Lalande, colui che anni dopo avrebbe associato il proprio nome al catalogo stellare piú completo della sua epoca e a una coraggiosa *Astronomie des Dames*. Conteneva, il baule di Lalande, un numero della rivista *Connaissance des temps*, alcuni termometri e una serie di tabelle astronomiche note come effemeridi. Tutto era pronto. Scrisse Le Gentil che a questo punto attendeva il transito «con la piú grande impazienza». Incrociandolo per strada, conoscenti e vicini di osservatorio presero ad augurargli buona fortuna, e fu nel corso di uno di questi estemporanei incontri che apprese della morte del ragazzo dei serpenti. L'adolescente era stato morso a un braccio da un cobra «forse poco addomesticato» durante un'esibizione pubblica, spirando pochi minuti dopo in preda a convulsioni. La notizia irruppe come una premonizione nell'attesa di Le Gentil, che pochi giorni dopo notò con sospetto anche il mutato comportamento della sua cagna, che vagava inquieta per l'osservatorio. Non rispondeva piú ai richiami, durante la tradizionale passeggiata notturna si fermava a malapena a fissare negli occhi il padrone per poi allontanarsi nuovamente senza meta. Dopo che ebbe morso il suo domestico, certo si trattasse di rabbia Le Gentil la incatenò. Declinò la raccomandazione di Madame Law di farla abbattere, ma la sventurata morí in ogni caso dopo otto giorni.

Nonostante l'intensificarsi di avvisaglie funeste, la sera precedente il transito il cielo era limpido su Pondichery. Mancava una manciata di ore, il destino stava per compiersi e le cose andarono come segue.

Intorno alle nove, Le Gentil e il governatore Law osservarono alla perfezione l'emersione del primo satellite di Giove. Dopodiché l'astronomo diede un'ultima occhiata all'orizzonte, un rapido controllo di routine prima di andare a letto: nessuna nuvola adombrava la notte piú importante della sua vita. Alle due del mattino del 4 giugno fu svegliato da un sonoro turbinio di sabbia avanzante da sudest, circostanza che lí per lí considerò di buon auspicio, dal momento che la brezza da sudest era solita portare, oltre a paludosi olezzi, bel tempo. Convincimento quest'ultimo che non deviò di un millimetro le subdole trame del fato. Incuriosito dal perdurare della peculiare sinfonia, Le Gentil si alzò e, affacciatosi alla finestra, scorse con atterrimento che il cielo adesso era coperto. Un'omogenea distesa di nubi che s'infoltiva a partire da oriente, là dove le tenebre della notte già andavano rischiarandosi. Colto da improvviso panico, impotente di fronte alle bizze di Eolo, tornò a rifugiarsi nel suo giaciglio.

Non chiuse occhio, di lí in avanti. Il vento cambiò presto, prendendo a spirare dalla direzione che temeva di piú, quella da cui meno avrebbe desiderato provenissero folate e tantomeno cumuli, non quel giorno, non quella mattina: il quadrante di nordest, che si faceva piú cupo a ogni minuto. Intorno alle cinque le raffiche si calmarono, infondendo in Le Gentil la speranza che il chiarore che cominciava a intravedersi a meridione fosse foriero di apertura generale, speranza controbilanciata dal fatto che assenza di vento significava assenza di movimento, ristagno di nuvole, conservazione del piú detestabile degli *status quo*.

Tempo sette-otto minuti e le cose mutarono ancora. La brezza rinforzò di colpo, alle cinque e mezza era una furia. La nuvolaglia che aveva preso dimora a nordest si mise in moto, aprendo nella cortina piccoli interstizi dai quali emerse, simile a condanna, un secondo strato di nembi, piú alto e piú tenue del primo ma anche piú omogeneo, impenetrabile all'apparenza, o forse penetrabile ma non dal Sole, che intanto era sorto e s'intravedeva, grande scudo pallido, oltre il grigio sipario.

Al porto intanto era iniziata la danza degli alberi maestri, che beccheggiavano nella risacca come i residui di ottimismo nell'animo dell'astronomo. La burrasca durò fino alle sei, ora in cui i venti si concessero una nuova pausa, dando tregua alle imbarcazioni ma pure ai cumuli, ineluttabilmente fissi in cielo. Tre minuti prima delle sette, ovverosia nel momento in cui Venere si apprestava a concludere il suo attraversamento del disco solare, s'intravide a est un biancore che lasciava intuire la presenza dell'astro senza tuttavia che i suoi contorni potessero essere riconosciuti da occhio umano né da telescopio. Erano superate ormai le otto quando il Sole si fece finalmente spazio, emergendo dal telone di nubi e incardinandosi nella rotta che avrebbe solcato indisturbato per il resto della giornata. Ma adesso Le Gentil non sapeva che farsene di quell'azzurro. Il transito di Venere, l'ultimo cui la sua generazione avrebbe assistito, era terminato, e il piú instancabile dei suoi inseguitori l'aveva mancato un'altra volta.

Questo è il fato che talvolta attende gli astronomi. Avevo percorso piú di diecimila leghe, attraversato innumerevoli mari. Mi ero esiliato dalla mia patria per essere infine spettatore di una nuvola fatale che venne a piazzarsi davanti al sole nel momento esatto della mia osservazione, per derubarmi dei frutti delle mie pene e delle mie fatiche...

Una "nuvola fatale". Dopo tutte le insidie mortali che aveva scampato per un soffio, tutte le volte che aveva flirtato con la fine percependone da vicino il richiamo; dopo essersi fatto costruire un osservatorio astronomico su un cumulo di polvere da sparo e aver definito comunque "fortunato" l'inenarrabile viaggio che l'aveva condotto fino a lí, all'ultimo bramato *rendez-vous*, Le Gentil mancò Venere per colpa di una nuvola. Questo era quanto. Come ha scritto il solito Melville: «L'uomo semina al vento e il vento soffia dove gli pare».

Nel corso delle settimane successive al transito, Le Gentil visse in uno stato di incredulità che evolvette presto in apatia. Se inizialmente si era tormentato ripensando alla singolarità della burrasca fuori stagione che aveva fatto naufragare i suoi progetti (forse un castigo comminatogli dall'alto per aver osato rinnegare, due decenni addietro, la vita religiosa?), col passare dei giorni sprofondò nel piú cupo avvilimento, stato d'animo altamente inusuale per un individuo restio all'autocommiserazione. Le poche volte che si alzò da letto per provare ad abbozzare un resoconto degli avvenimenti, la penna gli scivolò di mano.

Una lettera ricevuta qualche tempo dopo da Don Melo, vecchia conoscenza dei mesi filippini, lo informò con beffa che a Manila, il luogo da lui eletto in prima istanza per il transito del 1769, le condizioni meteorologiche erano state perfette. In allegato c'erano i dati dell'osservazione, condotta con successo da Don Melo insieme al padre teatino. La dannata mattina del 4 giugno, concluse Le Gentil, doveva essere stata mandata per mortificare specificamente gli osservatori localizzati sulla costa del Coromandel: loro e nessun altro.

Un'ulteriore missiva, proveniente questa dall'emisfero nord, gli rese noto che in Normandia era cominciata a circolare la notizia della dipartita del *savant* Le Gentil. Nel momento in cui avessero ottenuto una salma – o anche solo un certificato di morte – i suoi eredi non avrebbero esitato a dividersi il patrimonio. Punto nell'orgoglio dopo essere stato affossato nel morale, Le Gentil decise di fare quanto rimaneva in suo potere per riprendere il mare al piú presto. Il piano era di imbarcarsi in ottobre sul *Villevault*, il cui programmato scalo all'Isola di Francia gli avrebbe consentito di recuperare le casse di reperti naturali.

Ma il giorno della partenza del *Villevault* Le Gentil era a letto, in preda a spasmi: un malanno trascurato, come lo descrisse, che gli diede febbre e dissenteria, si protrasse per mesi e, aggravandosi settimana dopo settimana, non solo lo trattenne in India ben piú a lungo del previsto, ma intorno a Natale ne mise a repentaglio la stessa sopravvivenza. Fu solo il 1° marzo del 1770, quasi nove mesi dopo il secondo transito di Venere, che Le Gentil, claudicante, riuscí ad abbandonare Pondicherry a bordo del *Dauphin*.

Il successivo 16 aprile la nave giunse all'Isola di Francia, donde sarebbe ripartita pochi giorni dopo per l'Europa. Sarebbe ripartita senza Le Gentil, provato da quarantasette giorni di navigazione vissuti «da anacoreta» e dagli strascichi di quelli che gli suggerirono essere sintomi prodromici di scorbuto. Inabile a camminare per piú di un miglio senza affaticarsi, l'astronomo decise di fermarsi ancora una volta sull'isola e tentare soltanto a maggio o a giugno, quando a Port Louis avrebbe fatto sosta l'*Indien*, di mettersi in viaggio verso una patria che piú tentava di avvicinare e piú pareva allontanarsi.

Dedicò dunque la prima parte dell'estate a riassimilare i principi base della deambulazione. All'inizio di luglio dell'*Indien* non v'era ancora traccia, in compenso a Port Louis sbarcò Monsieur Pierre-Antoine Véron, anch'egli astronomo dell'Académie, che Le Gentil aveva incontrato l'anno precedente in India, col collega appena rientrato dal successo della spedizione Bougainville. Véron, colpito da febbre acuta durante una recente permanenza alle Molucche, era giunto all'Isola di Francia tutto macilento e morí, trentaquattrenne, dopo tre giorni di agonia. Le Gentil chiese al governatore di consultare le mappe e i diari del defunto, richiesta che gli venne accordata insieme a un'offerta di cambio di programma: fu domandato a Le Gentil se avesse desiderio di prendersi carico, oltre che degli effetti, anche delle mansioni esplorative di Véron, cioè se fosse disponibile a partire non per le latitudini boreali ma per i mari del Sud. Le Gentil – possiamo supporre con il consueto contegno ma non lo sappiamo per certo – replicò di essere mosso in quel frangente da ragioni «piú forti del desiderio di scoperta». Disse, in altri termini, che ne aveva abbastanza dell'Oceano Indiano. Che ormai echeggiava in lui, insieme all'impazienza di rivedere casa, un certo disgusto per i viaggi: «Se mi avessero messo di fronte la testa di Medusa», scrisse in merito alla proposta indecente del governatore, «questa non mi avrebbe pietrificato allo stesso modo».

L'*Indien* pervenne a Port Louis il 26 luglio. Risolte le consuete pratiche burocratiche, Le Gentil caricò a bordo le otto casse di storia naturale, cui teneva quasi piú della sua vita. Sempre piú insofferente, attendeva solo di salpare. La stagione degli uragani si avvicinava, e l'*Indien* prima di fare rotta su Lorient aveva in programma piú di una sosta: alla Riunione, a Buona Speranza e all'Isola di Ascensione, in pieno Atlantico. Tra un ritardo e l'altro, non si salpò che il 19 novembre. Nel pomeriggio del 20 raggiunse il porto di Saint-Denis, Riunione. In attesa che venisse trasportato a bordo un carico di caffè, alcuni passeggeri decisero di sbarcare. Tra questi Bernardin de Saint-Pierre, il futuro autore di *Paolo e Virginia*, al tempo ingegnere della Compagnie des Indes. Non sappiamo se ci sia stato un contatto, e di che natura, tra Bernardin e Le Gentil, il quale preferí rimanere a bordo in attesa di una ripartenza che avvenne soltanto il 3 dicembre, «dopo un soggiorno inutile e oltremodo lungo», allorché un subitaneo peggioramento delle condizioni meteorologiche obbligò l'*Indien* a una precipitosa fuga dalla tempesta in arrivo.

L'incontro con l'uragano fu rimandato di poco. Quella notte stessa, in mare aperto, il cielo s'imbruní. Le raffiche s'intensificarono, onde impetuose avvolsero l'*Indien* in una stretta lattiginosa: il pennone fu gravemente danneggiato; il timone e l'albero di bompresso si spezzarono, mentre il maestro rimase in piedi per miracolo. Coi carpentieri di bordo sempre piú indaffarati a tenere il passo delle piccole e grandi falle che compromettevano la tenuta del vascello, il capitano prese la decisione di invertire la rotta e riparare verso l'Isola di Francia, dove fece in modo di attraccare il 1° gennaio del 1771, tra lo stupore dei locali e lo sconforto piú totale di

Le Gentil, tornato di nuovo al punto di partenza, all'incubo che era diventato per lui quella colonia.

Quando di fronte ai suoi occhi balenarono per l'ennesima volta le luci di Port Louis, sullo sfondo i contorni delle colline vulcaniche che dieci anni prima avevano accolto un giovane scienziato pieno di speranze ma che adesso si erano fatti per lui vista insostenibile, l'astronomo era sfinito. Il risentimento che provava per il fato ingiusto si era esteso fino a includere mari e monti, ed era fermamente convinto che non avrebbe piú toccato il suolo natio.

17.

> Troviamo un momento per guardare le stelle. Ci rendiamo conto allora di essere fuggiti dalla Bastiglia della civiltà e di essere diventati, per quel momento, un semplice e mite animale, una pecora nel gregge della Natura.
>
> Robert Louis Stevenson, *Viaggio nelle Cévennes in compagnia di un asino*

Avendo la malasorte preso dimora presso Le Gentil – nello specifico qualche centinaio di metri sopra il tricorno di Le Gentil – si può ragionevolmente ipotizzare che, affaccendata a curarsi cosí da vicino dell'astronomo francese, essa avesse risparmiato altri suoi colleghi sparsi per il mondo. Gli astronomi e astrofili coinvolti dal transito del 1769 furono cosí numerosi che l'esploratore scozzese James Bruce, impegnato in quegli stessi mesi nella ricerca delle sorgenti del Nilo, non fu in grado di rimpiazzare il quadrante che aveva smarrito in un naufragio, lamentando che in quel frangente «tutti gli eccellenti strumenti di manifattura europea erano impiegati da osservatori del pianeta Venere». Per una mera questione di probabilità, a qualcuno di essi le cose dovevano essere andate per il verso giusto.

Il secondo transito di Venere era stato osservato con successo (o presunto tale) in Norvegia, Lapponia, Russia, Stati Uniti, Canada, Messico, Martinica, Haiti. E a Manila, come sappiamo. Una delle osservazioni piú riuscite, nonché la piú celebre in assoluto, ebbe luogo a Tahiti, dove l'*Endeavour* di capitan Cook era approdata il 10 aprile del 1769, sette mesi e mezzo dopo aver lasciato Plymouth.

Lungo la rotta (attraverso l'Atlantico, direzione ovest, con doppiaggio di Capo Horn) l'equipaggio si era ridotto di quattro uomini: un veterano annegato; un giovane marinaio gettatosi fuoribordo per il rimorso dopo aver rubato un trancio di pelle di foca; due servi ubriacatisi durante una tempesta di neve nei pressi della Terra del Fuoco e morti congelati. Ma a Tahiti i superstiti erano attesi da un paradiso in terra. L'unico ostacolo nei tre mesi di permanenza sull'isola fu rappresentato dalle donne locali, notoriamente appassionate di oggetti metallici, di cui amavano adornarsi. Nello specifico, le tahitiane erano solite offrire ai naviganti notti d'amore in cambio di chiodi, in una peculiare forma di baratto che aveva ridotto sull'orlo della disintegrazione il veliero che due anni prima aveva scoperto l'isola. James Cook, risoluto e previdente com'era, aveva fatto caricare sull'*Endeavour* un barile di chiodi di scorta, tuttavia ciò non evitò che pochi giorni dopo l'attracco cominciassero a sparire dalla nave metalli d'ogni tipo. Quando due dei suoi uomini disertarono e, unitisi con due donne locali, fuggirono tra i monti, Cook li fece riportare indietro e incatenare.

Il 4 giugno 1769 non c'era nemmeno un cirro su Tahiti: favoriti dal meteo (e dall'imponente dotazione scientifica dell'*Endeavour*), gli inglesi poterono condurre tre diverse osservazioni. Una per mano dello stesso Cook, che piazzò il suo telescopio su una piccola penisola della costa nord dell'isola, nota da allora come Punta Venere. La memoria dell'evento viene perpetuata anche dalla maggiore squadra di calcio della regione, chiamata Association Sportive Vénus.

Ma allora si riuscí, dopo il transito del 1769, a ricavare il valore dell'unità astronomica? Sí. E no. Come già sappiamo, per ottenere il numero ricercato erano sufficienti due osservazioni condotte da punti diversi del pianeta. Significa che in teoria era possibile tirar fuori un diverso valore da ogni coppia di osservazioni ritenute piú o meno affidabili. Ecco: si stima che giornali e riviste dell'epoca abbiano pubblicato, nei mesi successivi al transito, circa seicento differenti calcoli dell'unità astronomica, basati ciascuno su una soggettiva selezione dei dati di partenza.

Mancava evidentemente la convergenza su un numero unico, tuttavia i margini si erano ristretti, e non poco, rispetto alle conclusioni tratte nel 1761. Thomas Hornsby, cattedratico di astronomia a Oxford, giunse interpolando i dati in suo possesso a un valore della distanza Terra-Sole pari a circa centocinquantun milioni di chilometri: parliamo di meno di un milione e mezzo di chilometri di scarto rispetto al valore medio reale, con un errore inferiore all'un per cento.

Nonostante l'assenza di unanimità, la neonata comunità scientifica internazionale poteva in definitiva ritenere di aver raggiunto il proprio obiettivo. Era stato dimostrato, per mezzo di investimenti senza precedenti e dei piú precisi strumenti di osservazione messi a punto fino a quel momento, che il Sistema Solare era cento volte piú vasto di quanto non fosse l'intero universo nel sistema tolemaico. La svolta, in fatto di percezione complessiva del cosmo, fu talmente straordinaria – i numeri talmente inconcepibili – che per provare a spiegare al suo uditorio a quanto corrispondesse l'inimmaginabile distanza che separava la Terra dal Sole il predicatore di Boston John Lathrop usò nel 1814 la seguente analogia: «Una palla di cannone lanciata alla velocità di otto miglia al minuto impiegherebbe piú di ventidue anni a viaggiare dal nostro globo fino al centro luminare della sua orbita».

Gli astronomi dell'epoca inaugurata dai transiti settecenteschi erano adesso in grado di proiettarsi oltre il Sistema Solare. L'esito piú significativo degli inseguimenti a Venere e alla sua danza consisteva proprio in questo: a partire da nozioni di trigonometria note da millenni, cui avevano sommato una dedizione tale da tollerare avversità di ogni tipo pur di far giungere a destinazione i dati raccolti (in piú di un caso a costo della vita dei raccoglitori stessi), i pionieri dell'esplorazione scientifica moderna avevano spostato i limiti dell'osservazione astronomica verso lo spazio interstellare, molto piú lontano dalla *biglia blu* di quanto non fosse accaduto in precedenza nella storia dell'umanità. Potevano finalmente progettare di misurare la distanza delle stelle piú lontane del firmamento, i tenui bagliori che costituivano l'ultima frontiera della conoscenza.

Ma i benefici di quel convulso decennio andarono oltre il progresso nella comprensione di quel che ci soverchia, offrendo alla scienza e alla cultura mondiali una serie di sottoprodotti solo in apparenza secondari. La cartografia, tanto per cominciare, fece passi da gigante.

Se Le Gentil produsse le piú dettagliate mappe del Madagascar mai realizzate, a Cook si devono le prime carte delle coste neozelandesi. Fu proprio durante la circumnavigazione del nuovissimo continente che gli uomini dell'*Endeavour* incrociarono una bestia mai vista prima, creatura dal «colore di un topo e la grandezza di un levriero, scambiabile per cane selvatico ma per camminata e corsa saltata piú simile a una lepre o a un cervo». L'interprete di bordo tahitiano riferí senza troppa convinzione al capitano Cook che i locali chiamavano quell'essere "kangooroo".

Le innovazioni legate a doppio filo alle avventure dell'*Endeavour* si realizzarono anche in forme piú indirette della tracciatura di una mappa o la descrizione di un animale sconosciuto, emergendo per esempio dal variegato carico di provviste della nave che, oltre a migliaia di porzioni di biscotti, salted beef e uvetta, ettolitri di birra e spiriti, casse di corde, specchi, legna e il già citato barile extra di chiodi, comprendeva su esplicita richiesta di Cook circa quattro tonnellate di crauti, ritenuti un toccasana contro lo scorbuto. Bene: al ritorno in patria dell'*Endeavour*, il chimico empirista Joseph Priestley congetturò che l'effetto protettivo dei crauti risiedesse nella conseguenza piú macroscopica della consumazione di tali verdure – il rutto – e che dunque anche altre sostanze in grado di provocare la medesima reazione potessero proteggere l'organismo dalla "malattia dei marinai". Nel 1772, alla vigilia del nuovo viaggio di Cook, Priestley fece caricare sulla *Resolution* un preparato liquido contenente "aria fissa": non proteggeva granché dallo scorbuto, ma era la prima bevanda gassata della storia.

Se la circostanza di ricondurre al transito di Venere la primogenitura della Coca-Cola vi sembra triviale, il prossimo aneddoto dovrebbe rinfrancarvi lo spirito, visto che fra le strade che si dipanarono a partire dai viaggi astronomici del Settecento una condusse dritta alla poesia romantica. Accadde infatti che William Wales, cognato dell'astronomo di bordo dell'*Endeavour* Charles Green, venne prima assunto come astronomo da Cook in occasione del suo successivo viaggio per mare e poi, al rientro in patria, come Master of Navigation Mathematics alla Christ's Hospital School di Londra. Istruttore apprezzato e formidabile narratore di avventure, tra i suoi allievi piú brillanti Wales ne ebbe uno che s'innamorò ardentemente dei misteri dell'universo e dei racconti di prima mano dell'astronomo navigatore. Si chiamava Samuel Taylor Coleridge, e qualche anno piú tardi avrebbe trasformato insegnamenti e suggestioni del suo maestro nella *Ballata del vecchio marinaio*.

Rimanendo in tema di suoni e parole, concludiamo questa rassegna sull'eredità dei transiti del Settecento con le intuizioni dell'ungherese János Sajnovics, assistente dell'inviato della Regia accademia danese di scienze e lettere Maximilian Hell, il quale durante la permanenza nell'isolotto norvegese di Vardø, nel 1769, incominciò ad analizzare le sorprendenti somiglianze esistenti tra la sua lingua madre e la lingua del popolo Sami, gettando le basi per lo studio delle lingue ugrofinniche e, piú in generale, per la nascita della linguistica comparativa moderna. Tutto questo grazie – o per colpa di, dipende dai punti di vista – Venere.

Dopo la sbornia settecentesca, la successiva coppia di transiti (1874 e 1882) mosse un numero sensibilmente inferiore di uomini e risorse. I viaggi astronomici promossi in queste due occasioni servirono ad affinare il calcolo dell'unità astronomica, tuttavia metodologie piú moderne e affidabili cominciavano a farsi strada, riducendo progressivamente l'importanza dei transiti. Negli ultimi decenni, nuove tecniche di misurazione diretta hanno permesso di calcolare la distanza Terra-Sole con un margine di errore di pochi metri. Una delle piú precise, affinata a partire dagli anni Sessanta del secolo scorso, consiste nell'inviare una serie di impulsi radar verso Venere (sempre Venere) e misurare il tempo che questi, riflessi dalla superficie del pianeta, impiegano per tornare sulla Terra.

Non significa, tutto ciò, che i transiti di Venere abbiano cessato di essere utili agli astronomi – tutt'altro. La coppia di eventi del 2004 e del 2012 (gli ultimi transiti prima del prossimo secolo: mi rincresce, ma se come me li avete mancati vi toccherà attendere pazientemente il dicembre del 2117) è stata sfruttata per quantificare il calo di luminosità del Sole durante il transito del pianeta, vale a dire mentre Venere, passandogli davanti, ne scherma parte dei raggi. Questi studi hanno avuto un ruolo di rilievo nella messa a punto di una delle tecniche per scoprire pianeti lontani che transitino davanti a stelle diverse dal nostro Sole. Al modo in cui i transiti di Venere di due secoli e mezzo fa soccorsero gli scienziati nel tentativo di sbrogliare la questione astronomica piú urgente della loro epoca – le reali dimensioni dell'universo – i primi due del nuovo millennio hanno contribuito a scoperchiare il vaso degli interrogativi chiave dei giorni nostri. Mi riferisco alla scoperta di pianeti simili alla Terra, alla ricerca di forme di vita esterne al Sistema Solare, ai futuri viaggi interstellari.

A trascinare me fin qua è stato Le Gentil. Per quanto infatti non possa escludere che a tempo debito vi sarei approdato per altre rotte, la mia attuale fascinazione per i grandi temi or ora menzionati è un risvolto diretto di quella nota a piè pagina dedicata a uno sfortunato astronomo francese citato di passaggio in uno scritto che non parlava di lui e che un giorno mi è capitato tra le mani. Divagazione dopo divagazione, link dopo link, l'incontro con la storia di Le Gentil ha scavalcato la siepe sgargiante dell'aneddotica, conducendomi al punto di questo strano libro in cui i fatti che mi riguardano cessano di essere flusso di eventi spurî avvenuti *mentre* leggevo di Le Gentil e si apprestano a riguardare viaggi e incontri che ho fatto *a causa* di Le Gentil, o per meglio dire dell'elemento di interesse che la ricostruzione delle sue traversie ha finito col reintrodurre nel rapporto tra me e il cielo stellato.

Tra le prime cose accadute dopo che ebbi ufficialmente dato una seconda possibilità alle sideree questioni, vi fu – era il gennaio del 2019 – l'acquisto di un apprezzabile numero di testi di divulgazione scientifica. In capo a pochi mesi mi sciroppai alcuni tra i piú recenti e meglio recensiti volumi di astrofisica, cosmologia e planetologia. Uno di essi, *The Planet Factory*, della ricercatrice britannica Elizabeth Tasker, sfoggiava un'introduzione ideale a inaugurare la parte conclusiva della nostra storia. A un certo punto l'autrice affermava quanto segue: «Questo libro è la storia di 3439 pianeti. Almeno uno di questi mondi ha sviluppato una forma di vita senziente capace di comprendere come ciò sia accaduto. Questa forma di vita ha bisogno di tenere a mente una cosa: tutto quel che è contenuto in questo libro dovrebbe essere messo in discussione. Non abbiamo finito di comprendere».

18.

Poi lo condusse fuori e gli disse: «Guarda il cielo e conta le stelle se le puoi contare».

Genesi, 15,5

Non le avrei potute contare nemmeno se mi ci fossi dedicato per tutta la notte. Secondo una recente stima, nell'universo esistono dieci stelle per ogni granello di sabbia presente sulle spiagge della Terra, equivalenza che rende eccezionalmente ardua l'impresa di enumerare anche soltanto i puntini luminosi che brillano nell'anfratto di cosmo che ci è dato di osservare da quaggiú, e che mai m'era sembrato popoloso quanto nella manciata di ore trascorse nel pacifico abitato di Fuencaliente de la Palma. Era l'inizio di novembre del 2019, una delle notti vertiginosamente serene, innumerevoli a loro volta, che rendono l'arcipelago delle Canarie il luogo climaticamente piú invidiato di questo pianeta, oltre che uno dei santuari delle vacanze fuori stagione degli islandesi, i quali tipicamente evadono dalla tenebra dei loro inverni traducendosi per una o due settimane a sud, lungo la linea immaginaria che punta dritta le isole dell'eterna primavera. Fuencaliente de la Palma giace sul medesimo meridiano che attraversa Húsavík, il diciassettesimo a ovest di Greenwich, però quasi quaranta paralleli piú vicino all'equatore, circostanza che, unitamente ai bassi livelli di inquinamento luminoso, rende particolarmente invitante l'esercizio dell'osservazione del firmamento da una delle scenografiche, ancorché mediamente disagevoli da raggiungere, insenature che percorrono il frastagliato periplo della *Isla Verde*.

Piú decentrata e selvaggia – per questo meno turistica – delle sorelle Tenerife e Gran Canaria, l'isola di La Palma ricorda per corrispondenze geometriche un triangolo isoscele, o a voler essere piú articolati un cuore stiracchiato (*Isla Corazón* è un altro dei suoi nomignoli), pugnalato nel suo centro da una gigantesca caldera semicircolare che s'avvolge su se stessa in senso orario prima di proseguire a guisa d'uncino verso il vertice sud dell'isola. Era presso l'estremità di quest'uncino o cavatappi che avevo deciso di trascorrere quella notte di novembre, i polpacci piacevolmente indolenziti dalle appena ultimate sette ore di camminata lungo l'asse nord-sud della colonna vertebrale dell'isola, noto come *Ruta de los volcanes*.

Entro i confini della municipalità di Fuencaliente si trova il monte Teneguía, detentore per mezzo secolo del titolo di ultimo vulcano eruttato in territorio spagnolo. Come nel resto dell'isola, a Fuencaliente si coltivano banane – migliaia di tonnellate all'anno di banane – ma la fertilità propria dei terreni vulcanici offre ai circa duemila abitanti del circondario anche l'opportunità, da essi colta con frutto, di produrre un'ottima malvasia. La terra su cui si aggrappa Fuencaliente è indiscutibilmente viva: respira come l'oceano che l'avviluppa, pulsa al ritmo del cielo poroso che per circa trecento notti all'anno le si denuda sopra, e che io mi ritrovavo a fissare come una primizia dal terrazzino della mia casa vacanze. Ero circondato da astri prima di allora ignorati, costellazioni venute a disporsi in posizioni che mai avrei immaginato quali sedi di stelle, fino all'altezza delle mie ginocchia. La Via Lattea era accesa, convoluta e alabastrina come in una delle opere di Babak Tafreshi, il fotografo iraniano celebre in tutto il mondo per i suoi scatti notturni che una volta, a Húsavík, mi ha spiegato di considerare il buio la sua seconda casa e il cielo notturno «un tetto unificante sopra tutte le culture, le religioni e i paesi, in grado di connetterci con il passato e il futuro allo stesso tempo».

Stimolato da tanto occhieggiare, provai l'inedito desiderio di possedere un telescopio, o almeno di saper utilizzare a dovere una di quelle app che promettono di associare un'identità a un corpo celeste semplicemente orientando verso di esso il proprio smartphone, o viceversa di ricevere indicazioni sull'esatta localizzazione di un determinato oggetto digitando il suo nome nell'apposita barra di ricerca. Avrei potuto in questo modo sapere verso quale direzione volgermi per allinearmi ai pianeti piú straordinari di cui avevo letto in *The Planet Factory*, mondi lontanissimi le cui imponderabili bizzarrie si candidarono, solleticandomi l'immaginazione, a farmi da diversivo e compagnia in quella notte stellata.

Avevo appreso, tanto per cominciare, che nella costellazione dell'Orsa Maggiore – rannicchiata, per la precisione, nella sua zampa anteriore – si trova una stella paragonabile al nostro Sole, e che intorno a tale stella ruota un grande pianeta solitario di nome HD 80606b. Questo pianeta di eccentrico non ha soltanto il nome, ma anche la forma dell'orbita intorno al suo sole, talmente schiacciata da rendere assai peculiare l'alternarsi, lassú, delle stagioni. Su HD 80606b l'estate dura appena trenta ore: tanto occorre al pianeta per completare il suo precipitoso avvicinamento alla stella, un furioso tuffo verso la bella stagione che lo porta in un solo giorno da una distanza simile a quella media della Terra dal Sole a una distanza inferiore a questa del 97 per cento, con l'esito che nel cielo di HD 80606b le dimensioni del sole crescono di trenta volte nel volgere di un solo giorno; la sua luminosità, di mille. Nella fuggevole estate di HD 80606b le temperature salgono fino a 1200 gradi centigradi, e il repentino surriscaldamento dell'atmosfera provoca raffiche di vento fino a diciottomila chilometri all'ora, tempeste annoverate tra le piú furiose della nostra galassia.

Sapevo anche che nella costellazione del Cratere, a circa centocinquanta anni luce da Fuencaliente de la Palma, esiste un sistema stellare quadruplo – formato cioè da due coppie di stelle che orbitano vicendevolmente tra loro – e che nel 2007 in orbita a una delle due coppie del sistema sono state scoperte due fasce di asteroidi. Tra le due fasce c'è uno spazio vuoto, all'interno del quale gli astronomi non escludono si celi un pianeta. Qualora esistesse per davvero, dalla superficie di questo pianeta oscuro sarebbe possibile godere contemporaneamente, come in un'allucinazione o una distopia, della luce di quattro differenti soli.

I venti che spazzano HAT-P-7b, costellazione del Cigno, trasportano zaffiri e rubini. Su HD 189733b, costellazione della Volpetta, piove vetro a raffiche laterali. E che dire poi di PSR J1719-1438b, una ex stella composta per gran parte di carbonio talmente denso da poter essere considerata, di fatto, un pianeta di diamante puro, oppure di WASP-76b, che riceve luce sempre e solo su una metà, sicché un suo emisfero si arroventa fino a far evaporare persino i metalli, metalli che trasportati dal vento ricadono sull'altro emisfero, quello buio, sotto forma di spaventose precipitazioni di ferro, se non che il semplice fatto che questi luoghi esistano per davvero, e non in un qualche virtuosismo cinematografico alla Christopher Nolan, aveva generato in me un coinvolgimento emotivo e intellettivo di cui mi ero meravigliato io stesso?

L'avevo spolpato con gusto, quel libro di Tasker. Avevo imparato che i corpi orbitanti intorno a stelle che non sono il Sole si chiamano pianeti extrasolari o piú comunemente esopianeti, e che la loro ricerca è uno dei grandi crucci dell'astrofisica moderna, come testimoniato dal fatto che negli ultimi vent'anni siamo passati da non conoscere alcun esopianeta ad averne catalogati piú di cinquemila, facenti parte di oltre tremilasettecento sistemi planetari differenti.

Risale al 1995 l'individuazione del primo esopianeta orbitante intorno a una stella simile per caratteristiche al nostro Sole. Al 2009 il lancio da parte della NASA del telescopio spaziale Kepler, specificamente progettato per scoprire pianeti extrasolari, e al 2018 quello del TESS (Transiting Exoplanet Survey Satellite), destinato a rivelarci decine o forse centinaia di esopianeti paragonabili per dimensioni alla Terra. La straordinaria fecondità che ha caratterizzato da subito la ricerca di esopianeti è il motivo per cui i loro nomi – le stringhe di codici fiscali che sono i loro nomi – non rappresentano, come dire, un fulgido esercizio di fantasia: i pianeti da scoprire sono troppi là fuori per permettersi di indugiare in cerimoniosi battesimi. Considerato che si stima che nella sola Via Lattea ci siano fino a quattrocento miliardi di esopianeti, si può affermare senza timori di smentite che quella in corso è una fase ancora embrionale di questa sorta di censimento cosmico.

Si può anche aggiungere che una delle date cardine di tale censimento va fatta risalire, non solo simbolicamente, agli ultimi due transiti di Venere osservati dalla Terra in ordine cronologico. Uno dei metodi usati per individuare nuovi esopianeti si basa proprio sul fatto che, come Venere davanti al Sole, ciascun corpo celeste che passi davanti a una stella provoca una diminuzione della luminosità di quest'ultima, per quanto piccola. Dunque se dopo aver puntato a lungo una stella un astronomo rilevasse in essa dei cali di luminosità periodici e non legati a normali variazioni dell'attività stellare, con buona probabilità ha scovato un nuovo esopianeta. Non l'ha tecnicamente visto (di pochissimi esopianeti possediamo, a oggi, tracce dirette), ma, avendo osservato una conseguenza del suo moto di rivoluzione intorno alla sua stella, ne ha potuto postulare l'esistenza (e anche la massa e la densità). È un procedimento che si definisce, per l'appunto, "metodo del transito".

I transiti di Venere del 2004 e del 2012 sono stati utilizzati per affinare questa tecnica e spingerla oltre la *semplice* osservazione dei pianeti. Perché un'altra cosa che succede quando Venere transita davanti al Sole è che i raggi solari che attraversano l'atmosfera di Venere arrivano sulla Terra filtrati, ovverosia privi delle lunghezze d'onda assorbite dai gas e dalle sostanze chimiche sospese nell'atmosfera di Venere. Di conseguenza, i raggi stellari catturati dai telescopi terrestri durante un transito sono forieri di informazioni sulla composizione dell'eventuale atmosfera che hanno incrociato e, di riflesso, sul pianeta transitante cui essa appartiene. Analizzando lo spettro cromatico dei raggi solari passati attraverso l'atmosfera di Venere in occasione del transito del 2012, gli astronomi hanno distinto forti tracce di anidride carbonica, composto distintivo dell'irrespirabile cappa che rende caldissimo e invivibile il pianeta. Significa, in altre parole, che il metodo del transito è in grado di rivelare non solo la presenza di un pianeta, ma anche alcune sue caratteristiche chimico-fisiche di base e, in ultima analisi, la sua idoneità a ospitare lo strano fenomeno che da queste parti chiamiamo vita. Ancora: nel caso in cui l'esopianeta oggetto di studio fosse (o fosse di recente stato) abitato da esseri viventi, la loro esistenza potrebbe essere inferita a partire dalle alterazioni da essi prodotte nell'atmosfera del pianeta ospitante, ovverosia dalla loro "firma biologica", la stessa che appongono le forme di vita terrestri modificando la composizione dell'atmosfera del loro – cioè nostro – mondo. La circostanza che l'atmosfera terrestre sia composta per un quinto da ossigeno, per esempio, sarebbe un indizio inconfutabile di vita per coloro che potessero e volessero spiarci.

Tutto questo perché lo scopo ultimo della forsennata caccia agli esopianeti è l'individuazione tra tutti di un mondo che assomigli il piú possibile alla Terra, e che sia dunque compatibile con la vita (o almeno con la vita come la conosciamo noi), la cui identificazione al di fuori dei confini del nostro pianeta costituirebbe di gran lunga la piú sensazionale scoperta della storia della scienza.

Ora, le condizioni fondamentali affinché un pianeta possa essere considerato "potenzialmente abitabile" sono tre: a) deve essere roccioso; b) deve trovarsi a una distanza dalla propria stella tale da consentire la presenza di acqua liquida; c) la stella attorno a cui orbita deve essere calda ma non troppo, e sufficientemente stabile. Gli esopianeti rispondenti contemporaneamente a queste condizioni individuati fino a oggi ammontano a... zero. Zero su cinquemila. È una proporzione bassa, non c'è che dire; un nulla assoluto e a suo modo seducente, indizio da un lato di solitudine siderale ma dall'altro di nobilitante unicità, qualcuno direbbe persino di divina predestinazione, e io ero sul punto di abbandonarmi al consolante pensiero di trovarmi sulla superficie del solo luogo dell'universo progettato per ospitare organismi pensanti, nella privilegiata condizione di guardare me stesso e il cielo sopra di me con la consapevolezza di cui solo un essere capace di autocoscienza può dar sfoggio («il modo che l'universo ha trovato per conoscere se stesso», per dirla con Carl Sagan), quando scorsi lo schermo del mio smartphone illuminarsi con un lampo che squarciò l'oscurità del terrazzino e convogliò la mia attenzione sulla notifica WhatsApp che attendevo da due giorni, vale a dire da quando avevo messo piede sull'isola: «Domattina 9.30. Stazione guagua Santa Cruz. Pranziamo alla Residencia».

Il mittente della stringata comunicazione era l'astronomo Ennio Poretti, direttore scientifico della Fundación Galileo Galilei, con il quale ero entrato in contatto grazie a un amico dottorando in astrofisica, suo ex studente, appassionato di ciclismo come me. Poretti si trovava a La Palma perché sull'isola – in cima alla cresta montagnosa dell'isola – ha sede uno degli osservatori astronomici piú importanti dell'emisfero nord in fatto di esopianeti (e non solo), e io ero stato appena invitato a visitare le pertinenze locali dell'Istituto Nazionale di Astrofisica, presso cui è ospitato il piú imponente strumento ottico della comunità astronomica italiana.

Richiusi dietro un portoncino gli sfavillii del terrazzino, rientrai in camera, l'unica singola di una bella casa in stile coloniale trasformata da un romagnolo di mezza età in pensione per famiglie, e mi diedi a programmare gli spostamenti del giorno dopo. Santa Cruz de la Palma, la capitale, si trova nella parte centrale dell'isola, sulla costa est. Essendo io spiaggiato nell'estremo sud, i piani erano presto fatti: per arrivare in orario all'appuntamento avrei dovuto svegliarmi presto e sperare nella niente affatto scontata puntualità del primo bus, o piú correttamente della prima *guagua* (cosí gli abitanti delle Canarie chiamano le loro corriere, la derivazione del termine parrebbe cubana). Dedicai la parte restante del tempo che mi separava dal breve riposo di quella notte a una ricognizione delle domande che avrei posto l'indomani all'astronomo. Oltre che per godermi un po' di tepore novembrino avevo scelto di aggiungermi ai frequentatori della gettonata tratta Islanda-Canarie per interloquire con lui, dopotutto: desideravo verificare quanto fossero mutate le vite degli astronomi rispetto ai tempi di Le Gentil, cosa fosse rimasto dello spirito d'avventura della sua epoca, di quell'ostinazione talmente cieca da apparirmi irrazionale. Certo non potevo sapere se, né in che modo, l'incontro con Ennio avrebbe plasmato il germe di racconto che nella mia mente e nei miei appunti andava formandosi.

Al mattino, il brontolio di un autocarro verosimilmente carico di banane e certamente privo di sospensioni mi fece sussultare molto prima della sveglia. Fuori c'era il sole, c'era sempre stato in quei miei primi giorni sull'isola, una degustazione di primavera perenne che dopo la sbornia iniziale di buonumore già disvelava la mestizia di fondo dei luoghi privi dell'avvicendamento delle stagioni, là dove l'immutabilità del bel tempo pare anticipare la funerea monotonia dell'eternità che tutti attenderebbe.

Ebbi il tempo di far colazione (*barraquito* e *palmerita*, consigliati entrambi) prima di acciuffare la *guagua* che dopo un'ora e quaranta di curve mi lasciò alle porte di Santa Cruz. Ennio mi attendeva all'imbocco di Avenida Bajamar, in piedi sullo spartitraffico, sbracciandosi quanto bastò ad attirare la mia attenzione.

«Benvenuto nella capitale» disse accogliendomi in una delle auto messe a disposizione del personale dell'osservatorio. In maniche di camicia, baffi e capelli bianchi, la complessiva giovialità del suo aspetto mi comunicò agio e serenità istantanei. «Ho sessantatré anni» seguitò presentandosi. «La mia carriera di astronomo terminerà qui. Direi non un posto squallido, confrontato con Merate...»

Già ricercatore all'Osservatorio Astronomico di Brera, Ennio viveva a La Palma da due anni, dove il suo ruolo prevedeva soprattutto mansioni da ufficio, una su tutte la valutazione delle diverse proposte di utilizzo di "tempo telescopio" che arrivano dai ricercatori di tutta Europa. Detto altrimenti, era uno dei responsabili della selezione dei fortunati ricercatori destinati a orientare i 3,58 metri di diametro dello specchio primario del Telescopio Nazionale Galileo verso l'oggetto dei rispettivi studi.

«Non appena posso però una notte su la faccio volentieri. La notte è un momento di calma, il momento del contatto col cielo. E se un astronomo non costruisce un rapporto col cielo, non riesce a lavorare. Al giorno d'oggi è piú difficile, l'astronomo passa la maggior parte del suo tempo di osservazione in una control room, di fronte a qualche monitor, fisicamente lontano dal telescopio, senza vedere il cielo. Non è mica romantico come un tempo...»

«E com'era un tempo?» provai a indagare subodorando la delusione che avrebbe suscitato in me, intriso com'ero delle avventure di Le Gentil, la routine degli astronomi contemporanei.

«Sai, io nasco astrofilo autodidatta, a quindici anni col mio piccolo telescopio sul balcone di casa ad Arconate. Era il post-Sessantotto, c'era quest'idea di poter fare tutto con poco. Di poter contribuire al progresso scientifico con i mezzi che si avevano. E cosí cominciai a osservare le stelle dette variabili. Ci hai mai fatto caso che alcune stelle non brillano sempre allo stesso modo?»

«A essere sincero non ho mai guardato dentro un telescopio in vita mia...» risposi a denti stretti, con moto di vergogna.

«Certe stelle le vedi mutare anche a occhio nudo, eh» rilanciò Ennio. «Prendi Mira, per esempio, che da essere brillantissima diventa completamente invisibile. Fu chiamata Mira, cioè Meravigliosa, proprio per questo. Oppure Algol, la mia preferita, che ha preso il nome da un'antica creatura araba: un demone, o per l'appunto uno spirito mutevole. Posso continuare a lungo, se vuoi».

«In realtà mi ero fatto l'idea che lei fosse soprattutto uno specialista di esopianeti, l'argomento che mi ha avvicinato all'astronomia...»

«I pianeti extrasolari sono arrivati dopo, per me. A un certo punto ho pensato di trasferire in questo nuovo settore le mie conoscenze in ambito stellare. Perché gli esopianeti si comprendono se si conosce bene la stella attorno a cui orbitano. Dunque chi studia l'evoluzione delle stelle, cioè come evolvono questi oggetti che hanno vite estremamente piú lunghe della civiltà terrestre, parte avvantaggiato».

Oltrepassate le ultime propaggini del centro abitato – una minuscola chiesa bianca, un'osteria color salmone affacciata con grazia sul pendio – procedevamo adesso a passo spedito verso l'osservatorio. La strada prese a salire convinta. Gli autocarri carichi di frutta si dileguarono, respinti dalle pendenze come ciclisti non scalatori. Ennio accese la ricetrasmittente che ci avrebbe informati, a mezzo delle segnalazioni inviate dalle automobili transitate sul percorso prima di noi, di eventuali massi caduti nella notte sulla carreggiata, dopodiché rimanemmo per un bel tratto in silenzio. Superare duemila metri di dislivello in un'ora scarsa significa sottoporre i sensi a una rapida batteria di contrasti preparatori: i polmoni al progressivo assottigliarsi dell'aria, gli occhi all'evolversi del piattume dei bananeti nell'austera verticalità dei boschi di pino, le orecchie al solennizzarsi dei motivetti da spiaggia in fruscio del vento tra le fronde. Salire significa predisporre anche lo spirito alla mutazione, dal momento che ogni ascensione è sempre associata a una rottura di livello, a un passaggio sacro, a un superamento dello spazio profano e per certi versi della stessa condizione umana. La cima della montagna è centro mistico e asse del mondo, punto d'incontro tra terra e cielo, tra uomini e dèi, e qui interrompo la divagazione, dato che questi discorsi li hanno già portati avanti pensatori illustri e che soprattutto sviscerarli con perizia richiederebbe molto piú tempo di quello che occorse a Ennio e a me per giungere alla quota (circa milletrecento metri) dove ci attendeva lo strato di nuvole che separa il sito astronomico dal resto dell'isola.

Il microclima di La Palma vuole infatti che il grosso delle nubi si formi al di sotto dei duemila metri, cosí che sopra di essi, nel regno dei rapaci e degli astronomi, il cielo risulta quasi sempre propizio alle osservazioni. *Quasi sempre* perché talora capita che alla prima copertura nuvolosa faccia seguito una seconda, superiore in altezza, che sfugge all'anticiclone semipermanente dell'arcipelago attanagliando il cielo ben oltre la quota dell'osservatorio. Cosí accadde il giorno della mia visita, una pioggerellina di altre latitudini a lucidare le cupole, le torrette e i giganteschi specchi che avevano intanto preso a popolare i due lati della strada in luogo dei pini canari. Le calette assolate di un'ora prima appartenevano a un mondo perduto: ci trovavamo adesso su un altopiano rarefatto, una cittadella arroccata su un lembo di roccia le cui vedette – le cupole dei telescopi – spuntavano come funghi fuori misura tra le volute di nebbia e gli speroni vulcanici. Appollaiato sopra uno di questi stava un corvo dall'aria strafottente, che se ne infischiava di tutto al modo di un bigliettaio scioperante. Fu dopo che Ennio ebbe svoltato a destra, seguendo una delle deviazioni che indicavano l'accesso ai diversi telescopi come fossero attrazioni di un parco divertimenti, che mi trovai di fronte il Telescopio Nazionale Galileo. Per la precisione mi trovai di fronte l'edificio che ingloba il telescopio, un palazzotto dalla forma cilindrica, alto ventiquattro metri e rivestito d'acciaio, che protegge lo strumento dagli agenti atmosferici. Progettato nei primi anni Novanta, le prime luci del TNG si accesero nel 1998. Nel 2015, una collaborazione tra il TNG e il telescopio spaziale Spitzer rivelò l'esistenza di HD 219134b, a oggi l'esopianeta roccioso conosciuto piú vicino alla Terra: *soltanto* 21 anni luce da noi.

«Quando si fa buio, la cupola ottagonale che costituisce il tetto dell'edificio si apre e ruota, permettendoci di puntare il telescopio verso gli oggetti dell'osservazione» spiegò Ennio facendomi intanto strada verso un ingresso laterale, ricavato sotto il livello stradale. Attraversata una doppia porta, sbucammo in un ambiente privo di finestre ma provvisto in buon numero di sedie e fornelli. Sul tavolo una busta di mandorle sgusciate, semiaperta. «Questa è la cucina» specificò Ennio giusto prima di chiedermi quale miscela di caffè facesse al caso mio. «Arabica», risposi accomodandomi.

«Tutte le notti qui al TNG ci sono almeno due persone» riprese. «Un operatore, che ha la responsabilità tecnica del telescopio, e un astronomo, che si occupa della bontà scientifica della sessione. L'operatore inizia il turno alle quattro del pomeriggio con le calibrazioni dello strumento, quando ancora il Sole è alto. Poi arriva l'astronomo e si cena. Dopo il tramonto cominciano le osservazioni, che, se tutto va bene, proseguono fino alle sette del mattino». Allungai la mano di fronte a me, ritraendola dopo essermi riempito il pugno di mandorle, quindi chiesi a Ennio cosa intendesse con quel "se tutto va bene".

«Significa che se il tempo è brutto come oggi le cose sono piú irregolari. Tocca aspettare. Si rimane a sperare che il cielo si apra fino a un paio d'ore prima dell'alba. Dopodiché bisogna fare i conti con l'attenzione dell'astronomo, che in genere cala drasticamente dopo sei-sette ore. Ma non si rinuncia tanto facilmente a un'osservazione, eh. Arrivare fin qui e andarsene a mani vuote è frustrante...»

Questo passaggio delle mani vuote mi riportò ai viaggi di Le Gentil. Alla sua nuvola fatale. Pensai che forse non proprio tutto è cambiato rispetto ai suoi tempi, e provai una profonda ammirazione per i Le Gentil dei giorni nostri, per ogni loro speranza disattesa. E mentre percorrevamo i pochi passi che dalla cucina conducevano alla control room, il mio cuore fece una piccola capriola al pensiero della cupola che ci sovrastava e che ogni notte, simile a testa di gufo, si torceva nel tentativo di allinearsi a uno degli innumerevoli puntini accesi in cielo per consentire all'astronomo in paziente attesa, giunto da chissà dove fino a qui, in cima a un antico vulcano piantato nel centro di un'isola minore al largo delle coste africane, di dare un senso al proprio viaggio, alle ore sottratte al sonno e alla lunga teoria di affari piú o meno vitali cui si dedicano di notte i terrestri che non guardano il cielo, incaricandosi anche a nome loro di allargare la prospettiva oltre la loro insignificanza e imbastire cosí la sola ragionevole sfida alla solitudine cui sono destinati.

Non mi succedeva tanto spesso di pensare le notti stellate in termini cosí sfacciatamente ottimistici. Un'esaltazione vagamente infantile che dovette affiorare dal diluvio di domande che, arrivati nella control room, sottoposi alla pazienza di Ennio, e alle quali accennerò ora molto brevemente, dal momento che non sono certo che ai lettori prema conoscere la funzione di ciascuno dei display – una decina in tutto – su cui ogni notte la luce in arrivo dalle stelle puntate si manifesta sotto forma di grafici, tabelle, rapporti e spettri che bene mi illustrarono quanto la dimensione degli astronomi sia oggi analitica molto piú che contemplativa. I loro occhi continuano a fissare vetri: ma questi sono quasi sempre monitor, non specchi. Piú che osservare, gli astronomi raccolgono (dati, immagini, particelle emesse da stelle spente da secoli), ragion per cui qualcuno li considera alla stregua di archeologi della luce.

Potrebbe suscitare maggiore interesse il ruolo del grande tasto rosso che campeggiava in una delle scrivanie centrali, e che generò in me una certa eccitazione. «Quello è un allarme» chiarí Ennio con la flemma che ormai avevo compreso essere il suo *modus operandi* preferito. «Si attiva nella malaugurata ipotesi in cui il telescopio si abbassi troppo e gli switch meccanici non intervengano. In quel caso schiacci e togli la corrente».

«E io che pensavo servisse ad avvisare il mondo della scoperta di un pianeta gemello della Terra...» svicolai, indirizzando la conversazione verso il tema che mi premeva di piú.

«No» rispose Ennio in mezzo a un sorriso. «Se succedesse una cosa di quella portata convocheremmo immediatamente una conferenza stampa».

«È verosimile che la convochiate presto?»

«Può succedere, se siamo fortunati. Qui continuiamo disperatamente a cercare un pianeta simile al nostro. Ogni volta che scopriamo un nuovo esopianeta speriamo sia quello buono. Non è semplice, ma nemmeno impossibile. Però che dici, ti va di proseguire questo discorso davanti a un piatto caldo?»

Mi andava. Ci spostammo in direzione della Residencia, una sorta di albergo basso, poco attraente a vedersi, localizzato a un paio di minuti in auto dal TNG. Oltre a numerose camere (soprattutto singole: sempre gente solitaria, gli astronomi), una spaziosa sala da tè e aule magne predisposte per le traduzioni simultanee, la Residencia era dotata di mensa. Fu di fronte a una porzione di *papas arrugadas*, mentre un raggio di sole venuto a tagliare simmetricamente il nostro tavolo mi illudeva che fuori il tempo volgesse finalmente al bello, che chiesi a Ennio perché mai ai telescopi di La Palma e del resto del mondo continuino a sfuggire i circa trecento milioni di pianeti potenzialmente abitabili che si stima esistano nella sola Via Lattea.

«Sai, all'inizio trovavamo quasi esclusivamente i cosiddetti giganti gassosi, che sono i pianeti piú grandi e piú facili da scovare. Adesso siamo andati avanti e riusciamo a trovare pianeti simili alla Terra per raggio o per massa, oppure per raggio e massa contemporaneamente ma non localizzati alla distanza giusta dalla loro stella. Abbiamo trovato tanti pianeti buoni per uno o due parametri, ma ancora nessuno per tutti e tre».

«Cosa ci manca?»

«Ci mancano prima di tutto gli strumenti adeguati. Piú piccoli sono i pianeti, e noi cerchiamo pianeti piccoli, piú è difficile stanarli mentre transitano davanti alla propria stella. E anche quando questo capita, non è detto che la sensibilità del telescopio sia sufficiente a rilevarne la presenza. Certo le cose sono migliorate con l'entrata in funzione del TESS, e dovrebbero migliorare ancora con il telescopio spaziale James Webb e soprattutto con lo European Extremely Large Telescope, il piú grande telescopio mai realizzato dall'uomo, in costruzione a Cerro Armazones, nel deserto di Atacama, che avrà uno specchio di 39 metri di diametro.»

Poiché lo European Extremely Large Telescope non sarà pronto prima del 2025, almeno fino a quella data la scoperta di un *gemello* della Terra rimarrà per molti versi questione di fortuna. Come ha spiegato Natalie Batalha, progettista del telescopio spaziale Kepler, rilevare il calo di luminosità causato dal transito di un pianeta piccolo come la Terra davanti a una stella grande quanto il Sole equivale ad accorgersi, fissando il piú alto hotel di New York con tutte le finestre illuminate, di un ospite che abbassi la sua tenda per una lunghezza pari a due centimetri. Emblematico che Kepler-1649c, uno degli esopianeti piú conformi alla Terra trovati finora, sia stato scovato soltanto durante la revisione manuale di vecchie osservazioni inizialmente scartate dall'algoritmo standard dei software della NASA.

Resta inoltre che il superamento delle limitazioni tecnologiche attuali non è di per sé garanzia di immediata scoperta di analoghi extrasolari del nostro pianeta. Non è per nulla scontato, in sostanza, che pochi giorni dopo l'accensione dello European Extremely Large Telescope l'umanità si trovi di fronte a una o piú "nuove Terre". «Un po' di miei colleghi sostengono che il nostro Sistema Solare potrebbe essere tra i piú strani, se non proprio il piú strano di tutti, con la conseguenza che in tutto questo noi siamo per davvero un'anomalia. Io personalmente credo che da qualche parte nell'universo ci sia qualcun altro. E la molla dei nostri progetti resta questa, trovare segni di una civiltà extraterrestre. Speriamo accada nell'arco delle nostre vite.»

Nell'aprile del 2015, l'ex scienziata capo della NASA Ellen Stofan dichiarò di credere che evidenze inconfutabili di presenza di vita al di là della Terra sarebbero emerse entro due decenni al massimo. Che fisionomia e che livello di sviluppo avranno raggiunto i primi esponenti di forme di vita aliene con cui entreremo in contatto, questo secondo Ennio è tutt'altro paio di maniche.

«Il punto è che non bisogna solo trovarli, questi alieni» continuò davanti alla macchinetta del caffè, il nostro pranzo soddisfacentemente ultimato. «Bisogna trovarli al giusto stadio di sviluppo tecnologico per poter comunicare con loro. Questo aggiunge un'ulteriore coincidenza al sistema di coincidenze che dovrebbero realizzarsi. Ammettiamo per esempio che esista una civiltà extraterrestre nel sistema planetario piú vicino al nostro. Ebbene, non è detto che costoro, puntando il Sistema Solare, abbiano scoperto noi. Dovrebbero aver raggiunto il nostro stesso livello di comprensione delle leggi della fisica, dovrebbero essere in possesso di strumenti in grado di rivelare la nostra presenza...»

La compatibilità delle conoscenze scientifiche rispettivamente accumulate, avrei appreso su un altro libro qualche tempo dopo il viaggio a La Palma, non è il solo ostacolo all'incontro tra noi terrestri e altri abitanti del cosmo. Secondo alcuni ricercatori, sarebbe da prendere in seria considerazione l'eventualità che civiltà piú progredite della nostra ci abbiano individuati da tempo, ma abbiano deciso di preservarci in una sorta di quarantena galattica per evitare che l'incontro si riveli per noi culturalmente devastante. Considerato poi quanto l'avanzamento delle tecnologie che permettono di esplorare lo spazio vada di pari passo con la messa a punto di strumenti in grado di provocare l'estinzione quasi istantanea della civiltà che le ha prodotte, altri scienziati non escludono che al momento non ci sia nessuno in grado di mettersi in viaggio fino al nostro cantuccio di Via Lattea semplicemente perché tutte le civiltà in grado di farlo hanno finito con l'autodistruggersi, drammatica anticipazione del futuro che potrebbe attendere la nostra. Numerose civiltà extraterrestri, insomma, potrebbero essere apparse e scomparse ben prima che noi sviluppassimo tecnologie in grado di scoprirle. Tutto ciò fatte ovviamente salve le teorie – queste al momento piú fantasiose che scientifiche – secondo cui gli alieni hanno già visitato il nostro pianeta in passato, anzi continuano periodicamente a farlo. Emblematico come nei giorni di una delle ultime riletture di questo capitolo tra gli argomenti di piú intenso dibattito mediatico negli Stati Uniti ci fossero gli UFO o, come sono stati ribattezzati, gli UAP (Unidentified Aerial Phenomena). Sul tema si è espresso nel maggio del 2021 anche l'ex presidente Barack Obama, augurandosi che «l'eventuale conferma dell'esistenza di alieni rafforzi in noi umani la consapevolezza che quello che abbiamo in comune è piú importante».

Comunque sia, non è faticoso comprendere perché ricerca e studio degli esopianeti costituiscano una delle branche dell'astrofisica piú in espansione, e senza dubbio tra le piú affascinanti. C'è in gioco il compimento assoluto della rivoluzione copernicana, il decentramento finale di un pianeta i cui abitanti sono prossimi a passare, al termine di un arco di tempo lungo appena quattro secoli e mezzo, da ritenersi il centro di ogni cosa, l'insuperabile capolavoro delle mani di Dio, a condividere l'universo che credevano pensato per loro con un numero di mondi abitabili superiore alla somma di tutti i granelli di sabbia delle spiagge della Terra e soprattutto con una o piú verosimilmente molteplici civiltà alternative alla propria, alcune di esse persino piú avanzate, dotate di leggi, valori e cosmogonie differenti. Non è cosí sorprendente, a pensarci bene. L'intero cammino della fisica nella storia dell'umanità è stato, a grandi linee, questo: un incedere da un mondo dominato da Assoluti a uno in cui tutto è, fino al midollo degli atomi, relativo.

Ho la ragionevole convinzione che se a Le Gentil fosse toccata in sorte l'epoca moderna si sarebbe messo in cerca di esopianeti. Avrebbe lasciato la Normandia e si sarebbe spinto fino alle vette piú buie delle Ande o, considerata la sua indole, in un posto come La Palma, in mezzo all'oceano. Sarebbe stato uno degli astronomi che ogni pomeriggio, un po' prima del tramonto, salgono agli osservatori del mondo confidando in cieli senza nuvole e segnali di vita. Forse sarebbe stato Miguel, il giovane ricercatore castigliano che incrociammo al nostro ritorno nella control room, e che quella sera avrebbe puntato la *sua* stella in cerca di mondi nascosti. «Suerte!», gli disse Ennio lasciando lui alle sue mansioni preparatorie e implicitamente invitando me alla ripartenza.

Fu mentre scendevamo di quota, recuperando sulla nostra strada vegetazione e squarci di colore, che posi a Ennio la domanda che mi urgeva forse piú di tutte, il dubbio che la curiosità connaturata al metodo scientifico aveva instillato anni prima in me e che l'ostinazione di Le Gentil aveva recentemente dissabbiato. Gli chiesi come facesse a non essere insopportabilmente smanioso di risposte, a ostentare tanta pacatezza nonostante la portata delle questioni irrisolte che continuano ad aleggiare al di sopra del TNG e dell'umanità. I pianeti extrasolari, la vita oltre la Terra, l'origine delle cose, la fine dell'universo. Non mi interessavano, nello specifico, le risposte a questi interrogativi, che almeno per un pezzo ancora rimarranno irrisolti. Volevo soltanto sapere se anche lui – come Halley, come me – provasse una malcelata invidia nei confronti di coloro che, venendo dopo di noi, erediteranno telescopi piú potenti e una piú affinata conoscenza del cosmo, e conosceranno mondi che noi non immaginiamo, e comprenderanno assiomi che non sappiamo scrivere. Chiesi a Ennio di dirmi quanto considerasse abrasiva a lungo andare la condizione del non poter sapere *ancora*, o del non sapere *e basta*.

«In realtà l'unica cosa che mi rode davvero è che alcune volte un imprevisto ci costringe a saltare una notte di telescopio» replicò Ennio riportandomi sulla Terra. La presuntuosa ampollosità della mia domanda era stata ricondotta al livello del quotidiano, al valore della singola osservazione, della singola notte. Al primato del presente, il solo tempo nel quale ci è dato di rintracciare barlumi di senso. L'unico che siamo in grado di maneggiare e che sempre dovremmo favorire, come certificò l'agente che alle porte di Santa Cruz, dopo essersi accostato all'auto da noi appena parcheggiata nei pressi di un balcone naturale spalancato sui rossori preliminari del tramonto, ci rifilò una multa per sosta vietata, accompagnandola col seguente invito a diffidare del futuro: «Son cuarenta euros, veinte si pagas ahora».

19.

Il mare! Il mare mi rattrista! Nella sua gioia, mi fa l'effetto di una tigre che ghigna; nella sua mestizia, mi ricorda le lacrime del coccodrillo; e nella sua furia, un mostro in gabbia cui non riesce d'inghiottirmi.

Gustave Courbet, Lettera a Victor Hugo

Gustave Courbet passò l'estate del 1869 a Étretat, Alta Normandia, non lontano da Le Havre. La passò a dipingere e a nuotare: nuotava cosí tanto e cosí gagliardamente che i marinai locali si diedero a chiamarlo come il piú antropomorfo degli animali marini, *la phoque*. Dipingeva con pennellate spesse e vigorose, dipingeva soprattutto quando il mare era mosso, dipingeva sempre le onde, anzi *un'onda*: si era impuntato – ispirato, pare, da certe stampe giapponesi – sul soggetto della singola onda colta nel suo punto di rottura, ovverosia quando, approssimandosi alla riva, essa incappa in un fondale basso e conseguentemente s'accorcia e si solleva, finché d'un tratto, raggiunto l'apice dell'impennata, la cresta si arriccia verso l'interno, si rimbocca di bianco e da ultimo si frange, liberando l'energia cinetica accumulata nel corso del suo propagarsi in un tripudio di schiuma e fragore.

Courbet dipinse circa cinquanta tele di questo tipo tra il 1869 e il 1870, parentesi della sua vita che non a caso è nota come "periodo delle onde". Le opere, ciascuna diversa dall'altra per angolo, cornice e luce scelta per esaltare la specifica vigoria dell'onda, hanno ricalcato negli anni la sorte dei loro soggetti, spingendosi, increspatura dopo increspatura, lontano dal luogo dell'accumulo energetico iniziale: ci sono onde di

Courbet nelle gallerie d'arte di Lione e Philadelphia, di Tokyo e Francoforte. Ovviamente anche a Parigi, al Musée d'Orsay, nella cui sala numero 6 è esposta la tela dal titolo *La mer orageuse*, uno degli esemplari piú evocativi della serie. Uno di quelli che arrivano dritti in petto, come disse Cézanne; che con il loro «groviglio originante dalle profondità dei secoli» fanno fare un passo indietro, riempiono la sala di bruma e ricostruiscono plasticamente l'idea non di una tempesta ma di tutte le tempeste, delle piú memorabili e delle piú nere. Per estensione, anche di quella che alla fine di aprile del 1771, giusto un secolo prima che Courbet s'insediasse pennello in mano sulla scogliera di Étretat, aveva persuaso Le Gentil che il suo secondo tentativo di rientrare in patria sarebbe stato l'ultimo, convinto com'era che la morte, assunte le sembianze di un'onda piú panciuta delle altre, l'avrebbe ghermito da un momento all'altro, strappandolo al deposito di munizioni in cui s'era rifugiato e affidandolo alle cure non troppo materne dell'oceano imbestialito.

Erano diversi giorni che il Capo di Buona Speranza non voleva saperne di lasciarsi doppiare dall'*Astrea*, trenta cannoni battente bandiera spagnola partito da Manila e diretto a Cadice. Le Gentil era salito a bordo nello scalo all'Isola di Francia, alla fine di marzo, dopo che per tre mesi aveva cercato invano di riprendere il mare. L'*Indien*, danneggiato dal precedente tentativo, era in manutenzione. Gli altri due vascelli commerciali francesi che in quelle settimane avevano fatto sosta a Port Louis di ritorno dalla Cina si erano invece rifiutati di offrire un passaggio all'astronomo, con la motivazione ufficiale di non essere piú parte integrante della flotta della Compagnie des Indes. Piú che una spiegazione plausibile, un pretesto. Nei confronti di Le Gentil montava una forma di ostilità nemmeno troppo velata da parte dei suoi connazionali, soprattutto dei nuovi amministratori locali. Le cose sull'isola stavano mutando rapidamente: la Compagnie aveva ceduto il controllo del possedimento al re di Francia, il quale aveva designato come sostituto governatore un militare. Il generale Dumas e il suo intendente Poivre, messi alla prova dall'insistenza di Le Gentil, non avevano in nessun modo facilitato la sua ripartenza dalla colonia, riproponendo ai tropici l'atteggiamento di scetticismo che da tempo animava in patria i membri dell'Académie. Forse avevano intravisto nella frenesia dell'astronomo le stimmate del ciarlatano, nell'ingombro dei suoi bagagli i retaggi del piazzista piú che dell'esploratore, e per questo avevano deciso di ostacolarne i piani e sbarrargli tutte le porte che potevano.

Ma il 7 marzo era arrivata a Port Louis l'*Astrea*. Suo capitano era Don Joseph de Cordova, già secondo luogotenente del *Buen Consejo*, la nave che aveva tradotto Le Gentil a Manila cinque anni prima. Fatta leva sul precedente comune, Le Gentil era agevolmente riuscito a ottenere asilo. E il capitano, «uomo assai galante», aveva accolto con massima cordialità l'astronomo, il quale precisò sul diario che «sembrava che Don José de Córdova volesse comandare questa grande nave col solo intento di far sentire il sottoscritto piú a suo agio».

Negli ultimi giorni di marzo, alla stregua di un esule, Le Gentil aveva pertanto caricato i propri effetti sulla fregata spagnola. Tutti tranne le otto casse di storia naturale, che il governatore, giudicandole proprietà di Sua Maestà Luigi XV, aveva invece voluto trattenere a Port Louis. Evidentemente la scelta di Le Gentil di ripartire a bordo di una nave straniera non aveva facilitato la distensione dei rapporti con Dumas e Poivre, i quali è presumibile avessero aggiunto al carnet di sospetti nei confronti dell'astronomo quello supremo che fosse una spia, un agente segreto al soldo degli spagnoli. Le Gentil si era cosí risolto ad affidare le casse, solo frutto tangibile dei suoi vagabondaggi, a un'altra delle conoscenze altolocate e in linea di principio affidabili maturate durante la permanenza nella colonia: tale duca de la Vrillière, che si era incaricato di custodirle presso una delle pertinenze dell'Intendenza, al porto, in attesa di riconsegnarle a tempo debito alla stiva dell'*Indien*, o comunque del primo bastimento diretto in Francia. La mattina del 30 marzo, alle dieci in punto, un colpo di cannone aveva annunciato la partenza dell'*Astrea* e del suo illustre ospite, che quasi due anni dopo il secondo transito di Venere, e a tre mesi dal precipitoso rientro a Port Louis dell'*Indien*, si era rimesso sulla rotta di casa.

Eccolo tutto solo in un cantuccio della santabarbara, rannicchiato tra due bauli di polvere da sparo, un uomo di scienza o un uomo e basta che, temendo un nuovo ritorno all'Isola di Francia piú della fine dei suoi giorni, attende con terrore misto a sollievo l'ultimo naufragio. Persino peggio di quattro mesi prima sull'*Indien*: è la circostanza piú orrenda in cui si sia mai trovato, il che, detto da uno che tra le altre cose si è trovato ad assumere il controllo di una nave lasciata in balia dei monsoni da un'improvvida divergenza di vedute tra capitano e primo timoniere, suona quanto meno allarmante.

Ma l'epilogo tarda un'altra volta ad arrivare. Le abili manovre di Don Córdova lo scongiurano: strappi reiterati, strenue virate che riescono a tenere a galla il veliero per oltre un mese nel mare mugghiante. Poi, tra il 10 e l'11 maggio, un vento finalmente favorevole sospinge l'*Astrea* verso la salvezza: contro tutti i pronostici – di certo contro quello di Le Gentil – la nave doppia Buona Speranza. Qualche giorno dopo, l'astronomo si rimette a scrivere. Riferisce di una contentezza senza pari, una soddisfazione inesprimibile, un cielo senza nuvole. Aggiunge che per la verità il cielo oltre il capo risulta sempre sereno – sempre splende il Sole oltre i capi della vita – e suona beffardamente ironico che una delle ultime annotazioni meteorologiche dei diari di Le Gentil, del campionario di disgraziate bufere che sono i diari di Le Gentil, annunci un tempo *de la plus grand netteté*.

Nella parte rimanente del resoconto del suo ultimo viaggio per mare, Le Gentil circoscrisse le annotazioni a due incontri fatti al largo delle coste africane. Il primo con le due navi francesi che si erano rifiutate di prenderlo a bordo e che adesso, a mezzo di un dispaccio fatto pervenire all'*Astrea*, offrivano all'astronomo il rimpatrio, sottovalutando o forse ignorando l'orgoglio di Le Gentil, la riconoscenza che l'avrebbe indotto a rimanere fedele a Don Córdova fino alla fine della traversata, sebbene il capolinea dell'*Astrea* – Cadice – presupponesse un ulteriore supplemento di strada prima di ritrovare casa.

Il secondo incontro, un paio di giorni dopo il superamento del Tropico del Cancro, fu con un tre alberi inglese proveniente da nord. Don Córdova, sospettando che fosse cominciata la guerra anglospagnola che da tempo si mormorava imminente, convocò il capitano inglese a bordo dell'*Astrea*, dichiarandolo preventivamente prigioniero. L'ospite educatamente si ribellò all'arresto, affermando di non essere a conoscenza di scoppi di guerre di sorta e mostrando a sostegno della sua tesi una recente copia della *London Gazette*, sulla quale nulla si leggeva in merito a fantomatici conflitti in corso. La prova incontrovertibile delle buone intenzioni dell'ospite non solo ammansí Don Córdova, ma lo convinse a tirar fuori vino e amaretti per brindare insieme agli inglesi e augurare loro buon viaggio. L'ex prigioniero, in forma di riconoscenza, fece arrivare da parte sua sull'*Astrea* un enorme sacco di patate e scorte di burro in proporzione. «Quel cibo, che senza dubbio doveva andar di moda in Inghilterra, costituí per noi una sorta di rinfresco e ci diede gran piacere» scrisse Le Gentil senza risparmiarsi, subito dopo, una delle sue caustiche chiose: «È proprio vero che per mare tutto sembra saporito» (adagio che mi rimanda all'islandese «La fame fa l'aringa dolce»).

Il ritardo di otto-dieci giorni accumulato dopo le Azzorre, causa venti contrari, non compromise il morale dell'*Astrea* e di Le Gentil, che il 1° agosto 1771, quattro mesi dopo essere salpato da Port Louis, intravide Cadice, ultimo astronomo europeo a ritrovare il continente dopo i due transiti di Venere. Decise, senza energie né contanti, di sostare un mese nella città andalusa. Ospite del console francese, lasciò trascorrere le settimane piú calde dell'estate prima di proseguire in carrozza la sua odissea verso la frontiera. All'alba dell'8 ottobre il convoglio valicò il passo pirenaico di Roncisvalle: Le Gentil rivide la sua Itaca. Alle nove del mattino, dopo undici anni, sei mesi e tredici giorni di separazione, baciò il suolo francese. Sembrava l'ultima riga della piú classica delle trame, la conclusione del viaggio dell'eroe che, abbandonata l'esistenza di tutti i giorni, si è imbarcato verso l'ignoto, ha affrontato un'interminabile serie di prove di coraggio ed è infine tornato a casa, trasformato nelle membra (brunite) e nello spirito (spossato).

Un primo indizio su che uomo fosse il Le Gentil rientrato in Francia nell'autunno del 1771 lo fornì Jean-Dominique Cassini nell'*Eulogia* pronunciata dopo la morte dell'astronomo: «Benché in famiglia fosse allegro e cordiale, e i suoi modi non scadessero mai nella scortesia, aveva contratto durante i suoi viaggi un pizzico di asocialità e di rudezza». Ora: l'indole del nostro astronomo non era priva di spigoli, tuttavia accetterà Cassini l'obiezione che la forma di intransigenza dell'ultimo Le Gentil piú che al viaggiare in sé andrebbe ricondotta a quanto ancora egli dovette affrontare dopo essere tornato a casa.

Tanto per cominciare, scoprí che buona parte delle lettere che aveva inviato nel corso degli anni (via via piú rarefatte, ma comunque cosí cospicue che secondo Foix è «difficile determinare il loro numero esatto») non era mai arrivata in patria. Affondate in qualche naufragio, perdute in un agguato, inspiegabilmente secretate dall'amministratore del suo patrimonio: fatto sta che all'epoca del ritorno di Le Gentil in Francia la spartizione tra eredi dei beni che gli appartenevano era in fase avanzata. Per la sua famiglia era, nei fatti, passato a miglior vita. La negligenza dell'avido figuro indicato nei suoi diari come *procureur* – colui cui undici anni prima Le Gentil aveva delegato la gestione delle proprietà di famiglia durante la sua assenza, e che doveva rientrare a pieno titolo nel novero degli arraffoni che sguazzavano nella Francia prerivoluzionaria – gli causò ulteriori emorragie di risorse, la cui parziale ricucitura richiese lunghe e costose azioni legali.

In secondo luogo venne a sapere che l'Académie des Sciences lo aveva declassato a veterano, sospendendolo dalle funzioni, congelandone gli emolumenti e riallocando il suo appartamento. Il combinato disposto di queste notizie lo raggelò: Le Gentil non esisteva piú per i suoi parenti, per i suoi amici e nemmeno per il consesso di colleghi che in prima istanza l'aveva messo in moto.

Per finire le casse, le otto amate casse di storia naturale per la cui sorte tanto si era raccomandato e che mai sarebbero arrivate a Parigi – e se è per questo nemmeno a Lorient, o a Coutances, o in una qualsiasi località in cui l'astronomo le avrebbe potute rinvenire. Le Gentil investí tempo ed energie nel tentativo di rintracciarle, coinvolgendo nella sua ricerca tutti gli alti diplomatici di sua conoscenza. Il duca de la Vrillière gli chiarí in una lettera di averle affidate dopo la sua partenza all'intendente Poivre, ma di non averne ricevuto in seguito notizia. L'intendente Poivre, già autore mesi addietro di millantatrici promesse secondo cui Le Gentil avrebbe facilmente trovato posto a bordo di uno dei vascelli francesi in partenza da Port Louis, replicò a sua volta di non aver mai sentito discorrere di casse di sorta. «Il signor Le Gentil è sfacciato se osa sospettare che io gli abbia sottratto le sue casse di storia naturale», scrisse qualche anno dopo Poivre in un'altra lettera. «Che razza di pasticcione!». Impossibilitato a risalire con certezza al responsabile della negligenza, avvilito dalle delusioni e infiacchito dall'ennesima febbre maligna, Le Gentil non riuscí in alcun modo a riottenere i suoi cimeli. Si rammaricò in particolare di aver perduto i bozzoli di baco da seta che aveva recuperato in Madagascar, bozzoli «che vivono nei boschi spontaneamente, senza essere allevati come accade in Cina e in Europa».

Qualche tempo dopo – era il febbraio del 1772 – il duca de la Vrillière diede finalmente all'astronomo una buona notizia. Dopo averlo a lungo e ufficialmente ritenuto defunto, o nel migliore dei casi perso alla causa della ricerca, l'Académie lo pregava di riprendere il suo posto nel rango degli scienziati per mezzo di una richiesta firmata da re Luigi XV in persona.

Per certificare la *risurrezione* di Le Gentil mancava soltanto il ritorno in Normandia, evento che si concretizzò all'inizio di luglio dello stesso anno, quando, ritrovate le forze, fece il suo ingresso in una Coutances incredula. Gli abitanti della cittadina erano stipati sugli usci e alle finestre; alcuni di essi urlarono di stupore alla vista del concittadino ritenuto lungi trapassato. Sebbene la circostanza dovette fargli nascere un sentimento di sottile rivalsa, Le Gentil non fu mai mosso, dopo il suo ritorno, dalla sete di giustizia di Hugh Glass, l'esploratore interpretato da Leonardo Di Caprio in *The Revenant*. Nel tempo trascorso a Coutances riallacciò anzi i rapporti col fratello Charles e la sorella Marie-Charlotte, con nipoti e pronipoti. Andò a visitare la tomba della madre, e trovò anche il tempo di innamorarsi di Marie-Michelle Potier, rampolla di un'antica famiglia del Cotentin, ventisette anni piú giovane di lui, che due primavere piú tardi diventò sua moglie. La sua prima e unica moglie, sarebbe il caso di specificare, dal momento che in certe riduzioni macchiettistiche del personaggio Le Gentil proposte nei decenni compare una consorte antecedente i viaggi astronomici e rimaritatasi nel corso del loro protrarsi, come se nel *pot-pourri* di disdette che è questa vicenda non ne fossero capitate a sufficienza di vere. Non escludo che un discreto numero di narratori abbia considerato quasi una colpa quella di Le Gentil di non essere perito tragicamente, o uscito di senno, di aver in sostanza infangato il suo *cursus honorum* con un'appendice di esistenza meno spettacolarmente sventurata.

Nel 1774, Guillaume Le Gentil de la Galaisière aveva quarantanove anni: citando ancora Cassini, «dopo aver cosí a lungo soddisfatto lo spirito, era per lui il tempo di accordare qualcosa al cuore». Chi lo conobbe negli ultimi, relativamente sereni due decenni della sua vita, riferí di un «marito fedele e padre adorante». Per Marie-Adélaïde, l'unica figlia nata dal matrimonio con Marie-Michelle, Le Gentil fu anche formatore e insegnante, avendo scelto di consacrare a lei tutto il tempo lasciatogli libero da quella che era divenuta la sua mansione principale, la sola eredità che gli premeva davvero lasciare: la redazione delle memorie di viaggio.

È probabile che non scrivesse sul tavolo in legno di tindalo di Don Melo, tavolo che – almeno questo – era arrivato fino a Parigi, e che Le Gentil considerava «un monumento alla memoria di un vero amico». Ma scriveva. Si era finanche ingegnato a trovare il modo di diluire i blocchetti di inchiostro di Nanchino che si era procurato nelle Filippine. Un inchiostro pregiato, gentile con la penna d'oca e rapido ad asciugarsi, che tuttavia l'acqua parigina non riusciva a stemperare a dovere. Sfruttando il basso livello della Senna nei mesi estivi, Le Gentil si era allora procurato alcuni secchi di acqua di fiume, scoprendo che l'abbondanza di minerali propria dei fondali riduceva i tempi di diluizione dell'inchiostro di un terzo. Senza altri ostacoli tra sé e la memoria imperitura, cominciò a dar forma compiuta al *mare magnum* di appunti che aveva preso nel corso del suo peregrinare. Scriveva di giorno e di notte, accanto a una finestra o a lume di candela. Scriveva con dovizia di fronzoli, come sappiamo, risparmiando molto poco al lettore: 707 pagine il primo tomo, 844 il secondo. Come piccola ulteriore attestazione della vastità di temi e intenti della monumentale opera, leggiamo insieme l'ultima frase dell'ultima nota dell'ultimo capitolo del secondo tomo, quella che precedeva la parola *FIN* di un racconto cominciato, ricordiamolo, con lo scopo di narrare l'osservazione di un transito astronomico: «L'uccello cardinale del Madagascar non fa mai piú di tre figli».

L'8 giugno 1779, dopo piú di cinque anni di lavorazione, dalla tipografia della *Gazette de France* vide la luce la prima parte delle memorie di Le Gentil. Stampato in formato in-quarto, rilegato in pelle di vitello marmorizzata e decorato con le insegne reali, il diario riportava in prima pagina il niente affatto sintetico titolo di:

Voyage dans les mers de l'Inde, fait par ordre du Roi, à l'occasion du passage de Vénus sur le disque du Soleil, le 6 juin 1761 & le 3 du même mois 1769, par M. Le Gentil, de l'Académie Royale des Sciences.

Questo volume introduttivo era suddiviso in due parti piú un supplemento, per un totale di diciotto *articles* in cui ai dettagli delle osservazioni astronomiche si alternavano – in un ordine volutamente piú tematico che cronologico – resoconti di viaggi, annotazioni storiche e corrispondenza intrattenuta. Tutto questo al costo di *quinze livres*, qualcosa come 180 euro attuali. Il secondo tomo venne pubblicato due anni dopo.

L'Académie, forse anche in forma di risarcimento per il trattamento riservato nel decennio precedente a quel suo volubile socio, accolse le memorie di Le Gentil con un certo qual entusiasmo. Intendiamoci: negli scritti che oltre due secoli dopo avrebbero pungolato me per tramite della sfrenatezza dell'indole indagatrice che li sottende e che fa di Guillaume Le Gentil, al pari di Francis Willughby ed Ernesto Capocci, un vero virtuoso della curiosità, i suoi colleghi si limitarono a cogliere risvolti piú bassamente pratici. Nella *Histoire de l'Académie Royale des Sciences* sono elencati, tra i meriti attribuiti all'astronomo: «la precisa determinazione di una miriade di luoghi importanti per la navigazione e conosciuti in precedenza solo attraverso stime approssimative; la storia dei venti di molti paesi, utile per i naviganti e interessante per gli scienziati; lo studio dei diversi metodi per calcolare la longitudine in mare; il confronto dei diversi percorsi che si possono intraprendere per andare dall'Isola di Francia alla costa del Coromandel; le produzioni di numerose isole d'Africa e d'Asia. Tali sono le ricchezze che dobbiamo a questo viaggio cui M. Le Gentil dedicò la parte piú preziosa della vita, sacrificando forse la sua salute». Maggiormente empatica al riguardo l'*Eulogia* di Cassini, nella quale si legge che «la redazione di quest'opera fu la sola ma autentica ricchezza che Monsieur Le Gentil riportò dai suoi viaggi».

Piú che dai riconoscimenti ufficiali, a ogni modo, Le Gentil trasse intimo appagamento da una lettera privata il cui mittente, ringraziandolo per il contributo alla comprensione delle tecniche astronomiche dei bramini contenuto nel *Voyage*, gli accordava la sua «piú rispettosa stima». Questa lettera era firmata *VOLTAIRE, Gentilhomme du Roi*, e Le Gentil la desiderò riprodotta integralmente in una delle ristampe delle sue memorie.

CARTE

POUR l'inclinaison de l'Eguille Aimantée; et qui indique la route de la Sylphide, de Bourbon dans l'Inde en 1761; celle du Bon Conseil, de Bourbon à Manille en 1766; et celle de l'Astrée, de l'Isle de France en Europe en 1771.

Il decennio che seguí la pubblicazione dei diari di viaggio – l'ultimo – fu quello del progressivo ritiro a vita privata di Le Gentil, le cui apparizioni pubbliche andarono diradandosi, senza purtuttavia estinguersi.

Nella società francese, intanto, montava il malcontento; l'Ancien Régime era agli sgoccioli. Era il 1782 quando l'astronomo depositò presso il Louvre il brevetto di una sorta di telescopio binoculare. Nel 1785 diede alle stampe una breve e singolare *Memoria sull'origine dello Zodiaco, la spiegazione dei dodici segni e il sistema cronologico di Newton*. Tre anni dopo riportò, in occasione del suo sessantatreesimo compleanno, che le sue piú recenti osservazioni astronomiche erano ancora accompagnate da buona salute. Tornò una volta di piú in Normandia per ultimare un saggio sulle maree, dopodiché nel dicembre del 1789, nel mezzo di una rivoluzione che nulla aveva in comune col moto celeste a lui cosí familiare, fu informato dell'intenzione di re Luigi XVI di nominarlo direttore dell'Académie, incarico che mantenne per un anno circa. In quegli stessi mesi l'Assemblea Nazionale assegnò agli scienziati il compito di stabilire per la prima volta un sistema di pesi e misure unificato, basato su un'unità naturale razionalmente definita. I tumulti in corso avrebbero tuttavia rallentato questo e altri propositi, al punto che dopo la morte di Le Gentil il suo posto non sarebbe stato preso da nessun altro astronomo: era cominciata la fase della Rivoluzione in cui piú che creare o aggiornare cariche i francesi erano occupati a eliminarle. A fine 1791 fu colpito da un colpo apoplettico che non gli impedí, nell'estate successiva, di recarsi per un'ultima volta al Louvre, sostenuto da Marie-Michelle. Il 21 settembre 1792 la Convenzione Nazionale votò all'unanimità l'abolizione della monarchia, cui Le Gentil era rimasto fedele fino alla fine. Ma il Terrore e il conseguente scioglimento dell'Académie gli furono risparmiati: morí la sera del 22 ottobre, a 67 anni d'età, dopo un peggioramento rapido e acuto, che colse di sorpresa un fisico uscito complessivamente piú temprato che indebolito dalla turbolenta età dei viaggi.

I suoi infruttuosi inseguimenti a Venere avevano fatto segnare una serie di record, o per lo meno due: se quello della missione astronomica umana piú lunga della storia è destinato a essere battuto da coloro che presto o tardi visiteranno (colonizzeranno?) pianeti o esopianeti ritenuti abitabili, piú arduo sarà superare il nostro in quanto a zelo. La testardaggine non ha unità di misura, ma se ce l'avesse andrebbe misurata su una "scala Le Gentil". Sarebbe un modo sarcastico e ossequioso insieme di celebrare le disavventure che visse, i risultati che non ottenne, le ragioni che lo mossero.

Per l'appunto: possiamo in conclusione ipotizzare perché Le Gentil si sottopose a tanto? Quale fu il senso del suo accanimento nei confronti di un pianeta capriccioso che di tanto in tanto si produce in un paio di effimere escursioni davanti al Sole?

Si potrebbe essere tentati di rispondere, sbrigando presto la pratica, che, alla pari di tutti i suoi colleghi inviati tra indicibili perigli in giro per il mondo, Guillaume Le Gentil fece semplicemente il suo dovere, ottemperando con rigore a un impegno preso nei confronti dei suoi superiori e di se stesso. Ma questo – fatta salva la dignità che sempre risiede nell'assolvere ai propri compiti – eluderebbe il cuore della questione. C'era certamente dell'altro, oltre al dovere, nell'emblematica scelta di Le Gentil di non rientrare in patria dopo il transito mancato nel 1761. Se quest'*altro* avesse a che fare con qualcosa di piú raffinato a livello personale, oserei dire quasi psicologico, se fosse cioè una fuga dettata da una latente condizione di estraneità rispetto alle dinamiche che percepiva affermarsi intorno a sé – da una società il cui sfarzo di facciata faceva sempre piú fatica a celare la dilagante corruzione sotterranea – questo è piú complesso da dire, anche se la relativa normalità della vita che condusse dopo il ritorno a casa, il binario tutto sommato ordinario su cui filò l'ultima parte della sua esistenza, tendono sia a far decadere l'ipotesi che Le Gentil fosse una specie di disadattato che a ridimensionare la portata del suo desiderio, pur innegabilmente presente, di acquisire attraverso la scienza prestigio o persino immortalità. Tutto lascia pensare che Le Gentil fronteggiò con genuina pacificazione la parte conclusiva del suo passaggio terreno, a distanza di sicurezza dalla ribalta e dalle avventure.

Ci sarebbero a questo punto da esplorare le categorie, allettanti dal punto di vista letterario, del provinciale che evolve a uomo di mondo, dello scienziato rapito dal potere dei sogni, dell'individuo tormentato in senso romantico, ma, per quanto ciascuno di questi profili contenga in misura variabile un frammento di verità, la parte preponderante degli scritti di viaggio di Le Gentil – le azioni descritte nei suoi diari: imbracciare un fucile per difendersi, prendere il timore di una nave in burrasca, intessere reti di rapporti di favore con marinai, politici e commercianti d'ogni dove – pare improntata al pragmatismo molto piú che all'astrazione.

Quale fu, dunque, la molla decisiva?

Come ha scritto alcuni anni fa Donald Fernie, professore emerito dell'Università di Toronto, gli astronomi tendono a essere scettici nei confronti di chi si esprime in termini estatici quando si ragiona dell'universo e dei suoi misteri. L'astronomia richiede ferrea disciplina piú che vago rapimento dei sensi, e la quota di misticismo che innegabilmente risiede nei suoi intenti è uno stupore discreto che discende dalla conoscenza della materia e dal continuo affinamento della comprensione delle leggi che la reggono, come avviene nell'arte e nella musica. È in questa prospettiva laica, mossa da un'urgenza pratica prima che spirituale, che Le Gentil può essere considerato a suo modo un visionario: un uomo spinto agli estremi del mondo e dell'umana pervicacia da interrogativi che alla maggior parte dei suoi simili apparivano oziosi, di certo non proporzionati al sacrificio richiesto per ottenere una parvenza di risposta.

Le stelle, prosegue Fernie, sono studiate per lo stesso motivo per il quale vengono scalate le montagne: perché sono lí. A un certo punto arrivare in cima diventa un'impellenza, chiedere conto al cielo un bisogno non procrastinabile. Un allievo di Sir Arthur Eddington, uno degli astrofisici piú rilevanti del Novecento, colui che per primo introdusse gli inglesi alla teoria della relatività generale di Einstein, raccontò una volta di come il suo maestro sembrasse costantemente sul punto di uscire all'aperto e, agitando il pugno verso le stelle, esclamare «Prima o poi vi capirò!».

Non potevano essere rimandati i viaggi cui prese parte Le Gentil: erano le sole due possibilità concesse alla sua generazione di spiare fugacemente la filigrana del creato. Era consapevole che moltitudini di variabili su cui non aveva il controllo avrebbero potuto voltargli le spalle a ogni passo, pregiudicando l'esito della missione – cosa che puntualmente avvenne. Sapeva anche che un esito positivo di suddetta missione non avrebbe affatto esaurito gli interrogativi della scienza, e che anzi determinare le dimensioni dell'universo avrebbe aperto la strada ad altre e non meno urgenti istanze – avvenne anche questo. Tuttavia Le Gentil decise di partire, e di resistere alle sciagure, e di insistere, perché abitato dal demone distintivo di ogni scoperta, innescato in lui il congegno in grado di condensare l'anelito di curiosità in stile di conoscenza. C'era in Le Gentil la consapevolezza piú o meno elaborata di non essere il fine o la fine di qualcosa, ma di trovarsi invece nel mezzo del disperato flusso umano verso la comprensione del tutto, questo lacerante incedere in cui l'orizzonte si allontana a ogni passo, i confini del puzzle si estendono a ogni tessera aggiunta. Non scorgi la meta finale, la traccia delle tue orme si distingue a fatica sul sentiero: eppure percepisci che nonostante tutto devi procedere, assommare il tuo tassello. E procedi.

Se ho deciso di incaricarmi della piccola impresa di prolungare, ricomponendola, la vicenda di Le Gentil è stato certo per il gusto del racconto in sé, per talune scenette da commedia, per il fascino proprio degli sconfitti che le disfatte traboccanti dai suoi diari non fanno che amplificare, ma soprattutto perché ho intravisto nella sua parabola terrena i contorni dell'epopea universale dell'essere di passaggio. I crismi della condizione squisitamente umana che l'evoluzionista Telmo Pievani ha condensato nel concetto di *finitudine*, e che è responsabile del nostro destino di «esseri desideranti, animati dalla voglia di agire e di conoscere, perennemente insoddisfatti». Trovo – mi si perdoni l'iperbole – che la condanna di ogni uomo ad abitare frammenti di tempo infinitesimi e per lo piú privi di risposte si sublimi negli obiettivi che Le Gentil non raggiunse. Nelle scoperte che non fece, negli appuntamenti che mancò, ma anche nel fallace e a un tempo incrollabile ottimismo con il quale continuò a ricercare senso e sprazzi di gratificazione, se non proprio di godimento, nel corso dell'accidentato processo.

Nel momento in cui, leggendo la fresca biografia di Le Gentil curata dal reporter francese Christophe Migeon e intitolata *Mauvaise étoile*, ho scoperto che persino la stele eretta nella periferia di Coutances in memoria dell'astronomo contiene una sorta di piccola beffa nei suoi confronti, ho sorriso come talvolta sorridiamo delle tribolazioni che costellano le nostre vite, dei piccoli e grandi guai di fronte ai quali allarghiamo le braccia come per arrenderci – senza mai del tutto arrenderci – alla derisoria trama che l'universo sembra ripetutamente ordire contro di noi. Il blocchetto di granito che s'innalza su un lato di Rue de la Galaisière, nei pressi di quella che fu la tenuta Le Gentil, presenta la seguente incisione:

Le Gentil de la Galaisière (1725-1792)

Astronomo, avventuriero suo malgrado. Partito verso l'Oceano Indiano per osservare il passaggio di Venere davanti al sole, tornò in Francia dopo 7 anni di avventure e sfortuna...

Nell'unico monumento al mondo dedicato a Le Gentil, i suoi anni di randagismo a servizio esclusivo della scienza e della Corona, vanto fondante della propria carriera, sono ridotti da undici a sette: tagliati di oltre un terzo. Mi sono fatto, a questo punto, l'idea che forse in fondo sia giusto cosí. Che, molto piú che a una fantomatica unità di misura della testardaggine, è adeguato che la memoria di Le Gentil resti affidata proprio all'inaccuratezza di quella stele o, ancora meglio, all'imperfezione del cratere lunare che l'Unione Astronomica Internazionale gli intitolò nel 1935. Il cratere Le Gentil, centoventicinque chilometri di diametro, si trova nella parte sudoccidentale della faccia visibile della Luna, a sud del grande cratere Bailly, a est del cratere Boltzmann e a sudest dei crateri Ashbrook e Drygalski. A motivo della sua posizione defilata e degli innumerevoli impatti di asteroidi che l'hanno profondamente eroso nel corso dei millenni, esso è distinguibile solo di scorcio dagli osservatori che lo puntino dalla Terra, con un'angolazione fortemente obliqua.

Sono, queste ultime, spigolature che riporto in forma del tutto indiretta, dal momento che fino a questo punto del libro e della mia vita io non ho mai guardato dentro un telescopio. A voler essere precisi, nemmeno in un binocolo.

20.

Se non ti fossi sdraiata per terra in mezzo agli animali, non avresti potuto contemplare il cielo stellato e non saresti stata salvata.

Franz Kafka, *Lettera a Felice Bauer*

Ampia è la variabilità della data dello scioglimento dell'ultima chiazza di neve invernale sul monte di Húsavík. Protetta dall'altitudine, ma soprattutto dalla prodigalità d'ombra della concavità in cui giace, essa per mesi sorveglia somiona il villaggio dal versante piú fortunato dell'altura, quello rivolto verso l'oceano. Finché a un certo momento la sua forma cessa d'essere quella tradizionale di sella da cavallo e, passando per la breve fase in cui pare un'unghia e quella ancora piú labile in cui ad alcuni ricorda un plettro, assume sembianze triangolari di occhio divino. Il giorno della definitiva scomparsa della neve oscilla senza manifesta regolarità dagli ultimi di maggio fino alle porte dell'autunno, suggerendo che la nozione secondo cui non sarebbe auspicabile per i pescatori riprendere il mare prima che il monte sia completamente sgombro va presa con beneficio d'inventario.

Nel 2020 la fatidica occorrenza si è fatta attendere fino al 7 settembre, proiettando l'estate in questione sul podio delle annate piú ritardatarie dell'ultimo mezzo secolo. Non so se i marinai piú tradizionalisti di Húsavík abbiano effettivamente atteso quel lunedí per ricominciare a muoversi, ma io sí: la sera stessa prenotai un volo per l'Italia. Non tornavo a sud da molti mesi, da prima che il mondo fosse stravolto senza preavviso, cosí che colsi il segno del dileguarsi della neve – e un momentaneo allentamento della morsa della pandemia – per decidermi a partire. Avevo voglia di rivedere la mia famiglia dopo quanto capitato dall'inizio dell'anno. Non vedevo l'ora di raccontare ai miei amici com'era successo che il piccolo bar annesso al Cape Hotel fosse intanto diventato il piú *cool* d'Islanda. Inoltre desideravo, in ossequio a un principio di circolarità che sovente inseguo nelle trame, che le vicende di questo libro terminassero là dove erano cominciate: a casa mia, o in quella che è stata a lungo la mia unica casa e che resta ormeggio sicuro in quest'errare caotico vieppiú.

Rientrato in Puglia a fine ottobre, fu solo nella seconda metà di gennaio che percentuale di umidità, decreti del presidente del Consiglio dei ministri e perturbazioni assortite concessero una finestra di un paio di giorni propizi alle osservazioni astronomiche. Pasquale Abbattista, fondatore dell'Osservatorio Astronomico Andromeda di Corato, passò a prendermi alle cinque di pomeriggio del 19 gennaio, un telescopio newtoniano di 25 centimetri riposto pezzo per pezzo nel portabagagli della sua monovolume. Pasquale è tre anni piú giovane di me. Nella vita fa il pilota civile e il divulgatore scientifico, tuttavia all'interno della ricca rosa di passioni che trova brillantemente modo di curare accanto alle istituzionali l'astronomia continua a rivestire il ruolo di prima e scatenante. Sostiene che guardare dentro un telescopio sia come passeggiare in un museo, e che l'osservazione del cielo gli abbia insegnato soprattutto una cosa, una verità grande e cristallina che suona come una rielaborazione di un verso di Guccini: «Non siamo un cazzo di niente».

Il mio proposito ideale di piazzare il telescopio nel medesimo luogo in cui anni addietro attendevo taciturno le stelle cadenti era irrealizzabile, frustrato dalla circostanza che la masseria della mia infanzia giacesse da tempo, merito della nuova disinteressata proprietà, in un penoso stato di degrado.

Pasquale optò per un sito piú neutro, potremmo quasi dire segreto, uno dei prescelti dall'osservatorio per le sessioni estive di gruppi non troppo numerosi. Imboccata via Castel del Monte, guidò per una decina di chilometri fuori dal centro abitato, fino alle prime propaggini dell'Alta Murgia, là dove gli uliveti si diradano nelle distese progressivamente piú desolate e pietrose che Ernesto Capocci, l'eclettico astronomo napoletano precursore di Verne, elesse a termine di paragone per i mari lunari. «Sono degli spazi di sterminata estensione, il cui monotono livello appena ondulato da lievi rugosità non maggiori de' poggi delle Murge nella pianura delle nostre Puglie, è qui e qua interrotto da qualche isolato cono vulcanico» – cosí azzardò in *Viaggio alla Luna* descrivendo uno dei paesaggi ammirati da Urania.

Era la nostra destinazione uno di questi *spazi monotoni*: un campicello incolto, non recintato, che in un'altra stagione avrebbe profumato di ruchetta e finocchio selvatico ma che la sterilità dell'inverno aveva reso temporaneamente inodore. Non appartiene a nessuno, o quanto meno nessuno a parte qualche sporadico cinghiale si è mai fatto vivo nel corso delle osservazioni guidate da Pasquale. Giace in una depressione altimetrica appena accennata, nulla piú che una fossetta sulla guancia dell'altopiano, protetta da occhi indiscreti e dalle infestanti luci della città, qui ridotte a un soffuso chiarore a occidente. Di notte, solo i riflessi giallicci di un agriturismo distante mezzo chilometro spezzano l'amalgama di un buio altrimenti indiviso.

Arrivammo a destinazione a tramonto concluso, in un bagno di luce crepuscolare che lasciava intuire le irregolarità del terreno sotto i nostri piedi senza tuttavia chiarire al primo impatto se si trattasse di protuberanze calcaree o di radici silenziosamente intente a suggere dalla terra. Le due opzioni erano ugualmente probabili: è il dubbio il presupposto fondante della condizione che piú di tutte ci definisce, quella che ha generato moltitudini di mostri nel folclore islandese e che i Tehuelche della Patagonia ritenevano esistesse da prima della creazione, la penombra.

In lontananza, due o tre cani rispondevano ciascuno coi suoi buoni motivi alle continue sollecitazioni dell'altro, in una ridda di punti di vista inconciliabili che verosimilmente sarebbe andata avanti tutta la notte. Nella concavità vigeva un microclima piú rigido di quello circostante, ragion per cui dopo una prima ricognizione del sito tornai intirizzito all'auto per recuperare sciarpa e guanti. Mentre osservavo Pasquale che emergendo da ombre sempre piú omogenee cominciava ad armeggiare col telescopio, provai a immaginare la mia prima reazione al contatto con l'oculare – col cielo. Sarebbe tornata alla carica la solita inquietudine, colei che a fatica e con alterni successi stavo cercando di stanare, o viceversa mi sarei lasciato prendere dalla novità e dagli accessi d'euforia da essa talvolta generati, simile a un cane da compagnia che dopo la reclusione della bufera zampetti sulla neve fresca, dapprima anticipando i passi del padrone e poi tornando da lui scodinzolante, desideroso di renderlo partecipe della propria scoperta, della libertà appena riconquistata?

Non potevo escludere una terza opzione, e cioè che le mie attese sfociassero in qualcosa di paragonabile al "moto di disappunto" che colse Victor Hugo nel 1834, allorché, invitato all'Osservatorio di Parigi da François Arago – sí, sempre quell'Arago – fu messo di fronte, nel suo primo incontro ravvicinato con un telescopio, a uno sfondo completamente nero, che paragonò con un certo qual sdegno all'interno di una boccetta d'inchiostro. Si sarebbe ravveduto poco dopo, nel momento in cui, orientando lo strumento verso i crateri della

Luna sui quali stava sorgendo il Sole, Arago lo sottopose al "misterioso spettacolo dell'irruzione dell'alba in un universo coperto d'oscurità". Fu cosí che Victor Hugo scoprí la Luna, quella materiale e quella metaforica; la Luna dei poeti e del mito, dell'immaginazione e soprattutto del sogno, il sogno che è "connaturato all'uomo", come scrisse nel resoconto del suo battesimo astronomico.

Quando mi ripresentai al punto di osservazione, l'oscurità aveva foderato tutto di velluto. Il telescopio non era ancora pronto (lo specchio trovandosi in una fase che mi fu descritta col notevole verbo "ammitigarsi"), cosí Pasquale ne approfittò per chiedermi se avessi deciso quale sarebbe stato il primo oggetto che avremmo puntato. Esclusi d'ufficio Venere (non sarebbe apparso prima dell'alba) e il cratere Le Gentil (solo l'emisfero nord della Luna era illuminato quella notte), decisi di ripiegare, in omaggio alla citazione che apre il primo capitolo di questo libro, sulle Pleiadi.

Sono le Pleiadi un accrocchio di stelle nella costellazione del Toro, visibili a occhio nudo in un numero variabile da quattro a dodici in base al livello di inquinamento luminoso del punto di osservazione. Meno inquinamento c'è, piú esemplari dei circa millequattrocento che compongono l'ammasso riescono a distinguersi. Ricordano per disposizione una miniatura dell'Orsa Minore, o meglio ancora dei volatili da pollaio, come sostenuto tra gli altri dai Vichinghi (per i quali esse simboleggiavano le galline di Freyja) e da Giovanni Pascoli (che nel *Gelsomino notturno* si spinse a dire che la costellazione delle Pleiadi si muove nel cielo notturno come «Chioccetta per l'aia azzurra col suo pigolio di stelle»). Basti dire, per aggiungere qualcosa sulla valenza simbolica delle Pleiadi nella storia delle notti dell'umanità, che è verosimile esse siano riprodotte nella "Sala dei tori" delle grotte di Lascaux, dipinte circa 17mila anni fa, e che il Viale dei Morti dell'antica città di Teotihuacán, tra i piú importanti siti archeologici mesoamericani, è orientato in direzione del loro tramonto.

Io ne contai sette («Le sette sorelle degli antichi Greci!», evidenziò Pasquale), prima di tapparmi l'occhio sinistro e avvicinare il destro al telescopio. Indugiai una decina di secondi sull'attrezzo nel tentativo di accomodare i bordi arrotondati dell'oculare tra la mia arcata sopraccigliare e lo zigomo, dopodiché fissai l'immagine riflessa dallo specchio secondario sulla mia retina. Dentro il medesimo pezzetto di cielo di prima, che mi sembrava ora trasmesso come in HD, i puntini avevano proliferato. Su invito di Pasquale ripetei il conteggio: le *sorelle* erano diventate una trentina, alle precedenti essendosi aggiunte due dozzine di punti meno luminosi anche se non meno riconoscibilmente azzurri. Le Pleiadi, mi spiegò Pasquale al riguardo, sono azzurre perché *adolescenti*. «Sono stelle che hanno appena cento milioni di anni», aggiunse come se avesse detto, che so, quattordici anni. Quando si discetta di astri, appresi pertanto, l'azzurro è sintomo di calore e dunque di gioventú, dal momento che piú una stella è giovane e piú è calda, e piú è calda piú è azzurra. La colorazione delle Pleiadi deriva dal fatto che sono cosí imberbi che intorno a esse è ancora in pieno svolgimento il gran galà di collisioni e ricomposizioni di detriti che culmina nella formazione di nuovi pianeti. Questo sta accadendo in particolare intorno alla stella dell'ammasso nota come HD 23514, dove si pensa stiano nascendo pianeti di tipo terrestre proprio adesso, mentre scrivo (e anche mentre leggete).

Proseguendo in questa specie di esercizio di derisione delle capacità visive umane, Pasquale spostò l'obiettivo in direzione della costellazione del Leone, in una regione di cielo dove a occhio nudo non riuscivo a distinguere un bel niente. «Ora invece guarda nel telescopio», mi invitò. Dal fondo nero, spopolato fino a pochi istanti prima, era emersa una teoria di corpuscoli biancastri, tre di essi preponderanti per dimensioni e luminosità. Tre granelli di forfora sul bavero di una giacca in velluto, si potrebbe osare con una similitudine di dubbio gusto e ancor piú discutibile efficacia, considerato che – altro che granelli – quelle erano galassie. Il Tripletto del Leone: cosí si chiama questo gruppo di stelle inconcepibilmente distanti. Trentacinque milioni di anni luce, non so se avete presente. Significa che viaggiando alla velocità della luce – non esattamente un'andatura da trotto – occorrerebbero trentacinque milioni di anni, milione piú milione meno, per raggiungere le galassie del Tripletto. Detto altrimenti: se intorno a una delle stelle di una di quelle galassie lontane orbitasse un pianeta abitabile e gli abitanti di quel pianeta fossero in possesso di telescopi talmente potenti da puntare in direzione del nostro pianeta e riuscire a decifrarne l'attività superficiale, essi con un po' di fortuna potrebbero assistere alla comparsa in Africa dell'*Aegyptopithecus zeuxis*, un'antenata delle scimmie antropomorfe, ma dovrebbero attendere qualcosa come altri 34,7 milioni di anni per scorgere l'arrivo sulla scena del primo *Homo sapiens*. Un esperimento paragonabile per certi versi al nostro del Tripletto del Leone, ma su scala enormemente maggiore, fu condotto nel maggio del 2019 dal telescopio spaziale Hubble, che puntò una porzione di cielo grande quanto un dito e in apparenza desolata rivelando che persino lí, dentro uno scorcio della costellazione della Fornace in cui nessuno aveva osservato nulla di interessante prima, si annidano miriadi di galassie. Nell'immagine, un campo profondo che ha richiesto sedici anni di osservazioni e che, pubblicata nel 2019, è passata alla storia come Hubble Legacy Field, se ne contano circa duecentosessantacinquemila.

Non sapendo come interpretare i miei silenzi – cominciando forse a temere che fossero indizio di delusione e sentendosene in qualche modo responsabile – Pasquale mi fece notare che non si sfugge: il cielo, a voler essere sinceri, si vede meglio nelle fotografie. Quelle pubblicate online delle agenzie spaziali, pesanti centinaia di megabyte, nelle quali sguazzare a piacimento col puntatore. O anche quelle dei cari, vecchi libroni illustrati di astronomia. Dove ci trovavamo noi però – c'era un però – in mezzo a quel campo di nessuno, erano i *veri* fotoni emessi dalle stelle a raggiungerci. Pacchetti di luce emessi miliardi di anni prima che adesso, dopo aver attraversato lontananze inimmaginabili, erano arrivati fino a una trascurabile concavità altimetrica della Murgia barese e, rimbalzando sui due specchi di un piccolo telescopio, al mio occhio «È un po' come paragonare tivú e teatro. Ecco, questo è teatro», sintetizzò Pasquale introducendo la seconda parte del mio Grand Tour del firmamento.

Puntammo Capella, nella costellazione dell'Auriga, la terza stella piú brillante dell'emisfero celeste boreale, foro di matita in mezzo a un foglio di carta carbone. Risolvemmo l'affollato formicolio del Doppio Ammasso di Perseo, puntinata maschera per occhi, poi il rossore tridimensionale di Marte, i suoi contorni talmente nitidi e definiti rispetto a quanto visto fin lí da apparire mondo vicino, inaspettatamente familiare. Nel momento in cui, allineato alla Luna – l'accecante gigantesca Luna – presi goffamente ma audacemente a manovrare io stesso il telescopio, ora navigando tra le creste assolate dei crateri ora reimmergendomi nel fondo cielo sul quale essa veleggiava, credetti per un istante di comprendere lo stupore di Galileo nelle notti padovane del 1609.

Non avevo scoperto nulla; il mio personalissimo *Sidereus Nuncius* non accampava alcuna pretesa universale. Ma quella germinale padronanza del telescopio ebbe l'effetto di accorciare all'istante il solco esistente tra me e il cielo notturno. Si era lasciato avvicinare, finalmente, rivelandomi pezzi di sé concreti, vorrei dire tangibili, per i quali in certi casi possedevo dei termini di paragone, degli embrioni di analogie. E in questo, nella scoperta intendo dell'assenza di separazione tra noi e lo spazio che ci contiene, dell'intercambiabilità della sostanza che dà forma a uomini e stelle, della nostra piena appartenenza a un continuum il cui grande elemento unificatore è la corruttibilità, siamo tutti, sempre, contemporanei di Galileo. E dei Galli, dei Sumeri, dei Cinesi, dei Finni e di chiunque, in qualunque epoca, abbia colto un elemento di connaturalità, di primordiale affiliazione nell'irresistibile luccichio di certe notti.

Il mio timore della vastità del cielo stellato era sfumato in una condizione nuova, accettabilmente matura. Uno stato d'animo che definirei confacente, piú che all'eccitazione, all'agio, alla naturalezza. Dalla consapevolezza di essere una parte largamente accessoria del tutto può davvero discendere una forma di quiete: la pacificazione propria del ridimensionamento. Sapere di non essere nulla di speciale, di abitare un pianeta medio-piccolo che ruota intorno a una stella alquanto convenzionale di un sistema planetario non periferico ma nemmeno troppo vicino al centro della propria galassia, galassia a sua volta matura per età, porzione infinitesima di un universo nato tredicipuntosette miliardi di anni fa che per alcuni è solo uno di una moltitudine di universi, essere consapevoli insomma di tutto questo trovo non tolga nulla allo sbalordimento di essere vivi, assommando anzi a esso nuovi strati di meraviglia e piú raffinati.

Sono fiero del percorso che mi ha portato qui: del mio piccolo «lavoro contro la paura della vita e le mene del terrore», come forse l'avrebbe definito Ernst Bloch. Sono orgoglioso di sapere che le stelle cadenti non sono stelle ma frammenti di asteroidi o comete (della cometa Swift-Tuttle, nel caso dello sciame agostano delle Perseidi); mi gratifica riuscire a individuare all'istante la cintura di Orione quando s'accende sopra i poggi murgiani o a strapiombo sulla baia di Húsavík, capirci qualcosa quando l'ultim'ora dei notiziari scientifici snocciola esopianeti appena scoperti. È bello sentire, di tanto in tanto, il bisogno di alzare gli occhi al cielo per una ragione diversa dal controllare il tempo che fa, condividere lo stupore di Thoreau di fronte ai «vertici di chissà quali meravigliosi triangoli» che sono le stelle lontane. Non appena ce ne sarà l'occasione – e il tempo avrà rigenerato la pazienza, da me messa a dura prova, di Pasquale – mi unirò con entusiasmo a nuove uscite di osservazione astronomica.

Mi sento piú consapevole anche rispetto a una questione dai risvolti straordinariamente pratici, essenziali. Sono cioè piú conscio del fatto che nel grande ordine delle cose c'è poco spazio per il proprio orticello: che quella che i Le Gentil di ogni tempo inseguono è la temeraria impresa di far avanzare, per mezzo del loro apparentemente irrisorio contributo di curiosità, l'intera specie cui appartengono. Con sprezzo dell'appagamento individuale, si spendono per un progresso i cui esiti sono intangibili nell'orizzonte temporale che è loro concesso, ma la cui portata in termini di sopravvivenza e miglioramento collettivo costituisce una ragione sufficiente a farli rimettere continuamente in discussione. La loro bussola esistenziale è una condotta che taluni classificano come abnegazione. E adesso che ho trentaquattro anni, l'età che vide Le Gentil abbandonare Parigi nel segno di una missione che non avrebbe mai portato a termine, cullo segretamente anch'io la speranza di indirizzare le scelte che attendono la mia vita da adulto in quest'ammirevole ottica di universalità, di sacrificio o meglio ancora annientamento del proprio egocentrismo in nome di qualcosa di piú grande.

Ha dissolto tutto ciò la mia ritrosia, irrevocabilmente disinnescato la punta di gelo che percepisco incidermi ogni volta che fisso un cielo stellato, ricomposto per sempre la crepa che attraversa la mia vita? Nemmeno per sbaglio.

Incorreggibilmente bambino, seguito imperterrito a bramare centralità e attenzione. So che è necessario che tutte le cose conoscano un termine, che non c'è evoluzione senza una conclusione, che è la certezza del suo limite a dare peso specifico all'esistenza e cosí via. Ma la fine – l'irrimediabilità della fine – a me continua a non andare a genio. Non mi piace questa storia che presto o tardi il mondo farà a meno di me senza alcun ripensamento. Qualcun altro vivrà i miei luoghi, generazioni di esseri umani che si succederanno senza sapere assolutamente nulla di me, delle persone cui ho voluto bene, di quello che ho fatto e persino avuto l'ardore di scrivere. Moltitudini di uomini e di donne che maneggeranno incommensurabilmente meglio di noi i segreti dei pianeti, delle comete e di tutte le stelle, stelle che infine un giorno – un giorno lontano per i nostri canoni ma che già riusciamo a collocare con disarmante precisione nel futuro – si spegneranno anch'esse, e allora non solo per me come individuo ma per tutto il genere umano sarà come non essere esistito, le sue tracce lavate via come orme da un bagnasciuga di una spiaggia fredda e desolata. E poi?

La condanna universale alla transitorietà; l'accesso a informazioni che si rivelano sistematicamente perfettibili; il complesso di inferiorità nei confronti del futuro; l'incompletezza di ogni conoscenza di cui c'illudiamo di disporre. Tutto ciò continua a generare in me una sorta di fitta intercostale ogni volta che, nelle pause dal salvifico stordimento dei giorni, mi capita di imbattermici. Non so se esista un punto di equilibrio in questo marasma, un approccio all'esistenza che tenga coerentemente insieme trampolini e baratri senza che i primi annullino i secondi o viceversa. Dovesse esserci, ritengo possa avere in qualche misura a che fare con l'ultimo personaggio di questo libro. Eccolo.

Siamo negli Stati Uniti, anno 1939. L'artista di Washington Charles Bittinger viene incaricato dal *National Geographic* di realizzare una serie di illustrazioni con lo scopo di facilitare i lettori della rivista nella visualizzazione dei luoghi del cosmo oggetto di approfondimento nel numero di luglio. Non è un compito semplice: non è ancora stato lanciato un singolo satellite artificiale, non esiste lo straccio di una foto scattata dallo spazio. Significa che per le sue elaborazioni Bittinger deve basarsi esclusivamente sulle suggestioni verbali degli astronomi del suo tempo, e su sue intuizioni personali. Gli tocca, in altre parole, trovare un compromesso tra scienza e arte. Benché l'impresa presenti oggettive problematicità, se c'è un uomo in America all'altezza del tentativo questo è lui. Bittinger è infatti un artista ma anche uno scienziato (o meglio: "a scientist who is primarily an artist", come riportato dal *Literary Digest* nel 1921), avendo ottenuto il suo diploma all'École des Beaux-Arts di Parigi dopo un periodo di due anni al MIT di Boston. Questa doppia natura l'ha indirizzato in prima battuta verso il campo del camuffamento militare, del quale è diventato in breve tempo uno dei massimi esperti su piazza. Nel corso della Prima guerra mondiale ha collaborato con la Marina americana, conducendo una serie di esperimenti sulla rifrazione della luce. Tra le altre cose, ha disegnato sull'ala di un aereo da guerra una croce che osservata attraverso un filtro rosso rivelava i colori degli Alleati, ma senza filtri appariva uguale in tutto e per tutto alla Croce di Ferro dell'esercito tedesco, consentendo in tal modo al velivolo di passare inosservato tra le linee nemiche. Ha messo in pratica le sue raffinate conoscenze sulle proprietà della luce anche in ambito piú strettamente artistico, realizzando opere che cambiavano radicalmente aspetto a seconda del tipo di illuminazione ricevuta. Una volta ha dipinto un paesaggio estivo che diventava invernale se inondato di luce rossa anziché bianca, un'altra un quadro che a occhio nudo raffigurava la trasvolata atlantica di Charles Lindbergh ma che visto attraverso uno strumento ottico di sua invenzione mostrava invece le fattezze leonardesche della Gioconda. Bittinger sa che la vista umana è limitata e che la realtà è polidroma, ingannevole per definizione, e che persino quel che sembra incontrovertibile può svelarsi a uno sguardo piú accorto in tutta la sua ambiguità. È convinto che l'arte abbia il potere di colmare le lacune della conoscenza, ed è per questo che nelle tavole che appronta per il *National Geographic* si spende nell'intento di fondere, come spiegato da un riquadro laterale di quel numero, «il suo senso del colore e della composizione artistica con uno scrupoloso sforzo atto a ottenere scientifica accuratezza». Ogni sua immagine è «la risoluzione di un conflitto tra pedagogia, credibilità e dramma».

Il risultato è che alcune illustrazioni del 1939 di Charles Bittinger anticiparono quel che i primi scatti fotografici spaziali avrebbero confermato decenni piú tardi, e risultano tuttora di una sbalorditiva attualità. La tavola in cui riprodusse la Terra vista dalla Luna, per esempio, è aderente alle foto scattate dagli astronauti delle missioni Apollo, e secondo la planetologa Bethany Ehlmann la resa dei crateri lunari di Bittinger, con le loro creste sopraelevate, è «estremamente corretta dal punto di vista tecnico». Taluni esperti si spingono ad affermare che le opere di Bittinger, pubblicate subito prima della Seconda guerra mondiale e della susseguente corsa allo spazio, abbiano influenzato la visione degli scienziati che negli anni Cinquanta e Sessanta del secolo scorso trasformarono in realtà la chimera dell'esplorazione spaziale. Da parte sua Bittinger – che prima di godersi una lunga pensione (morí nel 1970, alla veneranda età di 91 anni) sarebbe tornato a occuparsi di tecniche di mimetismo militare e sarebbe stato testimone, pennellandone gli alti funghi di fumo, dei primi test nucleari nell'atollo di Bikini – serbò nel proprio cuore un posto speciale per l'astronomia, che considerava «il piú grande monumento all'intelligenza umana, capace di esplorare inimmaginabili profondità dello spazio con nulla di piú tangibile che fragili onde di luce».

A me sembra ci sia qualcosa di riepilogativo nella condizione di Charles Bittinger di farsi bastare, per portare a termine il gravoso compito di illustrare al grande pubblico porzioni di spazio sconosciuto, quanto di incompleto gli astronomi suoi contemporanei avessero da offrirgli in fatto di certezze scientifiche. Al resto dovette provvedere col proprio estro: Bittinger colmò con le illuminazioni repentine dell'arte le lacune strutturali della scienza, con l'ispirazione le caselle lasciate vuote dai sensi. Non fu il primo a doversi confrontare con le drammatiche limitazioni del sapere umano, non l'ultimo. Perfettibile ed elusiva, la conoscenza delle leggi dell'universo progredisce ogni secondo, ma il suo pieno compimento è destinato a rimanere ambizione irrealizzabile.

Il disvelamento dei fili ultimi che reggono il mondo è un privilegio che non ci appartiene. Le componenti piú importanti dell'attuale Modello Standard della Cosmologia non sono mai state osservate direttamente. Quel che ci è concesso di avere sul tutto è uno sguardo che presto o tardi scopriamo sfocato: via via piú acuto, piú circostanziato, ma inabile a tenere il passo della quantità di dettagli palesati dal successivo ingrandimento.

Già fiaccate dall'inseguimento al *come*, le nostre pretese di comprensione semplicemente boccheggiano quando provano a addentrarsi nei meandri del *perché*. In nessuna delle clausole del contratto che regola il nostro stare al mondo è riportato che a un certo punto del viaggio qualcuno ce ne espliciterà il senso. *Svo fór um sjóferð þá*, afferma uno dei modi di dire islandesi piú franchi che abbia imparato in questi anni. Significa qualcosa come "Cosí è finito il viaggio", e si usa al termine di un percorso, o di una storia, in forma di fatalistica accettazione di un destino di cui si può unicamente prendere atto, e intorno alle cui implicazioni è infruttuoso arrovellarsi piú di tanto. Le cose sono andate cosí, basta, non c'è niente che si possa dire o fare per modificarne l'esito. Intervistato da Katie Mack all'interno de *La fine di tutto*, acclamato saggio sulle cinque ipotesi piú accreditate riguardo la fine dell'universo, l'astrofisico portoghese Pedro Gil Ferreira ha sintetizzato un concetto simile come segue: «È l'atto. È il processo. È il viaggio. Che cosa importa dove arrivi?».

La domanda di senso che tormenta quelli che come me alle mete tutto sommato ci tengono non contempla risposte univoche. Il massimo cui possiamo ambire, cortesia della scienza, dell'arte, delle intuizioni e di tutte le loro possibili combinazioni, è un'ipotesi plausibile. Un *educated guess*, come viene definito in certi modelli statistici l'insieme delle congetture intorno a un determinato fenomeno che il ricercatore assume a priori come vere. Nell'esistenza alternativa in cui non ho abbandonato il percorso accademico, il me statistico ha a che fare tutti i giorni con questo tipo di discernimento: con la necessità, voglio dire, di gestire l'incertezza, di selezionare dei punti fermi e sottoporli alla prova dei fatti, a ripetute iterazioni numeriche che confermino o rigettino l'ipotesi iniziale. Nel migliore dei casi, ottiene come risultato un range di valori attendibili. Un buon "intervallo di confidenza", lo chiama: è questo il suo modo di accettare il fatto che non riuscirà mai a liberarsi dell'errore, della postilla in cui è tenuto tutte le volte a ribadire che l'affidabilità delle sue affermazioni non può, per sua natura, toccare il cento per cento.

Sebbene non rinneghi la scelta compiuta piú o meno un lustro fa di "lasciarmi governare dal caos anziché provare a domarlo", riconosco apertamente l'alto insegnamento contenuto nei meccanismi costitutivi della materia che mi aveva sedotto a diciannove anni. In un procedimento paragonabile all'accumulo di esperienza nelle piccole e grandi cose della vita – e alla costruzione di ogni tipo di sapere umano – lo statistico fa di nozioni pregresse e plausibili convinzioni soggettive il punto di partenza di un iter di apprendimento in cui la padronanza del fenomeno studiato viene migliorata passo dopo passo da informazioni aggiuntive, aggiustamenti marginali frutto di un'incessante raccolta di nuovi dati. La vita accade e lui aggiorna il modello, perfeziona la conoscenza della minuscola finestra di tempo e spazio che gli è dato di sperimentare ricalibrando le convinzioni iniziali alla luce dei fatti intervenuti, pazientemente, rendendo ogni giorno un po' meno approssimativa l'idea che si era fatto sull'oggetto del suo studio, e sul significato delle cose.

Lo trovo un modo di fare ammirevole e, per quel che mi riguarda, un valido punto di ripartenza. Se non altro, ripercorrere la saga di Le Gentil mi ha aiutato a riconciliarmi con un'impostazione che avevo rinnegato, un approccio che non sentivo piú mio. Se tutto questo possa essere in conclusione descritto come un ambizioso tentativo di estendere il metodo scientifico all'esistenza quotidiana o se invece è soltanto un altro modo di esprimere un'idea in fondo molto classica di saggezza, di giusto sbagliare e cocciuto ritentare, be', non so dirlo con precisione.

L'astronomo Guy Consolmagno, un padre gesuita che ritiene che il creazionismo sia niente meno che una forma di paganesimo, ha scritto di recente che uno dei grandi punti di forza della scienza è proprio la sua capacità di correggere le incongruenze in cui inevitabilmente inciampa. «La scienza utilizza la matematica, ma non è matematica», sostiene. «La scienza descrive, e le sue descrizioni hanno la forma delle analogie, delle metafore, delle similitudini. La scienza è fatta della stessa materia di cui è fatta la poesia».

Epilogo

Responsabile di inconfondibili zaffate di aglio e pesce andato a male, la fosfina è una molecola dalla struttura elementare: una piccola piramide con un atomo di fosforo al suo vertice e tre di idrogeno a esso collegati da un legame semplice ma resistente, ghiotto di energia al punto da rendere impossibile, a quanto ne sappiamo, la produzione del gas in questione in modo totalmente abiotico. Tutta la fosfina presente sulla Terra è generata da microrganismi che prosperano in ambienti privi di ossigeno oppure dagli esseri umani, in laboratorio. *Tertium non datur*.

Viene usata, detta fosfina, come drogante nell'industria dei semiconduttori, ma è nota soprattutto per la sua letalità nei confronti di esseri viventi che invece di ossigeno hanno stringente necessità. È stata adoperata come arma chimica nel corso della Prima guerra mondiale, viene correntemente distribuita come insetticida agricolo, si ritiene sia all'origine del fenomeno dei "fuochi fatui" e ha persino permesso a Walter White di sbarazzarsi di due gangster in *Breaking Bad*. Inalata, essa provoca nell'uomo gravi infiammazioni delle vie respiratorie, tremori, vomito e danni al sistema nervoso centrale, talora irreversibili.

L'assenza di genesi alternative a quella biologica o industriale è alla base del paradosso per cui, pur essendo uno strumento di morte, la fosfina può essere a tutti gli effetti considerata un indizio di vita. Significa, in altre parole, che se nell'atmosfera di un certo pianeta vengono rilevate tracce di fosfina allora è verosimile che quel pianeta ospiti esseri viventi di qualche natura. È per questo motivo che gli astrofisici dell'Università di Cardiff inizialmente non credettero ai calcoli che, nel giugno del 2017, suggerirono loro che in uno strato intermedio dell'atmosfera di Venere sia presente fosfina in una concentrazione pari a venti parti per miliardo, vale a dire in quantità tali da resistere ai processi chimici che costantemente tendono a distruggerla. La fosfina di Venere, affermarono allora, dev'essere il risultato di una produzione continuata da parte di qualcosa – o qualcuno.

Erano decenni che pressoché nessuno riteneva che la ricerca di vita extraterrestre potesse riporre speranze in Venere. La scoperta delle condizioni infernali che vigono lassú (temperatura superficiale così alta che fonderebbe persino il piombo; pressione atmosferica novanta volte maggiore che sulla Terra: come trovarsi a 900 metri di profondità in un oceano) aveva disintegrato le teorie di un mondo-oasi, ricoperto di acqua liquida e verdeggiante, di cui per secoli l'umanità aveva vagheggiato, riducendone ogni appeal esplorativo. Dopo essere stato il primo pianeta extraterrestre dalla cui superficie abbiamo ricevuto dati (nel 1970, dalla sonda sovietica *Venera 7*, tempo di sopravvivenza sul pianeta 23 minuti) e il primo in assoluto da cui abbiamo ricevuto immagini (nel 1975, da *Venera 9*, tempo di sopravvivenza sul pianeta 53 minuti), la nostra frequentazione di Venere è andata drasticamente diradandosi. L'ultimo lander di manifattura terrestre che abbia toccato la superficie del pianeta risale al 1985. Nel periodo 2004-2018 è stata dedicata a Venere la miseria di quattro missioni spaziali, nessuna di esse di primaria importanza e nessuna di esse con il coinvolgimento diretto della NASA.

Ma l'accumulo di nozioni sulle caratteristiche e la storia geologica di Venere non si è arrestato. Oggi sappiamo per esempio che Venere ha posseduto a lungo degli oceani: per circa tre miliardi di anni, si stima. Il guaio è che negli ultimi 715 milioni di anni un effetto serra via via piú asfissiante ha trasformato quello che potrebbe essere stato il primo pianeta cronologicamente abitabile del Sistema Solare in un tormentato mondo di pianori sterili, un inferno di tempeste e piogge tossiche insostenibile per tutte le classi di organismi viventi. Quasi tutte, perché gli astrofisici di Cardiff ritengono che la fosfina individuata nell'atmosfera di Venere possa essere il prodotto di scarto del metabolismo di microrganismi alieni capaci di proliferare sopra le nuvole venusiane, a circa sessantamila metri di altitudine, laddove la presenza di vapore acqueo, luce e molecole organiche crea condizioni ambientali che si avvicinano in certa misura a quelle terrestri. L'articolo contenente i dati a sostegno di questa ipotesi ha lasciato sbigottita la comunità scientifica internazionale: la sussistenza di microbi intorno a un pianeta come Venere sarebbe la dimostrazione che la vita nell'universo è un fenomeno piú diffuso di quanto immaginiamo, capace di attecchire in una gamma straordinariamente ampia di ambienti e condizioni.

Tra la fine del 2020 e la prima metà del 2021 un affinamento dei dati *incriminati* ha portato a un netto ridimensionamento della quantità di fosfina osservata e a un fiorire di spiegazioni alternative alla vita quale reale causa dell'occorrenza della sostanza nell'atmosfera venusiana, tra cui l'esistenza sul pianeta di vulcani attivi. Uno studio dell'Università di Washington si è spinto a suggerire che i colleghi di Cardiff non abbiano affatto osservato fosfina, ma ben piú comune anidride solforosa. Rimane che il dibattito sulla fosfina ha contribuito a un revival di interesse nei confronti di Venere che non si vedeva dai tempi di Le Gentil. "Le agenzie spaziali non resistono piú all'attrazione del gemello malvagio della Terra", ha titolato *Nature* in un articolo che chiarisce come, in ossequio a uno dei cardini del metodo scientifico, soltanto nuove e piú ravvicinate osservazioni del pianeta potranno dirimere i misteri che ancora l'avvolgono. Nel momento in cui una sonda tornerà sulla Terra dopo aver prelevato materiale dall'atmosfera di Venere ci si potrà esprimere una volta per tutte sulla sua capacità di ospitare forme di vita, non prima.

Non basta: capire come mai i destini di due pianeti simili come la Terra e Venere a un certo punto della loro storia geologica si siano cosí drasticamente separati potrebbe rivelarsi di capitale importanza per affrontare le conseguenze del riscaldamento globale in corso sul nostro pianeta, e al tempo stesso per far progredire lo studio degli esopianeti rocciosi paragonabili a quelli del Sistema Solare che gli astronomi scoprono con frequenza sempre maggiore. Perché non saremo in grado di osservare con soddisfacente accuratezza questi mondi lontani per molto tempo ancora: invece Venere è, astronomicamente parlando, a un tiro di schioppo da noi.

L'ente spaziale indiano ha in programma di lanciare un orbiter intorno a Venere nel 2023. La partenza della prossima missione venusiana degli americani è prevista per il 2025, una degli europei per il 2031. L'agenzia spaziale russa sta lavorando a un progetto che tra il 2026 e il 2033 potrebbe far tornare dopo mezzo secolo un proprio lander sul pianeta. Adriana Ocampo, responsabile del programma scientifico della NASA, ha affermato nel giugno del 2019 che «nei prossimi decenni Venere avrà un ruolo chiave nella comprensione della nostra presenza su questo pianeta».

Cambusa
Annotazioni e riferimenti

Questa sezione comprende rimandi bibliografici, appunti sparsi, piccoli approfondimenti e curiosità ulteriori che integrano le vicende principali. Tutte le traduzioni dall'inglese e dal francese di libri e documenti citati ma non pubblicati in lingua italiana (diari di Le Gentil inclusi) sono state curate da me.

Capitolo 1

Sulla carrellata di idee intorno alla natura del cielo e della Via Lattea

L'ho messa insieme a partire dai volumi *Il cielo. Caos e armonia del mondo* di Jean-Pierre Verdet (Electa/Gallimard, 1993), e *A History of the Universe in 21 Stars (and 3 Imposters)* di Giles Sparrow (Welbeck, 2020).

Sulla citazione di Olivia Laing dedicata alle opere di Hopper

È tratta da *Città sola* (il Saggiatore, 2018).

Su Viaggio nel cosmo

È una serie documentaristica in sette puntate ideata da Piero e Alberto Angela e andata in onda su Rai 1 nell'inverno del 1998.

Su Galileo e le fasi di Venere

Come di prassi all'epoca, per evitare che altri si intestassero le proprie scoperte inizialmente Galileo comunicò l'avvenuta osservazione delle fasi di Venere attraverso un anagramma che fece giungere a Keplero per tramite di Giuliano De' Medici. «Haec immatura a me iam frustra leguntur oy», scrisse in una missiva datata 11 dicembre 1610. Letteralmente significava "Queste cose immature sono da me raccolte invano", ma l'anagramma rivelatorio, svelato alcuni mesi dopo, era: «Cynthiae figuras aemulatur mater amorum». Significava "La madre degli amori (Venere), imita le figure di Cinthia (la Luna)".

Capitolo 2

Sull'Académie Royale des Sciences

Fondata nel 1666 da re Luigi XIV con lo scopo di promuovere la scienza e i suoi utilizzi, l'Académie era un'istituzione nobile e rinomata, entrare a farne parte un motivo di vanto. Aveva sede presso il Louvre. Luigi XV, il sovrano dell'epoca di Le Gentil, era egli stesso un appassionato di scienza, e di astronomia nello specifico. Una volta accettò persino di contribuire in prima persona a un esperimento, facendosi caricare elettricamente.

Sulla biografia di Le Gentil scritta da Bernard Foix
Si tratta di *Une présence française* (Edilivre, 2019).

Sulle scoperte di Le Gentil

Tutte avvenute prima dei due transiti di Venere, riguardano quattro oggetti celesti noti come "oggetti di Messier". Si tratta nello specifico degli oggetti noti come M32 (una galassia nana), M8 (una nebulosa diffusa), M36 e M38 (ammassi aperti di stelle). Le Gentil è stato anche il primo a catalogare una nebulosa oscura nella costellazione del Cigno nota da allora anche come "Le Gentil 3".

Sul pezzo di musica leggera dedicato a Le Gentil

La band italiana Pinguini Tattici Nucleari ha incluso il brano *Le Gentil*, liberamente ispirato alle disavventure dell'astronomo francese, nell'album *Diamo un calcio all'Aldilà*, del 2015.

Sulla sintesi delle vicende di Le Gentil

«La piú lunga e ardua spedizione astronomica della storia dell'uomo, esclusi i viaggi interplanetari» l'ha scritto Helen Sawyer Hogg, astronoma canadese, in una serie di quattro articoli del 1951 dedicati a Le Gentil e pubblicati sul *Journal of the Royal Astronomical Society of Canada*. «Una commedia degli errori e della sfortuna» l'ha scritto il divulgatore americano Daniel Hudon nell'articolo scientifico *A (Not So) Brief History of the Transits of Venus*, del 2004. Un'altra fonte che ho consultato per ricostruire le vicende di Le Gentil e degli altri astronomi inviati a osservare i transiti di Venere è il libro *The Day the World Discovered the Sun: An Extraordinary Story of Scientific Adventure and the Race to Track the Transit of Venus*, di Mark Anderson (Da Capo Press, 2012).

Capitolo 3

Sulla "magia" della statistica

Commentando il Teorema del limite centrale, la legge matematica che è alla base di buona parte delle applicazioni della statistica moderna, il poliedrico scienziato Francis Galton scrisse nel 1889: «Questa legge sarebbe stata personificata e divinizzata dai Greci, se solo l'avessero conosciuta. Essa regna con serenità e in totale autocontrollo in mezzo alla confusione piú selvaggia. Ogni qual volta viene preso in considerazione un grande campione di elementi caotici, un'inaspettata e stupenda forma di regolarità si rivela essere stata da sempre latente». Alla centralità attuale della statistica ha concorso anche l'avvento della fisica quantistica, secondo i cui postulati tutti i fenomeni del mondo sono, in ultima analisi, probabilistici.

Sulla cometa di Halley

Come da previsione, la cometa si presentò puntuale nel 1758, il giorno di Natale, quando Halley era morto già da 16 anni. In occasione del passaggio della cometa nel 1910 (il penultimo registrato: l'ultimo è avvenuto nel 1986, il prossimo sarà nel 2061) milioni di persone in tutto il mondo acquistarono speciali medicinali per proteggersi dagli effetti della cometa, ritenuti nefasti dalla notte dei tempi. Tra le diverse vittime dell'isteria ci fu un uomo che morí di polmonite dopo essere saltato in un torrente ghiacciato nel tentativo di sfuggire ai vapori eterei emessi dall'astro. Nello stato dell'Oklahoma una delegazione di sceriffi intervenne per evitare il sacrificio di una vergine da parte di una setta vogliosa di ingraziarsi il "dio della cometa" (fonte: Timothy Ferris, *Coming of Age in the Milky Way*, Morrow, 1988).

Sulle distanze relative tra i pianeti

Nel corso del Seicento, Giovanni Keplero aveva scoperto (tra le altre cose) che piú tempo un pianeta ci mette a completare il suo moto di rivoluzione intorno al Sole, maggiore è la sua distanza da esso: da questa osservazione era disceso il calcolo della distanza della Terra dal Sole relativamente agli altri pianeti del Sistema Solare conosciuti. Keplero aveva ereditato una grande quantità di dati sulle posizioni dei pianeti da Tycho Brahe, di cui tra il 1600 e il 1601, a Praga, era stato allievo. Brahe – pirotecnico alchimista, astrologo e astronomo danese con a disposizione un budget paragonabile a quello odierno della NASA – è stato definito dal filosofo Edwin Arthur Burtt «la prima mente dell'astronomia moderna mossa da un'ardente passione per i fatti empirici esatti».

Sul metodo per calcolare la distanza Terra-Sole

Il metodo, in questo libro estremamente semplificato, è noto come metodo della parallasse solare, e richiede, oltre alla conoscenza dell'esatta distanza tra i due punti di osservazione, anche l'utilizzo di orologi affidabili per la misurazione della durata del transito, che varia di località in località. Il succo della proposta di Halley stava infatti nel derivare una differenza angolare molto piccola (dunque difficilmente misurabile) a partire da una differenza temporale nell'ordine dei minuti (dunque misurabile con precisione, almeno in teoria). Maggiori dettagli sui princìpi matematici alla base del metodo sono consultabili qui: https://sunearthday.nasa.gov/2012/articles/ttt_75.php.

Sul fiore a cinque punte disegnato da Venere.

È una sorta di rosa che Venere disegna avvicinandosi e allontanandosi dalla Terra, mentre entrambi i pianeti orbitano intorno al Sole. La "rosa" è provvista di cinque punte perché percorre quasi tredici orbite intorno al Sole nel tempo in cui la Terra ne completa otto. Un'animazione della "rosa di Venere" è disponibile qui: https://bit.ly/3OdIrdh.

Sul calcolo della longitudine

Un altro metodo piuttosto curioso per il calcolo della longitudine, richiamato anche da Umberto Eco nell'*Isola del giorno prima* (CDE, 1994), consisteva nel prendere un cane, procurargli una piaga in modo che rimanesse sempre aperta e imbarcarlo su una nave. Ad un'ora concordata, per esempio a mezzanotte, nel porto da dove era salpata la nave si spargeva una sostanza irritante, nota come "unguento armario", sulla lama insanguinata che aveva ferito l'animale, con l'effetto di provocare dolore al cane, il quale, guaendo, avrebbe segnalato che «in quel momento era mezzanotte sul meridiano di partenza. Conoscendo l'ora locale, si poteva dedurre la longitudine». Il premio del Longitude Board britannico, non senza ritardi e scaglionamenti (l'ultima rata fu versata al vincitore quando aveva ormai compiuto ottant'anni), sarebbe invece stato attribuito a John Harrison, carpentiere e orologiaio dello Yorkshire, che tra il 1730 e il 1761 mise a punto una serie di cronometri in grado di misurare con adeguata precisione, durante la navigazione, l'ora locale: il confronto con l'ora di una località fissa (che presto sarebbe diventata Greenwich) forniva la longitudine cercata.

CAPITOLO 4

Sul poeta che sostiene che le parole siano una delle poche cose di cui disponiamo davvero

Si tratta di Jón Kalman Stefánsson, che l'ha scritto ne *La tristezza degli angeli* (Iperborea, 2012).

Su Samuel J. Johnson

Noto anche come Dr Johnson, è stato un critico letterario, saggista e lessicografo britannico del Settecento.

L'*Oxford Dictionary of National Biography* l'ha definito «il letterato piú illustre della storia inglese».

Sulla luminescenza dei pesci

Quello che verosimilmente osservò Le Gentil fu un fenomeno doppio. Nell'acqua, la bioluminescenza che oggi sappiamo effettivamente essere una proprietà chimica di alcune creature marine (microrganismi che compongono il plancton, soprattutto; ma anche alcune specie di meduse, crostacei e molluschi). Intorno alla nave, in particolare sulle punte degli alberi maestri, osservò invece un fenomeno, questo sí, elettrico, causato (sulla falsariga dei fulmini) dalla differenza di potenziale atmosferico combinata al potere disperdente delle punte. Tali scintille sono note da secoli come "fuochi di Sant'Elmo" (da Sant'Erasmo da Formia, detto Elmo, patrono dei naviganti), e compaiono, tra gli altri, in scritti di Giulio Cesare, Charles Darwin, Jules Verne e, ovviamente, Herman Melville (*Moby Dick*). Un altro evento elettrico descritto da Le Gentil nel suo diario sono i fulmini globulari, che provocano «un lampo non proveniente dalla nuvola ma apparso d'improvviso, come se fosse stato dato fuoco a un cannone a quindici, venti passi di distanza».

Sui giorni «in cui la promessa e il suo compimento svuotano il cuore e tornano a riempirlo»

È una citazione tratta da *L'uccello nero* (Iperborea, 2021). Gunnar Gunnarsson, l'autore, è uno degli scrittori piú significativi della letteratura novecentesca islandese.

Capitolo 5

Sull'entropia del mondo

L'entropia è una grandezza fisica la cui definizione semplificata può essere "grado di disordine di un sistema". La tendenza all'aumento dell'entropia in qualsiasi sistema fisico isolato, compreso l'universo, comporta una sorta di naturale decadimento di ogni cosa verso il disordine. Ogni tentativo di "ricreare ordine" provoca inevitabilmente qualche forma aggiuntiva di disordine (in genere, fisicamente parlando, attraverso emissione di calore).

Capitolo 6

Su Herman Melville e gli uccelli marini

Il «chiasso demoniaco» è riferito alla colonia di uccelli marini che abitano Rocca Redondo, nell'arcipelago delle Galápagos, descritta nella raccolta del 1854 *Le Encantadas o Isole Incantate* (Manni, 2010).

Sulle testuggini giganti a cupola di Rodrigues

Nel corso del XVIII secolo furono regolarmente catturate da flotte di francesi e inglesi di passaggio. La loro carne era considerata qualitativamente superba, oltre che efficace contro lo scorbuto. Come le loro parenti piú grandi (quelle dal dorso a sella), le testuggini giganti a cupola si estinsero intorno al 1800.

Capitolo 7

Sulla sonda Akatsuki

Sonda spaziale giapponese che si è inserita nell'orbita di Venere alla fine del 2015, e che da allora ha inviato sulla Terra numerose nuove informazioni sulla composizione della turbolenta atmosfera del pianeta – oltre che straordinarie immagini. https://bit.ly/37O3wtO.

Sul Sole come «alveare di plasma dorato»

Rilasciate a fine gennaio 2020, le foto e i video del Sole a piú elevata risoluzione mai realizzati finora mostrano la sua superficie come una struttura reticolare di migliaia di granuli, simili per forma a cellule, ciascuno esteso quanto lo stato del Texas: https://bit.ly/3JG7F0j.

Capitolo 8

Sull'uomo che attirava i fulmini

La vicenda di Roy Sullivan l'ho letta ne *Il caso non esiste*, di David J. Hand (BUR, 2015). L'autore spiega giustamente che «essere colpiti da un fulmine sette volte parrebbe un evento decisamente raro, ma lo diventa molto meno se si trascorre una buona fetta della propria vita a girare per i parchi durante i temporali». Roy Sullivan, infatti, era una guardia forestale.

Sui giocatori di poker committed

Secondo la definizione fornita dal sito assopoker.com, un giocatore si definisce *committed* (o *committato*, o *pot committed*) quando il rapporto tra quanto ha investito fino a quel momento in un piatto e quello che gli è rimasto davanti in termini di fiches è talmente sproporzionato da trovarsi costretto a coprire qualsiasi puntata successiva dell'avversario, anche se ritiene di avere una mano peggiore.

Capitolo 9

Sul polpo in fase REM

Un documentario diffuso nell'ottobre del 2019 dal canale americano PBS, in cui si osserva un polpo che cambia colore mentre dorme, ha fatto supporre ad alcuni scienziati che Heidi – questo il nome del polpo – stesse sognando di catturare e inghiottire un granchio: https://bit.ly/3uIPt20.

Sul contributo del Sogno di Stjörnu-Oddi alla letteratura onirica mondiale

Tratto da: Ralph O'Connor, University of Aberdeen *JEGP, Journal of English and Germanic Philology*, vol. 111, n. 4, ottobre 2012, pp. 474-512.

Sulla «scuola astronomica del Nord che non è stata mai»

Il ridotto interesse rispetto ai temi astronomici non ebbe alcun impatto sulle proverbiali doti navali dei primi islandesi, i quali prima e dopo Stjörnu-Oddi solcarono i mari del Nord con estrema familiarità. In particolare, si ritiene che Leif Erikson sia stato il primo europeo a mettere piede sul continente americano, intorno all'anno 1000. L'esploratore norvegese Thor Heyerdahl ha avanzato persino l'ipotesi che Cristoforo Colombo, futuro "scopritore" dell'America, fosse a conoscenza dell'impresa del suo predecessore vichingo, avendo appreso dei di lui viaggi da fonti vaticane o durante un viaggio in Islanda che potrebbe aver compiuto all'età di ventisei anni.

Sul Panorama di Racławice

Realizzato tra il 1893 e il 1894 dai polacchi Jan Styka e Wojciech Kossak, misura 15 × 120 metri e rappresenta in forma circolare, guardandola da un punto di osservazione centrale, la battaglia di Racławice, uno dei primi episodi dell'Insurrezione di Kościuszko (tentativo – fallito – di liberare Polonia e Lituania dal giogo dell'Impero russo, nel 1794).

Sulla «crepa che attraversava la mia vita»

È una semicitazione da *Gli anelli di Saturno*, di W.G. Sebald (Adelphi, 2012). Nel relativo passaggio l'autore racconta di quando, ridestatosi dopo un'operazione chirurgica, scorge in cielo la scia di un aereo. «All'epoca interpretai come un buon auspicio quella traccia bianca», scrive, «adesso invece [...] temo sia stata la prima scalfittura della crepa che da allora attraversa la mia vita».

Capitolo 10

Su Il Milione e il Madagascar

Marco Polo non visitò personalmente il Madagascar, ma ne riferí avendone sentito parlare durante i suoi viaggi in Asia. Tra i piú celebri passaggi del *Milione* in cui si cita il Madagascar figura la descrizione degli aepyornis, giganteschi "uccelli elefante" oggi estinti: «Ancora dicono, coloro che gli hanno veduti, che l'alie loro sono sí grande che cuoprono venti passi, e le penne sono lunghe dodici passi».

Sulle opinioni intorno al colonialismo francese

Se l'opinione di Le Gentil in materia è in qualche misura smussata dal suo ruolo istituzionale, più netta risulta la posizione di Bernardin de Saint-Pierre, l'autore di *Paolo e Virginia*, che in *Voyage à l'île de France* scrisse: «Non so se caffè e zucchero siano necessari per la felicità dell'Europa, ma so benissimo che queste due piante hanno causato disgrazie in due parti del mondo. Abbiamo spopolato l'America per avere una terra su cui piantarli: adesso spopoliamo l'Africa per avere una nazione in cui coltivarli».

Su Le Gentil e Perrault

Erano legati da qualcosa di più profondo – se possibile – dei camaleonti. Marie-Madeleine Perrault, unica figlia del favolista, nell'anno 1700 aveva infatti sposato Louis Le Gentil, scudiero di Coutances, prozio di Guillaume. Colpiti da un destino avverso (Marie-Madeleine sarebbe morta, ventisettenne, pochi giorni dopo un parto), il loro appartamento parigino, in quella che è l'attuale Rue Malebranche, sarebbe diventato la dimora dell'astronomo nella Ville Lumière. Inoltre, l'architetto Claude Perrault, fratello di Charles, era stato un personaggio di primo piano nella storia dell'Académie, avendo lavorato al progetto dell'Osservatorio di Parigi dal 1667 al 1672.

Su Susan Sontag e il collezionismo

Si tratta di una citazione da *L'amante del vulcano* (Nottetempo, 2020).

Sulla Gazette de France

Fondata nel 1631 da Théophraste Renaudot, medico di corte di re Luigi XIII, la *Gazette* fu il primo settimanale pubblicato in Francia. Ebbe tra i suoi collaboratori più celebri il cardinale Richelieu e, fino alla Rivoluzione, fu letta con grande interesse dalla nobiltà e dall'aristocrazia, arrivando a contare circa dodicimila abbonati.

Su Plutone (e il suo scopritore)

Lo status di pianeta di Plutone è stato messo in discussione già a partire dal 1992, con la scoperta di numerosi altri corpi di dimensioni paragonabili all'interno della fascia di Kuiper. Il declassamento è avvenuto nel 2006, in seguito a un acceso dibattito e a una riconsiderazione della definizione di "pianeta". Plutone in realtà non era nemmeno il Pianeta X cercato da Lowell e trovato da Tombaugh, in quanto troppo piccolo per influenzare con la sua massa le orbite di Urano e Nettuno. I calcoli che avevano portato alla supposizione dell'esistenza del nono pianeta del Sistema Solare erano a loro volta imprecisi, con la conseguenza che il Pianeta X semplicemente non esiste. Uno dei telescopi utilizzati da Clyde Tombaugh è stato in seguito riconvertito e aggiornato, ed è impiegato dalla Northeast Kansas Amateur Astronomers' League nella ricerca di oggetti *near-Earth* (corpi celesti la cui orbita potrebbe intersecare quella della Terra, diventando potenzialmente distruttivi per il nostro pianeta).

CAPITOLO 11

Sui viaggi come «isole in un arcipelago fluttuante»

L'ha scritto Antonio Tabucchi nella nota introduttiva alla raccolta *Viaggi e altri viaggi* (Feltrinelli, 2013).

CAPITOLO 12

Sui vulcani di Marte

L'Olympus Mons, che si eleva dalla superficie del pianeta rosso per quasi ventidue chilometri (due volte e mezzo l'Everest), è considerato il vulcano piú alto dell'intero Sistema Solare.

Sulla foto della Terra vista da Marte
È disponibile all'indirizzo: www.instagram.com/p/B3mhj-SgJgS.

Sul «possibile futuro che era il presente di qualcun altro»
È una citazione tratta da uno dei dialoghi tra Marco Polo, il narratore, e Kublai Kan, l'ascoltatore, che inframezzano i racconti delle *Città invisibili* di Italo Calvino (Einaudi, 1972).

Capitolo 15

Sui Principia di Newton
I *Philosophiae Naturalis Principia Mathematica*, tre volumi dati alle stampe dalla Royal Society il 5 luglio 1687, sono considerati uno degli approdi piú alti raggiunti dal pensiero scientifico. Al loro interno Newton enunciò le leggi della dinamica e la legge di gravitazione universale, una delle leggi piú eleganti della fisica, che afferma che nell'universo due corpi si attraggono in modo direttamente proporzionale al prodotto delle loro masse e inversamente proporzionale alla loro distanza elevata al quadrato.

Sul «delizioso impulso umano alla curiosità»
È una citazione da *Invito alla meraviglia* (Einaudi, 2020), una raccolta di cinque saggi a tema scientifico di Ian McEwan. In merito alla curiosità, l'autore britannico aggiunge che «è proprio alla curiosità, a quella scientifica in particolare, che dobbiamo una conoscenza genuina e verificabile del mondo, e la parziale comprensione del nostro ruolo in esso, come della nostra natura e condizione».

Sul libro di Tim Birkhead dedicato a Francis Willughby
Si tratta di *The Wonderful Mr Willughby: The First True Ornithologist* (Bloomsbury, 2018), la fonte principale delle informazioni biografiche su Francis Willughby e John Ray riportate nel capitolo 15.

Sulle comete come portatrici di sventura

È una credenza che origina dalla circostanza che le comete, col loro aleatorio (per l'epoca) apparire e scomparire, fossero un rompicapo per gli Aristotelici, strenui propugnatori di un universo fisso e immutabile.

Sull'eredità letteraria di Ernesto Capocci

Nonostante l'obiettivo primario della sua produzione letteraria sarebbe rimasto la divulgazione scientifica («spargere un po' di gusto per le cose astronomiche pur troppo ancor pellegrino»), Ernesto Capocci fu anche autore di un romanzo storico dal titolo *Il primo viceré di Napoli* (1838), ambientato all'epoca della disfida di Barletta. Al mondo della letteratura è legata anche la memoria di una sua erede, Adriana Capocci Belmonte (di cui Ernesto era trisnonno), amica e confidente di Anna Maria Ortese, che ne *Il porto di Toledo* (Rizzoli, 1975) la immortalò con il nome di Aurora Belman. Alla figura di Adriana Capocci è dedicato il romanzo-documentario *Adriana cuore di luce*, di Sergio Lambiase (Bompiani, 2018).

Sul legame tra le opere di Verne e Capocci

«Un astronome est plus qu'un homme, puisqu'il vit en dehors du monde terrestre», scrisse Jules Verne nel capitolo 19 del suo *Hector Servadac*. Aggiornato e informatissimo, per la messa a punto del cannone che avrebbe proiettato nello spazio i protagonisti di *Dalla Terra alla Luna* Verne si ispirò direttamente al Columbiad, diametro interno di 50 centimetri, progettato nel 1811 e utilizzato nel corso della Guerra di secessione americana. Capocci aveva proposto una soluzione simile per il *Viaggio alla Luna* della sua Urania: «Questo cannone o mortaio che voglia dirsi, è veramente un mortaio mostro. Basta dire che si è dovuto fondere entro la terra, nella precisa posizione verticale in cui dovea adoperarsi, poiché niuna forza umana avrebbe potuto più smuoverlo di un pelo, dopo fattone il getto». Si tratta probabilmente del più significativo dei punti di contatto tra le due opere. La casa editrice che ha riportato alla luce (e alle stampe) *Viaggio alla Luna* è la LB Edizioni di Bari. Un altro volume che ho consultato riguardo la vita e le opere di Ernesto Capocci è *L'astronomia a Napoli dal Settecento ai giorni nostri*, di Massimo Capaccioli, Giuseppe Longo e Emilia Olostro Cirella (Guida, 2009).

Capitolo 16

Sulla Astronomie des Dames di Lalande

Pubblicata per la prima volta nel 1795, l'opera, unica nel suo genere e a suo modo rivoluzionaria per l'epoca, è una sorta di corso accelerato di astronomia per donne, costruito ripercorrendo alcune delle figure femminili piú significative della storia dell'astronomia, a partire da Ipazia. «Ritengo che alle donne manchi soltanto l'occasione di istruirsi e seguire degli esempi», scrive Lalande, che si serviva in prima persona di astronome in qualità di assistenti. «Malgrado gli ostacoli dell'istruzione e del pregiudizio, esse posseggono il medesimo spirito degli uomini che si distinguono nel mondo delle scienze, ottenendo celebrità».

Su Melville e l'uomo che «semina al vento»

È un'altra citazione da *Le Encantadas o Isole Incantate*, e per la precisione recita cosí: «In tutte le cose l'uomo semina al vento e il vento soffia dove gli pare: che sia per il male o per il bene, l'uomo non lo sa».

Capitolo 17

Sulle avventure dell'ungherese Sajnovics

In riferimento al suo viaggio norvegese, Sajnovics riferí di come alcuni abitanti della provincia di Trondheim pensassero che l'obiettivo degli astronomi fosse ritrovare «una stella perduta». Al ritorno dal Nord, i paesani chiesero a Sajnovics e Hell se l'avessero poi trovata, la stella: «Dopo che rispondemmo di sí, essi si mostrarono estremamente riconoscenti e ci dissero che gli altri professori non erano stati in grado di trovarla».

CAPITOLO 18

Sull'ultimo vulcano eruttato in territorio spagnolo
Il titolo è stato strappato al Teneguía (entrato in attività per tre settimane alla fine del 1971) dal Cumbre Vieia, che si è risvegliato nel pomeriggio del 19 settembre 2021 e ha proseguito la sua attività fino al 13 dicembre 2021. Quest'ultima eruzione, la piú distruttiva registrata a La Palma in tempi storici, ha causato l'evacuazione di circa 7000 persone e la distruzione di oltre 3000 edifici, inclusa la totalità dell'abitato di Todoque.

Sull'inquinamento luminoso
The New World Atlas of Artificial Night Sky Brightness riporta che gli abitanti di Ciad, Repubblica Centrafricana e Madagascar sono gli ultimi che possono ritenersi non affetti da livelli significativi di inquinamento luminoso. Nelle aree piú urbanizzate del mondo, al contrario, fino al 99,5 per cento delle stelle risultano invisibili senza l'ausilio di strumenti ottici. Una delle conseguenze è che un terrestre su tre non è in grado di vedere la Via Lattea dal luogo in cui vive (proporzione che sale al 60 per cento per gli europei e all'80 per cento per i nordamericani). Nonostante sia stato dimostrato che l'eccesso di illuminazione elettrica produce effetti deleteri sul ciclo di vita degli animali notturni e sui bioritmi umani e una risoluzione ONU del 2007 abbia stabilito che «il piacere derivante dalla contemplazione del firmamento è un diritto inalienabile dell'umanità», si stima che tra il 2012 e il 2016 l'inquinamento luminoso mondiale sia cresciuto del 2 per cento ogni anno.

Sul fotografo amante dei cieli notturni
Babak Tafreshi, che collabora con il *National Geographic* ed è l'ideatore di The World At Night (un programma nato con l'obiettivo di creare un ponte tra arte, umanità e scienza attraverso fotografie notturne dei piú celebri siti storici del mondo), mi ha anche detto che la Via Lattea e il cielo notturno ci ricordano il nostro posto nell'universo:

«La Luna e le stelle sono uguali per tutti. Solo guardando un cielo buio percepiamo che la Terra e noi stessi siamo parte di qualcosa di molto piú grande. Per questo credo che la bellezza naturale di un cielo notturno sia parte importante della nostra umanità ed elemento essenziale per la vita».

Sul primo esopianeta orbitante intorno a una stella simile al Sole (e su uno degli esopianeti piú simili alla Terra scoperti finora)

Il primo esopianeta orbitante intorno a una stella simile al Sole è stato denominato Dimidium, e ruota intorno alla stella 51-Pegasi, nella costellazione di Pegaso. Dotato di una massa pari a circa 150 volte quella della Terra, Dimidium è diventato il prototipo della classe di pianeti denominati "gioviani caldi", e la sua scoperta è valsa ai ricercatori Michel Mayor e Didier Queloz il premio Nobel per la Fisica nel 2019. Kepler-1649c, uno degli esopianeti maggiormente *conformi* alla Terra scoperti finora, possiede dimensione e temperatura paragonabili alle nostre, ma anche la sua scoperta lascia poco spazio a illusioni: la stella attorno a cui ruota è molto meno stabile del Sole. Uno studio in via di pubblicazione, guidato da astronomi dell'Università di Napoli, avanza l'ipotesi che le condizioni "simili a quelle terrestri" siano piú rare di quanto generalmente ipotizzato (c'entra il fatto che gli esopianeti orbitanti intorno a nane rosse, la classe di stelle piú diffuse nella Via Lattea, potrebbero non ricevere fotoni a sufficienza per attivare una fotosintesi ossigenica paragonabile a quella terrestre: https://arxiv.org/abs/2104.01425.

Su Mira, la Meravigliosa

La variabilità di Mira, che è considerata il prototipo di tutte le stelle variabili a lungo periodo, è nota almeno dalla fine del Cinquecento, allorché l'astronomo olandese David Fabricius si accorse delle sue periodiche comparse e scomparse. Per queste sue caratteristiche, la stella ha avuto un ruolo di primo piano nel lungo dibattito culturale tra i pensatori aristotelici, sostenitori dell'antica visione di un universo perfetto e divinamente ordinato, e gli eredi di Galileo, convinti della mutevolezza degli oggetti celesti. Nel 2007 è stato scoperto che Mira è dotata di una coda lunga 13 anni luce, composta di gas prodotti negli ultimi trentamila anni dalla stella.

Sui pensatori illustri che hanno discettato di montagne e ascensioni
Uno di loro è il grande antropologo e saggista rumeno Mircea Eliade, che di montagna come «Asse del Mondo» e di ascensione come «rottura di livello, superamento dello spazio profano e della condizione umana» ha scritto nel suo *Trattato di storia delle religioni* (Bollati Boringhieri, 2008).

Sull'esopianeta roccioso conosciuto piú vicino alla Terra
Vicino si fa per dire: per coprire la distanza di 21 anni luce, una navetta come lo Space Shuttle impiegherebbe qualcosa come ottocentomila anni.

Sulla stima di trecento milioni di pianeti abitabili esistenti nella sola Via Lattea
Il riferimento è quest'articolo: https://bit.ly/3JOtElW. La stima del numero di pianeti abitabili nell'intero universo osservabile («maggiore di quello dei granelli di sabbia presenti in tutte le spiagge della Terra») proviene invece da *Non siamo soli. I segnali di vita intelligente dallo spazio*, di Avi Loeb (Mondadori, 2022). Significativo come questa previsione sembri quasi ricalcare una delle piú celebri affermazioni di Giordano Bruno, di quattro secoli e mezzo fa: «Sono dunque soli innumerabili, sono terre infinite che similmente circuiscono que' soli».

Sulle limitazioni del "metodo del transito" (e su altri metodi per scoprire esopianeti)
È stato calcolato che il transito di Venere sul disco solare provoca una diminuzione della luce ricevuta dal Sole pari a un millesimo del totale: l'oscuramento prodotto da pia-

neti extrasolari transitanti davanti alla propria stella è atteso orientativamente in quest'ordine di grandezza. In alternativa al metodo del transito, un'altra tecnica correntemente utilizzata per scoprire nuovi pianeti extrasolari è quella della velocità radiale (detta anche "spettroscopia Doppler"), che sfrutta i cambiamenti nella velocità della stella (e quindi nella luce da essa emessa) generati dalla presenza di un pianeta che, orbitandole intorno, modifichi il centro di massa intorno al quale pianeta e stella stessa orbitano. Il piú recente metodo della "lente gravitazionale" sfrutta invece un effetto della teoria di Einstein: la distorsione spazio-temporale subita dalla luce (emessa da una stella) quando incontra sulla sua strada una massa gravitazionale. L'osservazione di variazioni nell'emissione di luce a raggi X, o "X-ray eclipse", è infine l'unico metodo oggi noto per l'individuazione di candidati esopianeti esterni alla Via Lattea (il primo è stato annunciato a fine 2020 nella galassia Whirlpool, a circa 28 milioni di anni luce dalla Terra). Si prevede che in futuro lo sviluppo di telescopi spaziali piú avanzati potenzierà anche l'osservazione diretta di pianeti extrasolari. La bibbia in fatto di esopianeti è il portale www.exoplanets.nasa.gov.

Su Obama e gli alieni

La dichiarazione riportata, inizialmente contenuta in un podcast del *New York Times*, è contenuta in questo articolo di *Business Insider*: https://bit.ly/3JB2A9u. Nel corso del dibattito sugli UFO della primavera del 2021 è intervenuto anche l'ex astronauta e amministratore della NASA Bill Nelson, il quale, pur senza concludere che gli oggetti volanti di recente osservazione siano indubitabilmente di origine extraterrestre, ha affermato senza mezzi termini di credere che «non siamo soli».

Capitolo 20

Sul piccolo bar del Cape Hotel diventato il piú cool d'Islanda

Tutto origina dal fatto che a Húsavík è stata ambientata parte della commedia *Eurovision Song Contest – La storia dei Fire Saga*, con Will Ferrell e Rachel McAdams, prodotta e distribuita da Netflix nel 2020. In seguito all'uscita della pellicola, presso l'Húsavík Cape Hotel è stato aperto (a partire da un mio suggerimento) un bar ispirato a una delle canzoni-tormentone del film, *Jaja Ding Dong*. Il nuovo locale ha goduto di grande popolarità nazionale e internazionale nel corso dell'estate 2020, e nei mesi successivi il progetto si è esteso fino alla creazione di un museo a tema: https://bit.ly/3rqbTTt.

Sul verso di Guccini "rielaborato"
È tratto dal brano *Stelle*, del 1996, che per la precisione recita cosí: «…e sembrano invitarci da lontano per svelarci il mistero delle cose / o spiegarci che sempre camminiamo fra morte e rose / o confonderci tutto e ricordarci che siamo poco o che non siamo niente / e che è solo un pulsare illimitato, ma indifferente».

Sul senso della penombra per i Tehuelche della Patagonia
Ne parla Chris Moss in *Patagonia. Paesaggio dell'immaginario* (Odoya, 2012), a sua volta citato in *Storia del buio* di Nina Edwards (il Saggiatore, 2019).

Sull'immagine nota come Hubble Legacy Field, e sulle stelle lontanissime
L'immagine, rilasciata dalla NASA il maggio 2019, è stata ottenuta accorpando dati inviati da Hubble nel corso di 16 anni di osservazioni. Le galassie contenute nell'immagine hanno un'età di circa 13 miliardi di anni, il che significa che guardarla significa osservare un fermo immagine risalente ad *appena* 400-800 milioni di anni dopo il Big Bang. Il fatto che guardare molto lontano nello spazio significa guardare anche molto lontano nel tempo comporta che per gli astronomi (nello specifico per i cosmologi) il passato non è un tempo perduto per sempre ma, piú concretamente, una regione osservabile dello spazio. Le galassie piú lontane visibili nell'Hubble Legacy Field hanno una luminosità dieci miliardi piú

bassa del limite osservabile dall'occhio umano: https://bit.ly/3rrFT19.

Sul Sidereus Nuncius

Traducibile come "Avviso sidereo" o "Messaggio celeste", è il trattato pubblicato da Galileo Galilei nel 1610 in seguito alle sue rivoluzionarie scoperte padovane. Stampato inizialmente in 550 copie, andò esaurito in poco piú di una settimana. Per i suoi contenuti, ritenuti incompatibili con la dottrina cattolica, fu messo all'indice dal Sant'Uffizio.

Sul «lavoro contro la paura della vita»

Ernst Bloch, teorico del «principio speranza», ne ha scritto (nel 1954) in questi termini: «Il lavoro contro la paura della vita e le mene del terrore è lavoro contro coloro che impauriscono e terrorizzano, in gran parte additabilissimi, e cerca nel mondo stesso quel che può aiutare il mondo; e lo si può trovare» (da *Il principio speranza*) (Mimesis, 2019).

Sulle «illuminazioni repentine» dell'arte

È una citazione di Vasilij Kandinskij, da *Sguardi sul passato* (SE, 2014): «L'arte, per molti versi, è simile a una religione. Il suo sviluppo procede per illuminazioni repentine, simili al lampo. [...] Queste illuminazioni rischiarano di una luce abbagliante nuove prospettive, nuove verità, che, in fondo, non sono che lo sviluppo organico, la crescita organica della saggezza prima».

Sul Modello Standard della Cosmologia

Si tratta del modello piú semplice in accordo con le attuali conoscenze acquisite in tema di Big Bang, radiazione cosmica di fondo e struttura a grande scala dell'universo. Il modello correntemente accettato è noto come Modello Lambda-CDM, e i suoi elementi costitutivi piú importanti sono l'energia oscura e la materia oscura, entrambe mai direttamente osservate.

Sull'astronomo gesuita che non crede nel creazionismo

Padre Guy Consolmagno, esperto in materia di origine ed evoluzione dei corpi minori del Sistema Solare, è il direttore della Specola Vaticana dal 2015. L'articolo in cui sostiene che la scienza è fatta della stessa materia di cui è fatta la poesia, e in cui a un certo punto afferma che «la parte piú difficile del fare scienza non è scoprire né tantomeno dimostrare, ma sapere quando cambiare idea», è disponibile a questo link: https://bit.ly/3xwAutA.

Epilogo

Sulle spiegazioni alternative all'esistenza di microrganismi venusiani

L'eventualità che la fosfina nell'atmosfera di Venere sia il prodotto di eruzioni vulcaniche è ritenuta al momento «inattesa e sorprendente»: https://nyti.ms/3KHL3xV.

Sull'attrazione esercitata da Venere sulle agenzie spaziali

L'articolo di *Nature*, comprensivo di dettagliate infografiche della sequenza delle prossime missioni dedicate a Venere, è disponibile a questo indirizzo: https://go.nature.com/37h0PRK. Le date di lancio di talune missioni potrebbero subire variazioni in seguito alla crisi russo-ucraina del 2022.

Ringraziamenti

Al pari di un catalogo stellare, stilare l'elenco di tutti coloro che hanno contribuito a trasformare un progetto bizzarro in questo libro è impresa non di poco conto, inevitabilmente fallace. Ma ci provo.

Tutta colpa di Venere non ci sarebbe stato senza la trascinante curiosità di Silvia Meucci e la convinzione della casa editrice Neri Pozza, che ha accolto con immediato entusiasmo questa proposta: grazie.

Se l'idea del libro è nata da un incontro specifico – quello virtuale con Guillaume Le Gentil – essa si è poi alimentata di imprescindibili incontri reali: ci tengo a ringraziare Francesco Quarto, Babak Tafreshi, Ennio Poretti e Pasquale Abbattista per avermi concesso tempo e idee, e Luigi Bramato, Riccardo Spinelli e Roberto Ferrante per aver reso possibili tali incontri.

Grazie ai docenti, agli amici e ai colleghi di studio della mia "vita precedente" all'Università di Padova.

Un posto speciale nella genesi di questo libro ce l'ha l'Islanda: Húsavík nello specifico, con le sue persone e i suoi luoghi. Örlygur e Jóhanna del Cape Hotel, Jan Aksel della biblioteca civica, Sigurjón dei Kaldbaks-cot cottage. E poi la panetteria Heimabakarí, il bar Jaja Ding Dong, il minimarket Krambúðin e la stazione di servizio Olís, che hanno ospitato le mie piú corpose sessioni di ricerca e scrittura.

Ho letto e scritto anche in una lunga serie di caffè di Corato, mia città natale, dove particolare incoraggiamento ho ricevuto da Cataldo, Daniela, Domenico, Natascia, l'insostituibile Rosangela e l'indimenticabile Pina. Grazie a tutti loro.

E infine alla mia famiglia, che da sempre capeggia la preziosa schiera di chi insiste a volermi bene nonostante i miei silenzi e i miei misteri.

Sommario

7   Prologo

11 *Tutta colpa di Venere*

221 Epilogo

225 Cambusa. Annotazioni e riferimenti

249 *Ringraziamenti*

Stampato per conto di Neri Pozza Editore
da Grafica Veneta / Trebaseleghe (Padova)
nel mese di maggio 2022
Printed in Italy

Questo libro è stampato col sole

Fabbricato da Grafica Veneta S.p.A. con un processo di stampa e rilegatura
certificato 100% carbon neutral in accordo con PAS 2060 BSI